Der Tod ist der Sünde Sold

Heinrich Veh

Der Tod ist der Sünde Sold

Römer 6,23

Kriminalroman aus Franken

Impressum

Die Deutsche Nationalbibliothek
Bibliografische Information der Deutschen Nationalbibliothek
Die Deutsche Nationalbibliothek verzeichnet diese Publikation in der Deutschen Nationalbibliografie; detaillierte bibliografische Daten sind im Internet über http://dnb.d-nb.de abrufbar.

Veh, Heinrich:
Der Tod ist der Sünde Sold

Umschlaggestaltung: Storch Design, Lauf
Druck und Bindearbeiten: Scandinavianbooks

ISBN 978-3-942251-11-2

Für meine Frau

An einem Sonntagabend

Der vergangene Oktober hatte sich in einen wahren Farbenrausch hineingesteigert und damit von seinen schönsten Seiten gezeigt. Stadt und Land wurden von ihm noch einmal mit schönen, warmen Tagen und klarer, seidenweicher Luft beschenkt.

Ein paar frostige Nächte hatten jedoch schon bald die Illusion eines späten Sommers zunichte werden lassen und machten dem leuchtenden Spiel ein jähes Ende.

Seit einer Woche war der kalte und nasse November eingekehrt und tauchte alles in sein tristes Nebelgrau.

An diesem Sonntagabend, kurz nach einundzwanzig Uhr, zeigte sich der Himmel vollkommen bezogen. Schon am späten Nachmittag war die Dämmerung in Dunkelheit übergegangen. Schutz suchend hatten sich viele Menschen aus der ekelhaft nasskalten Luft in ihre warmen Wohnungen zurückgezogen. Die Temperatur lag etwas über null Grad.

Eine seltene Stille hatte sich zu dieser Stunde über die Stadt gebreitet.

Stockfinster war es geworden, als Doktor Julius Berger die Türe zu seiner komfortablen Villa am Weinberg von außen abschloss. Ihn graute davor, sein warmes Haus zu verlassen. Sehnsuchtsvoll dachte er an sein großes Wohnzimmer, aus dessen Fenster er bei Tageslicht auf den parkähnlich angelegten Garten blicken konnte. Jetzt war der Garten natürlich in Finsternis getaucht, dafür brannte im Kamin ein wärmendes Feuer. Er hatte sein Lodern vor dem Weggehen gut abgeschirmt, damit in seiner Abwesenheit kein Brand entstehen konnte. Beim Gang durch den Vorgarten stellte er sich vor, wie das flackernde warme Licht der Flammen nun den gemütlichen Raum in eine Insel der Geborgenheit verwandelte, die Dunkelheit und nasse Kälte aussperrte.

Wie gerne wäre er an diesem ungemütlichen Abend in seiner geliebten Umgebung geblieben. In einem seiner Ohrensessel sitzend, die Beine hochgelegt, seine Lektüre in der Hand und ein Glas von dem alten französischen Cognac neben sich, den er sich kürzlich gekauft hatte.

Julius Berger, in den fünfziger Jahren, schlank, einsfünfundachtzig groß, hatte ein mulmiges Gefühl im Bauch, als er die wenigen Schritte zu seiner Garage ging. Eine innere Stimme riet ihm, schleunigst wieder in sein Haus zurückzukehren. Er versuchte, sie zu überhören. Er sah keinen anderen Weg, als sich an diesem Abend in die Dunkelheit aufzumachen.

Als sich das Garagentor nach einem Knopfdruck auf die Fernbedienung leise surrend öffnete und das Licht die Garage hell erleuchtete, erfreute er sich wieder einmal am Anblick seines neuen Autos, eines dunkelblauen BMW mit weißen Ledersitzen. Der Wagen war für ihn in jeder Hinsicht ein Traum, den er sich vor kurzem selbst wahr gemacht hatte.

Julius Berger konnte sich so etwas leisten, sein Betrieb florierte ausgesprochen gut. Er war im Laufe der vergangenen Jahre weit mehr als wohlhabend geworden. Inzwischen war er richtig reich. Er genoss sein Vermögen und er genoss es sehr, sich selbst und anderen daraus Geschenke zu machen.

Dankbar für die Wärme der laufenden Standheizung, die das Innere des Wagens gut vorgeheizt hatte, setzte sich der stattliche Mann in den lederbezogenen Autositz. Der Motor sprang an und schnurrte leise, als das Auto langsam und elegant aus seiner „Höhle“ auf den feucht glänzenden Asphalt der Straße „Am oberen Weinberg“ glitt.

Die Straßenlaternen hatten sich einen weißen Nebelschleier umgelegt und funzelten dahinter schwach vor sich hin. Sie warnten ihn unübersehbar vor der sich verschlechternden Sicht, mit der er rechnen musste, je näher er auf seiner Fahrt dem Tal der Rezat kam.

Kein guter Abend, um sich allein und sozusagen fremdbestimmt der unbekannten Absicht eines fast fremden Menschen auszuliefern!

Berger fuhr mit diesem Gedanken im Kopf leicht schaudernd die menschenleere Straße „Am oberen Weinberg“ entlang und ließ sein Auto dann schwungvoll den Berg hinab in die Innenstadt von Ansbach rollen. Schloss und Theater blieben rechts liegen. Bei der großen Abzweigung der B 14 lenkte er seinen PKW entschlossen am stockfinsteren Hofgarten vorbei auf die Kreisstraße in Richtung Windsbach.

Zum Ziel der Fahrt hatte er es nicht sehr weit. Es waren nur einige Kilometer zum vorgesehenen Treffpunkt kurz vor Immeldorf, dem Ort an der Autobahn A 6.

Kaum hatte er die Eisenbahnbrücke beim Ortsteil Eyb hinter sich gelassen, sah er im Licht der Scheinwerfer, dass der dichte Nebel die große Wanne des Rezattales völlig aufgefüllt hatte und seine dünnen Finger bereits über die Straße vor ihm ausstreckte. Sie hatten die Form weißer Vorhänge angenommen, die über dem nassen Asphalt hingen. Die Scheinwerfer seines Autos bohrten sich in sie hinein und der Kühler zerfetzte sie dann konsequent einen nach dem anderen.

Nach ein paar Kilometern bog er von der Kreisstraße, unmittelbar vor der Autobahnabfahrt, nach rechts in eine schmale Verbindungsstraße ein, die von Immeldorf zu den wenigen Häusern von Malmersdorf führte.

Vom angrenzenden Wiesengrund der Rezat war auch dort inzwischen sehr dichter Nebel aufgestiegen und kroch, ständig zäher werdend und alles in sich verschlingend, den Hang links von der Straße hoch.

Nach dem Einbiegen verlangsamte Berger seine Fahrt bis auf Schrittgeschwindigkeit. Durch das milchige Wabern vor der Windschutzscheibe hindurch spähte er angestrengt nach der niedrigen Steinsäule aus, die ihm als Treffpunkt genannt worden war.

Es sollte sich bei ihr eigentlich um ein mittelalterliches Steinkreuz handeln, dessen waagerechte Arme wohl im Laufe der Jahrhunderte abgebrochen waren. Auf der linken Seite der Fahrbahn würde diese merkwürdige Säule stehen, war ihm gesagt worden.

Mit jedem Meter, den er sich durch die graue Wand tastete, wurde Julius Berger ärgerlicher wegen der Schnapsidee seines Geschäftspartners, ausgerechnet hier einen Treffpunkt zu bestimmen. Er ärgerte sich auch über sich selbst, weil er sich nicht strikt geweigert hatte, diesen Unsinn mitzumachen.

Nach einer gewissen Zeit hatten seine Scheinwerfer schließlich die Säule erfasst. Links von ihr gab der Nebel beim Näherkommen eine einfache hölzerne Bank frei. Hinter dem steinernen Denkmal nahm er verschwommen den dünnen Stamm eines jungen Baumes wahr.

Unmittelbar neben dem ungleichen Trio entdeckte er einen Feldweg, der in die Straße einmündete.

Berger brachte sein Fahrzeug zum Stehen und überlegte einen Augenblick, wo er es parken konnte. Er würde seinen Wagen bei diesem dichten Nebel auf jeden Fall nicht am Straßenrand abstellen. Die Gefahr, dass ein anderer Autofahrer ihn zu spät sah und auffuhr, erschien ihm zu groß. Schließlich entschied er sich dafür, ein Stück den leicht ansteigenden Weg hinaufzufahren. Er hoffte auch, von dort die Ankunft seines Partners aus einer gewissen Distanz beobachten zu können.

Vor der schwarzen, hoch aufragenden Wand eines großen Holzstoßes hielt er schließlich an und stieg etwas unwillig aus seinem gut geheizten Wagen. Neben dem

Auto stehend versuchte er, zunächst seine Umgebung wahrzunehmen. Mehr lauschend als sehend verharrte er einige Minuten auf dem nasskalten Weg.

Von Zeit zu Zeit nahm er ein Fahrzeug wahr, das verhalten brummend auf der parallel verlaufenden Kreisstraße entlangfuhr.

Auf der Verbindungsstraße zwischen den Dörfern, die sich nun ein ganzes Stück unter ihm hinzog, war es dagegen völlig still. Kein Auto, kein Mensch weit und breit.

„Wie lautlos mag es hier nachts in der Zeit vor der Motorisierung gewesen sein?" Er stellte sich vor: Ab und zu war wohl der Schrei eines Nachtvogels zu hören oder das heisere Bellen eines Rehs, vielleicht das Knacken von Ästen oder ein undefinierbares Rascheln, hinter dem alles Mögliche stecken mochte. Wie laut mag sich ein Windstoß bemerkbar gemacht haben, der Blätter zum Rauschen brachte. Vielleicht war manchmal außer dem Geräusch des einfallenden Regens einfach nichts zu hören gewesen.

Über dem Flusstal leuchtete bei unbewölktem Himmel der Sternenhimmel in der klaren Luft. Es war damals sicher möglich gewesen, in der völligen Finsternis Myriaden von Gestirnen zu erblicken. Tagelang war auch der Mond in seiner wechselnden Gestalt zu sehen, der die Landschaft mit seinem Silberlicht völlig unwirklich erscheinen ließ. An manchen Tagen wird sich die Dunkelheit wie eine undurchdringliche Decke über der Landschaft ausgebreitet haben.

Berger lenkte seine Gedanken von den Fantasiebildern ab, die ihn aus seiner ungemütlichen Situation herausholen wollten. Er wandte seinen Blick hinüber in Richtung einer mächtigen Autobahnbrücke, die in etwa einhundertfünfzig Meter Entfernung das Flusstal überspannte.

Jetzt war die ständig überlastete Straße nur durch ein dumpfes Dröhnen der Fahrzeuge und die diffusen Lichtreflexe ihrer Scheinwerfer wahrzunehmen. Der Wattebausch des Nebels dämpfte gewissenhaft alle Geräusche. Berger erinnerte sich plötzlich, dass die A 6 kürzlich in einer Fernsehdokumentation als „Die Achse des Bösen" bezeichnet worden war. Allerlei kriminelles Gelichter sollte dort unterwegs sein, hieß es darin. Die Autoren des Berichtes belegten ihre Erkenntnisse mit Filmen über die Verhaftung von Drogenschmugglern, die ihre Waren auf dieser Straße hin und her transportierten. Skandalöser Umgang mit Tieren auf völlig überfüllten Lastwagen war von ihnen dokumentiert worden. Hungernd und durstend wurde sie über diesen Highway von Ost nach West und umgekehrt gekarrt. Einige wenige Schuldige würden bei ihrem grausamen Treiben ertappt, hieß es. Ein anderes Thema waren die rücksichtslose Raserei und die Übermüdung der oft von ihren Arbeitgebern erpressten Fernfahrer. Über all das dachte er eine Weile kopfschüttelnd nach. Dann schaute er wieder suchend in Richtung Ortsverbindungsstraße hinunter.

Obwohl er das Steinkreuz unten am Straßenrand in der Finsternis und im immer dichter werdenden Nebel natürlich nicht mehr erkennen konnte, musste er plötzlich daran denken, dass Steinkreuze in alter Zeit immer dort aufgestellt wurden, wo ein Mord geschehen war. Bei diesem Gedanken lief ihm ein kalter Schauer über den Rücken. Jetzt spürte er auch, wie die Kälte des Bodens die dünne Sohle seiner Halbschuhe durchdrang. Seine Füße fühlten sich bereits kalt an.

Fröstelnd und nervös stieg er wieder in seinen Wagen. Die Kälte hatte ebenfalls erfolgreich damit begonnen, die Hülle seines viel zu dünnen Mantels zu durchdringen.

Er genoss die Wärme und die vertraute Geborgenheit

des Autos ein wenig. Aber wie er so dasaß, wurde ihm noch krasser bewusst, dass der Unbekannte um die Übergabe des wertvollen Stückes einen ihm ganz und gar unverständlichen Aufwand betrieb. Anstatt ihm den Kasten mit dem kostbaren Inhalt ganz einfach in sein Haus zu bringen, hatte er ihn ausgerechnet an diesen Ort bestellt.

Jetzt, im dunklen Wagen, wunderte er sich über sich selbst und fragte sich ernsthaft, ob er bei dieser ganzen Sache seiner eigenen, spinösen Idee aufgesessen war?

Hatte er sich vielleicht von seinem übersteigerten Geltungsbedürfnis in eine Situation hineinziehen lassen, die in Wirklichkeit nur für seinen überspannten Geist eine solche Wichtigkeit besaß? Er versuchte, gegen diesen plötzlich unangenehm an ihm nagenden Gedanken wieder Gewissheit zu finden, indem er sich Rechenschaft gab über Sinn und Unsinn seiner ungewöhnlichen Leidenschaft. Berger erinnerte sich mit unguten Gefühlen an den ersten Kontakt mit dem Antiquitätenhändler Ruppert Sauerwein.

Er rekapitulierte schnell das Geschehen an einem der vergangenen Tage.

Wegen einer Vertragsunterzeichnung hatte er in Nürnberg einen Geschäftsfreund getroffen und nach dem erfolgreichen Abschluss in einer Gaststätte in der Innenstadt ausgezeichnet gegessen. In aufgekratzter Stimmung war er dann noch ein wenig, ganz ohne Ziel, durch die Stadt gebummelt. Berger ließ sich dabei einfach durch die Straßen treiben. Er mochte Nürnberg mit seiner reichen Geschichte und seinem ständigen Wandel.

Unverhofft fand er in einer schmalen Nebenstraße einen kleinen Antiquitätenladen. Berger staunte nicht schlecht, als er im Schaufenster des Geschäftes ein Gemälde entdeckte, dessen Anblick ihn sofort elektrisierte. Als Kunstkenner identifizierte er es als Werk eines berühmten alten niederländischen Malers. Ob es wirklich echt war?

Neugierig und mit einem gewissen Jagdeifer war er in das Geschäft gegangen, um das Gemälde zu begutachten.

Noch einmal hörte er in Gedanken die Ladenglocke blechern über seinem Kopf scheppern, als er vor Tagen durch die schmale Tür des kleinen Antiquitätenladens in der Innenstadt von Nürnberg getreten war. Er erinnerte sich noch genau, wie die Luft im Verkaufsraum roch, modrig nach alten Möbeln und Staub. Es brannte kein Licht. Offenbar wollte der Besitzer das Geld für die Beleuchtung sparen. Durch das kleine Schaufenster und die schmale Ladentüre drang nur wenig Helligkeit in den Raum. Berger stand zunächst einfach ganz ruhig in diesem Dämmerlicht zwischen Kunst und Krempel da, sah sich um und wartete.

Es dauerte eine Weile, ehe eine kleine Gestalt fast lautlos aus dem düsteren Hintergrund des vollgestopften Verkaufsraumes auftauchte.

Berger hatte kein Öffnen einer Türe wahrgenommen. Anscheinend gab es einen weiteren Raum hinter dem Laden, der durch einen dunklen Vorhang zu erreichen war.

Er erinnerte sich im Rückblick auch genau an den prüfenden Blick, mit dem ihn der etwa vierzigjährige Mann musterte. Ein stechender Blick aus fast schwarzen Augen war das, der ihn von oben nach unten blitzschnell scannte. Berger hatte auf den ersten Blick einen unguten Eindruck von dem Mann, der etwas Verschlagenes an sich hatte, das sein Misstrauen weckte.

Aber offenbar war der erste Eindruck von Berger auf den schnauzbärtigen Mann mit der dunklen Haut und den schwarzen, streng nach hinten gegelten Haaren gut gewesen.

Der dünnlippige Mund des eher nachlässig gekleideten, etwa einen Meter sechzig großen Antiquitätenhändlers verzog sich zu einem geschäftsmäßig höflichen Lächeln, das die glänzenden schwarzen Augen jedoch nicht erreichte.

Der Händler sprach ihn mit einer unangenehm schnarrenden Stimme an, als er sich ihm vorstellte: „Mein Name ist Sauerwein. Was kann ich für Sie tun, mein Herr?“

Die von recht eindeutig fränkischer Klangfarbe getragene Stimme verwischte jetzt etwas die zunächst exotisch anmutende Erscheinung der Person vor ihm.

Berger bat den Händler, das Gemälde des Niederländers in der Auslage näher ansehen zu dürfen. Eifrig machte sich das Männchen daraufhin daran, die Rückwand der Auslage zu öffnen und das Bild behutsam herauszuheben. Mit sorgsam gesetzten Schritten wurde es von ihm zu einem mit einer Decke abgedeckten Tisch getragen und darauf abgelegt.

Sauerwein knipste ein helles Licht über dem Tisch an und holte beflissen eine Lupe aus einer Schublade. Überraschend eloquent umriss er dann mit präzisen Worten die Darstellung und die Person des Malers.

Er legte dabei besonderen Nachdruck auf die Feststellung, dass an der Echtheit des Gemäldes kein Zweifel bestand, das würden entsprechende, selbstverständlich vorzeigbare, Expertisen von ausgewiesenen Fachleuten einwandfrei beweisen.

Julius Berger hatte sich ganz bewusst Zeit gelassen, das Bild aus der Nähe zu betrachten. Nach einem ersten Überblick nahm er die angebotene Lupe zur Hand und suchte es gewissenhaft nach Schäden oder Übermalungen ab. Währenddessen stand der Mann schweigend neben ihm und sah ihm aufmerksam zu.

Berger wandte sich nach der Prüfung ganz plötzlich mit einer schnellen Drehung seines Oberkörpers dem

Mann zu, sah ihm geradewegs in die stechend schwarzen Augen und fragte ihn nach dem Preis.

Der Händler schien einen Moment erschrocken und wollte dem durchdringenden Blick ausweichen, aber Bergers scharfe Augen schienen ihn festzunageln. Er konnte ihnen nicht entkommen. Sein Gesicht wurde eine Spur bleicher. Er schluckte krampfhaft, dann brachte er eine Summe heraus, die seinem Interessenten ein leises Pfeifen aus dem gespitzten Mund entlockte.

Berger erwiderte, nachdenklich den Kopf wiegend: „Ich muss mir den möglichen Kauf des Bildes noch ein wenig überlegen. Sicher sind Sie damit einverstanden, dass ich das Gemälde vor dem Erwerb nochmals von einem mir bekannten Fachmann prüfen lasse?" Bevor der Verkäufer zu einem entrüsteten „Wie können Sie glauben, das Bild sei nicht echt!" ansetzen konnte, hatte Julius Berger schon schnell hinzugefügt: „Über den Preis reden wir noch einmal nach dieser Prüfung."

Wieder öffnete der Mann seinen zugekniffenen Mund, um zu einer Antwort anzusetzen. Berger kam ihm verbindlich lächelnd zuvor: „Hier meine Karte. Können Sie das Bild für mich einige Tage reservieren? Ich schicke jemanden vorbei, der es sich ansieht."

Der Händler warf wortlos einen prüfenden Blick auf Bergers Karte, dann drehte er sich um und öffnete eine Schublade, der er eine Visitenkarte entnahm, die er Berger reichte. Auf ihr war in altmodischer Schrift „Ruppert Sauerwein, Antiquitätenhändler" zu lesen. Sauerwein schnarrte: „Ich würde mich freuen, wenn Sie sich für dieses einmalige Gemälde entscheiden würden. Es ist bestimmt seinen Preis wert. Sie können es selbstverständlich von einem Fachmann nochmals prüfen lassen."

Die Augen des Händlers schienen wiederum seinen höflich gesetzten Worten hohnzusprechen. Sie starrten den selbstbewusst auftretenden Kunden mit einer Eiseskälte an, die Berger einen plötzlichen Schauer über den Rücken jagte. Er ließ sich die wachsende Ablehnung seines Gegenübers jedoch nicht anmerken.

Julius Berger konnte sich den kleinen, drahtig wirkenden Mann in dem Moment mühelos als raffinierten Kunstdieb vorstellen, ja als geschickten Fassadenkletterer, der sich seine Ware aus gut bestückten Wohnungen und Häusern holte. Er verbot sich jedoch diesen Gedanken sofort als völlig irrational.

Dann verabschiedete er sich mit einer sachlichen Redewendung und versprach, sich bereits in ein oder zwei Tagen wieder bei Sauerwein zu melden.

Der Händler verbeugte sich mit einigen verbindlichen Abschiedsfloskeln und reichte ihm mit einer eleganten Körperbewegung seine Hand, die sich irgendwie schuppig und trocken anfühlte. Für den relativ kleinen Mann war sie erstaunlich groß und kräftig. Julius Berger erschauderte bei diesem Händedruck innerlich, aber auch das ließ er sich nicht anmerken.

Als Berger dann zur Ladentüre ging, hatte er das unangenehme Gefühl, als bohrte sich ein stechender Blick aus kohlrabenschwarzen Augen tief in seinen Rücken.

Nachdem er die Türe hinter sich geschlossen hatte, kam ihm der Gedanke, dass er diesem unsympathischen Menschen am liebsten nie mehr begegnen wollte. Wenn das Bild sich jedoch als echt erweisen würde, wäre es – unsympathischer Verkäufer hin oder her – eine gelungene Erweiterung seiner Kunstsammlung und würde ihm bestimmt noch viel Freude bereiten.

Während seines lässigen Schlenderns durch Nürnbergs Straßen war ihm die ganze Zeit eine schlanke, unscheinbar gekleidete Person wie ein Schatten gefolgt. Doktor Berger wusste nicht, dass er schon seit seiner Abfahrt von Ansbach verfolgt wurde. Diese Person schlüpfte, kurz nachdem er den Antiquitätenladen verlassen hatte, durch die schmale Türe ins Innere. Ruppert Sauerwein begrüßte sie voller Begeisterung mit einer innigen Umarmung.

Berger fuhr nach Ansbach zurück. Unterwegs dachte er über seine Entdeckung nach. Ihm war klar, dass ihm der Antiquitätenhändler das Bild natürlich gerne gleich verkauft hätte. Jedoch der Geschäftsmann in ihm wollte kein Risiko eingehen, so sehr es ihn in den Fingern juckte, das Gemälde zu besitzen. Schon aus Prinzip würde er das Bild vor einem Kauf von einem Fachmann prüfen lassen.

Die Aussicht, dieses wunderbare Gemälde erwerben zu können, hatte ihn euphorisiert und gleichzeitig mit einer großen Dankbarkeit erfüllt. Sein Wohlstand erlaubte es ihm ja, sich selbst immer wieder größere Geschenke zu machen.

Aus Dankbarkeit über den Fund des wertvollen alten Bildes in dem Nürnberger Antiquitätenladen entstand in ihm plötzlich der Wunsch, anderen auch ein Geschenk zu machen. Er überlegte, wem er etwas Gutes tun könnte. Zunächst fiel ihm niemand ein und die Frage bewegte ihn den darauf folgenden Tagen immer wieder. Aus einem Anlass, an den er sich später nicht mehr erinnern konnte, dachte er an die beiden jungen Pfarrer seiner Kirchengemeinde, die er sehr schätzte.

Beim Nachdenken über die beiden kam ihm der Gedanke: „Sankt Gumbertus sollte ich beschenken!" Der Name des Heiligen hatte unmittelbar darauf weitere Gedanken bei ihm ausgelöst. Insbesondere die Frage: „Wo waren eigentlich die Gebeine dieses Heiligen hingekommen?" Im Mittelalter hatten die Gläubigen für ihren Kirchenpatron extra einen reich geschmückten Erker an den Chor der Sankt-Gumbertus-Kirche anbauen lassen. Als sich Ansbach später der Reformation anschloss, wurden die Gebeine entfernt. Recht viel mehr wusste er darüber nicht.

„Wo sind sie jetzt wohl?", sinnierte Julius Berger. Der Gedanke, „man müsste Sankt Gumbertus wieder in seine Kirche zurückholen!", hatte sich ihm dann förmlich aufgedrängt.

Julius Berger war ein Mann, der seine Ideen gerne in die Tat umsetzte. Beruflich tat er das häufig mit Geschick und Sachverstand. Dieser Sachverstand fehlte ihm aber für dieses außergewöhnliche Vorhaben völlig. Dazu brauchte er dringend einen Fachmann.

Bernhard Nöthlein, ein Ansbacher Historiker, war ihm in den Sinn gekommen. Der müsste darüber Bescheid wissen. Tatsächlich hatte sich Nöthlein sofort bereit erklärt, ihm in dieser Sache behilflich zu sein.

Zu Bergers großen Überraschung nannte ihm der Gelehrte in ihrem Gespräch ausgerechnet den Namen des Antiquitätenhändlers Ruppert Sauerwein, dessen Laden er wegen des Gemäldes in Nürnberg aufgesucht hatte. Nöthlein meinte: „Sauerwein ist ein ausgezeichneter Experte für Reliquien!" Mit ihm wollte er sofort Kontakt aufnehmen.

An einem trüben Morgen saß Julius Berger, Eigentümer der Pharmafirma Sanaplant, einige Tage später an seinem Schreibtisch im Nürnberger Werk über einer Arbeit.

Regen prasselte von außen an die große Scheibe des Büroraumes. An klaren Tagen hatte Julius Berger von seinem Arbeitsplatz aus einen wunderschönen Blick in den kleinen Park, der das Werk umgab. Jetzt im Herbst genoss er bei schönem Wetter die prachtvolle Laubfärbung. An diesem Vormittag jedoch schienen die dunkelgrauen Regenwolken direkt zwischen den Bäumen zu hängen. Bereits zu dieser frühen Stunde war das Tageslicht so schwach, als würde die Dämmerung über die Stadt hereinbrechen.

Das Werk war im neunzehnten Jahrhundert gebaut worden. Damals sah hier alles noch ganz anders aus. Der Bauplatz lag ein ganzes Stück außerhalb der Stadt und vom Verwaltungsgebäude im Jugendstil hatte man einen ungehinderten Blick auf die Pegnitzauen.

Berger saß im Licht seiner Schreibtischlampe wie auf einer kleinen, abgeschiedenen Insel. Er prüfte akribisch die vor ihm liegenden Ergebnisse einer Forschungsreihe seines Betriebes. Seine wissenschaftlichen Mitarbeiter waren gerade dabei, ein bestimmtes Medikament auf pflanzlicher Basis zu entwickeln. Die Ergebnisse waren ermutigend, dennoch würde es noch eine ganze Weile dauern, ehe ein solches Medikament, nach allen Prüfungen, schließlich auf den Markt kommen würde. Mit höchster Konzentration war er mit den Ergebnissen des vorliegenden Tests befasst.

Am Nachmittag noch sollte eine Konferenz aller daran Beteiligten darüber beraten, wie man weiter damit verfahren wollte.

Mitten in seine Arbeit hinein läutete das Telefon auf seinem Schreibtisch. Durch die Störung etwas verärgert, hob er den Hörer ab.

„Frau Wieland, ich habe Ihnen doch gesagt, dass ich gerade nicht zu sprechen bin!" Die Sekretärin entschuldigte sich und erwiderte mit ihrer sachlich-freundlichen Stimme: „Ich habe einen Herrn Nöthlein aus Ansbach am Telefon. Sie sagten mir, dass ich den sofort bei Ihnen melden soll, wenn er anruft. Möchten Sie jetzt mit ihm sprechen?"

Bergers Verstand, eben noch mit völlig anderen Dingen beschäftigt, wandte sich sofort dem ankommenden Gespräch zu: „Stellen Sie ihn durch!"

Seit ihrem Gespräch hatte Berger auf eine Nachricht

von Nöthlein gewartet. Jetzt war er sehr gespannt, was er von ihm zu hören bekommen würde.

Es knackte im Telefonhörer. Aufgeregt meldete sich der Gelehrte und verkündete: „Herr Doktor Berger, wir sind unserem Ziel bereits ein ganzes Stück näher gekommen. Sauerwein hat gut recherchiert und den Besitzer einer Reliquie gefunden. Der will seinen Namen allerdings nicht preisgeben. Aber stellen Sie sich vor, er ist bereit, die Reliquie vom Haupt des heiligen Gumbertus tatsächlich zu verkaufen!"

Nöthlein schnaufte hörbar erregt in das Telefon. Als Berger das hörte, hatte er sich schnell von der Spannung des Historikers anstecken lassen. Nöthlein erklärte ihm etwas umständlich, auf welche Weise ein Erwerb zustande kommen könnte. Eifrig bekräftigte er seine fachliche Unterstützung in dieser Sache.

Dann fing Nöthlein vor Begeisterung förmlich zu säuseln an: „Die Rückführung des Schädelknochens ist mir selbst eine sehr große Herzensangelegenheit."

Julius Berger hatte ihn gebeten, seine Bemühungen fortzusetzen: „Rufen Sie mich an, sobald der jetzige Besitzer die Reliquie endgültig zum Verkauf freigibt."

Dann war allerdings sein gesunder Geschäftssinn wieder erwacht. Mit Bestimmtheit in der Stimme fügte er hinzu: „Ich stelle jedoch Bedingungen: Ich verlange, dass der Reliquie eine sowohl von kirchlicher als auch notarieller Seite beglaubigte Urkunde beigefügt wird, aus der ihre Echtheit hervorgeht. Meine Anfrage sollte bis zu diesem Zeitpunkt lediglich auf der Ebene einer Interessensbekundung gesehen werden. Denn eine weitere Vorbedingung, unabhängig vom Kauf, wird selbstverständlich die Zustimmung der beiden Pfarrer und des Kirchenvorstands von Sankt Gumbertus sein. Sollte diese Einverständniserklärung ausbleiben, ist die Sache natürlich automatisch gegenstandslos."

Nöthlein erklärte sich bereit, unter diesen Vorbedingungen weiterhin als Mittelsmann zu fungieren und den Erwerb ständig fachlich zu begleiten.

Schon eine Stunde später kam ein weiterer Anruf von ihm. Nöthlein verkündete triumphierend, dass der Besitzer die Bedingungen annahm und weiterhin zum Verkauf bereit wäre. Ruppert Sauerwein und er würden seriöse Gutachter beauftragen und den geordneten Ablauf des Geschäftes überwachen.

Dann kam Nöthlein auf den Preis für das Stück Schädelknochen des Heiligen zu sprechen. Der war erstaunlich. Als ihn der Anrufer genannt hatte, hatte Berger reflexartig die Luft eingezogen. Zwanzigtausend Euro erschienen ihm im ersten Moment doch sehr hoch für ein kleines Knochenstück. Sauerwein verlangte darüber hinaus eine Vermittlungsgebühr in Höhe von fünfzehn Prozent. Berger war klar, dass er auch Nöthlein in etwa dieser Preislage für seine Tätigkeit entlohnen müsste.

Die erste Hälfte des Preises sollte nach Übergabe der wissenschaftlichen Expertisen und der amtlichen Versiegelung durch einen Notar in bar bezahlt werden. Weitere zehntausend Euro sollte er bei der endgültigen Übergabe, ebenfalls in bar, bezahlen. Julius Berger würde erst nach Vorlage der Echtheitsexpertise einen Kaufvertrag unterschreiben. Er überlegte kurz und kam zu dem Schluss, dass er sich diese Gelegenheit nicht durch geistige Kleinkrämerei verderben durfte. So stimmte er einem weiteren Fortgang des Geschäftsverlaufes zu, hörte aber etwas erstaunt, dass Nöthlein, nachdem er sich verlegen geräuspert hatte, vom anderen Ende der Leitung eine merkwürdige Forderung des Händlers zur Sprache brachte: „Es gibt noch eine sonderbare Bedingung. Sauerwein besteht dringend auf einer Übergabe der Reliquie an einem besonderen Ort." Nöthlein nannte ihn.

Berger reagierte daraufhin etwas ungehalten: „Was

soll das? Muss ich mich wirklich auf diesen Unsinn einlassen?"

„Ja, das ist ein Muss! Sauerwein meinte, damit stehe und falle dieses Geschäft."

„Also gut, wenn es so ist, dann hole ich die Reliquie eben dort ab", seufzte Berger ärgerlich über diesen spleenigen Quatsch des Händlers. Aber auch an dieser seltsamen Absonderlichkeit Sauerweins sollte sein Vorhaben nicht scheitern.

Mit dieser positiven Nachricht an Sauerwein und den derzeitigen Besitzer hatte Berger Nöthlein seiner weiteren Vermittlertätigkeit überlassen.

Julius Berger musste nun schleunigst mit den beiden Gumbertuspfarrern Maria Sebald und Harro von Weinheim Kontakt aufnehmen, um einen Termin zu finden, an dem er ihnen sein Projekt vorstellen konnte. Er wollte alles daransetzen, die beiden zu animieren, sein Projekt dem Kirchenvorstand in der nächsten Sitzung so schmackhaft zu machen, dass die Damen und Herren zustimmten. Diese Zustimmung war ein unübersehbarer Schwachpunkt bei all den Bemühungen.

Berger nahm noch einmal den Hörer seines Telefons ab und bat Anne Wieland, für ihn eine Verbindung zum Pfarramt Sankt Gumbertus herzustellen.

Während Julius Berger wartete, wurde ihm bewusst, dass er über die beiden jungen Pfarrer ausgesprochen glücklich war. Er freute sich, als er an die bisherigen Begegnungen mit den beiden Geistlichen dachte. Der Horizont des Wissens war dabei in der Regel weit ausgespannt worden. Diese Art Gespräche mochte er sehr.

Das entschädigte ihn auch für die manchmal recht engstirnige Sichtweise, in der sich einige Mitglieder der Kirchengemeinde hervortaten, wenn sie sich konsequent der Anerkennung des Wandels von Anschauungen auf theologischem Gebiet verweigerten. „Nur keine Veränderung!“ Diese Haltung brachten sie bei jeder Gelegenheit zum Ausdruck. Alles Neue wurde erst einmal als gefährliches Experiment abgelehnt.

Er hatte oft genug den Eindruck bestätigt bekommen, dass sie ihn bereits in ihre geistigen Schubladen mit der Aufschrift „Vorsicht Spinner“ gesteckt hatten.

Während er noch daran dachte, läutete sein Telefonapparat. Er hob ab. Seine Sekretärin sagte am anderen Ende: „Herr Pfarrer von Weinheim ist jetzt in der Leitung.“

Berger ließ sich zu ihm durchstellen. „Gott zum Gruß, Herr Pfarrer!“, begrüßte er den jungen Gottesmann am anderen Ende.

„Ich grüße Sie auch!“, antwortete es vom anderen Ende der Leitung mit leicht ironischem Unterton.

„Pardon Herr von Weinheim, wenn ich gleich mit der Türe ins Haus falle, aber ich bin mitten in der Vorbereitung einer wichtigen Besprechung, die heute Nachmittag stattfinden wird, deshalb frage ich Sie ganz einfach, ob Sie und Frau Sebald heute Abend Zeit und Lust haben, mich in meinem Haus zu besuchen. Ich habe eine Idee, die Sankt Gumbertus betrifft, und möchte sie gerne mit Ihnen besprechen.“

„Das ist aber eine nette Überraschung“, entgegnete ihm Harro ehrlich erfreut, „wir haben uns tatsächlich schon seit einiger Zeit nicht mehr ausgetauscht. Ich finde, dazu wird es wirklich wieder einmal Zeit. Auf Ihre Idee bin ich schon gespannt.“

Und nach kurzer Überlegung: „Also bei mir ginge es. Ich frage schnell Maria, ob sie heute Abend irgendetwas vorhat. Einen Moment, gleich wissen wir mehr.“

Berger hörte, dass Harro von Weinheim den Hörer ablegte, dann waren sich entfernende Schritte zu vernehmen und anschließend unverständliches Gemurmel, offenbar ein Gespräch in einem anderen Raum. Schnell war der Pfarrer wieder zurück. „Wir können kommen und freuen uns über Ihre Einladung. Wird Frau Ohning auch dabei sein?"

„Ja, ich denke, sie wird auch da sein. Kommen Sie, wenn es für Sie möglich ist, um neunzehn Uhr und bringen Sie noch ein wenig Appetit mit. Ich werde meiner Haushälterin sagen, dass sie uns eine Kleinigkeit vorbereitet."

Anschließend beauftragte er Anne Wieland, seine Haushälterin anzurufen und sie zu bitten, ein Abendessen nach ihrer Wahl für vier Personen zuzubereiten. Berger wusste, dass er sich auf Frau Schäfers Kochkünste absolut verlassen konnte. Was immer sie kochen würde, es würde bestimmt köstlich sein.

Sein Telefon hatte ihn wenig später noch einmal bei der Arbeit gestört. Die Sekretärin teilte ihm mit, dass Frau Ohning ihn zu sprechen wünschte, und verband ihn mit seiner Geliebten, Freundin, seiner großen Liebe, die er zwei Jahre nach dem Tod seiner früheren Frau ganz zufällig getroffen hatte. Sie war die zweite große Liebe seines Lebens.

Sybille Ohning arbeitete seit Jahren als Redaktionsleiterin für das Bayerische Fernsehen im Studio Nürnberg.

Als er damals zum ersten Mal ihre Stimme hörte, ging es ihm wie schon so oft. Ihr dunkler, fast etwas rauer Klang hob ihn über seinen Alltag hinaus in eine besondere Sphäre. Er spürte, wie sie ihn ganz tief in seinem Inneren berührte.

Sybille Ohning sagte ganz einfach zu ihm: „Hallo mein Liebster, ich vermisse dich und bin voller Sehnsucht nach dir. Ich habe Lust, heute Abend zu dir zu kommen. Ist dir das recht?"

„Das ist mir sogar mehr als recht! Das war jetzt wohl Gedankenübertragung. Ich möchte mit dir und auch mit den Pfarrersleuten Maria Sebald und Harro von Weinheim etwas besprechen."

„Gut, mit den beiden ist es immer schön. Später am Abend möchte ich dich allerdings für mich alleine haben."

„Das kannst du, mein Liebling. Ich werde die ganze Nacht für dich da sein."

„Ich habe nichts anderes erwartet", tönte es schelmisch von der anderen Seite. „Schön, ich freue mich. Bis später. Hier schon einmal einen kleinen Vorschuss für heute Abend." Es schmatzte laut und deutlich im Hörer.

„Oh, dieser Kuss war etwas für mein Herz und für meine Ohren!", gab Julius seiner Liebsten zu wissen. Und leise weiter: „Bis später, mein Schatz!" Dann legte er auf.

Das Zusammentreffen in seinem Haus später am Abend hatte sich dann für alle Anwesenden sehr angenehm gestaltet. Wie von Berger erwartet, erwies sich das Essen seiner Haushälterin als ausgezeichnet. Während des Essens plauderten die vier ganz locker und freundschaftlich über verschiedene Themen, die sie gerade bewegten.

Als Julius nach dem Essen mit seiner Idee herausrückte, waren die anderen drei bass erstaunt. Eine Reliquie von Sankt Gumbertus wieder in seine Kirche zurückzuholen, darauf wäre niemand von ihnen gekommen. Julius Berger zog alle Register, um in ihnen die Begeisterung zu wecken, die ihn selbst bisher angetrieben hatte. Sofort entspann sich eine lebhafte Diskussion über Möglichkeiten und Schwierigkeiten, die sich aus diesem Erwerb ergeben mochten. Am Ende waren sich jedoch alle einig, dass die mit dem Kauf der Reliquie verbundenen Chancen weitaus höher waren als womöglich auftretende Unbilden.

Als Hauptproblem stand allen natürlich die Zustimmung des Kirchenvorstands vor Augen.

Harro von Weinheim war in dieser Hinsicht der Zuversichtlichste von ihnen. „Ich habe da eine Idee, wie ich den Kirchenvorstehern das Projekt in der morgigen Sitzung schmackhaft machen könnte!“, verkündete er stolz.

„Da bin ich aber gespannt. Ich bleibe an der Stelle noch sehr skeptisch“, wandte Maria ein. „Du kennst sie doch und weißt, wie schwer sie sich tun, aus gewohnten Geleisen auf andere umzusteigen.“

„Warts nur ab und sei guten Mutes ...“, sang Harro daraufhin theatralisch.

Sybille Ohning unterbrach den Gesang mit nachdenklicher Miene: „Mir ist gerade der Gedanke gekommen, ich könnte eine Fernsehreportage über die Auffindung der Gebeine des Stadtheiligen von Ansbach machen. Dabei wäre doch allen geholfen. Der Händler könnte besser nachweisen, dass es sich um die Originale handelt. Ich hätte eine prima Sendung. Die ganze Region könnte von einer Dokumentation profitieren, die sich vielfältig einsetzen ließe, und wir alle bekämen mehr Sicherheit, das wahre Schädelteil des heiligen Gumbertus zu bekommen und nicht irgendwelche alten Knochen gekauft zu haben. Was sagt ihr dazu?“ Die Begeisterung über diesen Gedanken sprang schnell auf die anderen über und sie stimmten der Idee euphorisch zu.

Sybille wollte sich sofort mit der Sache befassen. Gleich am nächsten Tag würde sie mit Ruppert Sauerwein Kontakt aufnehmen, dann könne man ja sehen, ob er sich darauf einließ oder nicht.

Nach einigen Stunden verabschiedeten sich die beiden Pfarrer nach einem schönen gemeinsamen Abend von Julius und Sybille. Die Nacht gehörte nun den beiden Gastgebern. Sie genossen sie in vollen Zügen.

Tatsächlich hatte sich der Händler am nächsten Tag mit dem Fernsehprojekt einverstanden erklärt. Eine bessere und zudem billigere Werbung könne er sich gar nicht vorstellen, hatte er erfreut gemeint, als Sybille Ruppert Sauerwein in seinem Geschäft in Nürnbergs Innenstadt besucht hatte.

Der Antiquitätenhändler hatte die Journalistin zunächst klipp und klar darauf hingewiesen, dass er nicht befugt sei zu verraten, bei wem sich der Kasten mit dem Schädelknochen derzeit befand. Die Privatperson wollte ihre Identität unter keinen Umständen preisgeben. Er verriet ihr dann aber, dass diese Person ein Nachfahre eines früheren Erzbischofs sei, der den Schädelknochen bis zu seinem Tod aufbewahrt hatte.

Nachdem urkundlich nachgewiesen war, dass der Erzbischof diese Reliquie von eigenem Geld gekauft hatte, wurde sie großzügig seinem letzten Nachfahren überlassen. Dieser hatte sich irgendwie, genauer konnte es der Mann nicht sagen, um die Kirche verdient gemacht. Es war sozusagen ein ganz besonderes Dankeschön.

Nachdem der jetzige Besitzer der Reliquie vor einiger Zeit in finanzielle Schwierigkeiten geraten war, habe er sich an kirchliche Stellen gewandt, um die Reliquie an sie zu verkaufen. Die Kirche wollte jedoch den hohen Preis nicht bezahlen.

Ruppert Sauerwein freute sich natürlich, einen möglichen Käufer gefunden zu haben. Sybille hatte nach diesem Gespräch damit begonnen, weitere Recherchen durchzuführen, um in der Folge einen Regieplan für ihr Filmprojekt zu entwerfen.

Ihre Nachforschungen führten sie bereits am Tag darauf auch nach Ansbach. Sie traf sich dort mit Bernhard Nöthlein. Der ausgewiesene Kenner der Ansbacher Geschichte, dem sie bereits bei Festivitäten verschiedener Art begegnet war, unterrichtete sie, wie schon zuvor Berger, über den heiligen Gumbertus. Während Sybille konzentriert zuhörte und sich dabei einige Notizen machte, dozierte er: „Die erste Spur des Gumbertus findet sich in Aufzeichnungen über eine Synode, eine Kirchenversammlung, des Frankenreiches im Jahr 747, an der Gumbertus als Laie teilnahm. Ein Jahr darauf erwähnt ihn Papst Zacharias in einem Dankschreiben und benennt ihn als Adligen. Im gleichen Jahr wird in einem Papstbrief die Gründung eines Klosters in Ansbach erwähnt. Von keinem Geringeren als Kaiser Karl dem Großen wurde in einer Beglaubigung bezeugt, dass er von Gumbertus das Kloster in Ansbach übergeben bekam. Am 29. März 786 wird Gumbertus von ihm als ‚Bischof' angesprochen. Ganz offenbar war Graf Gumbertus vom Laienstand in den geistlichen Stand aufgenommen worden. Verstorben ist Gumbertus wahrscheinlich irgendwann vor dem Jahr 800. Das schließt man daraus, weil er nach diesem Datum in einem Schreiben als ‚Sanktus' bezeichnet wurde. Heilig gesprochen wird man durch die Kirche ja bekanntlich erst nach dem Tod. Ab 1196 wird der 15. Juli bis auf den heutigen Tag als Gumbertustag gefeiert. An diesem Tag nämlich hat Bischof Heinrich III. den steinernen Sarkophag mit den Gebeinen des Klostergründers feierlich auf den Altar der Gumbertuskirche gestellt. In jenem Jahr wurden dem Schrein das Haupt und ein Armknochen des Heiligen entnommen und in silberne Behälter gefasst. Am jeweiligen Todestag wurde zum Gedenken an ihn in Ansbach früher eine feierliche Prozession vom Münster zur Sankt-Johannis-Kirche durchgeführt, bei der Kanoniker das Reliquiar mit dem Haupt des Heiligen durch die Stadt trugen. Im Jahr 1352 erhielt die Dorfkirche von Schalkhausen Reliquien von Sankt Gumbertus. 1496 wurden beide Gumbertusreliquien in Nürnberg mit Gold und Perlen verziert. Beim Bau des Ostchores der Gumbertuskirche wurde 1502 ein eigener Erker angefügt, der den Steinsarg aufnahm. Die Wende der Reliquienverehrung kam, als Markgraf Kasimir sich im Zuge der Reformation der Lehre Martin Luthers zuwandte und diese Verehrung ablehnte. Auf Befehl des Markgrafen wurde 1522 der Steinsarg geöffnet. Die Gebeine kamen in eine Eichentruhe und wurden angeblich in einem Gewölbe vermauert. Das Schädelreliquiar wurde geöffnet und der kostbare Behälter durch den markgräflichen Hofmeister von Seckendorff verkauft. Als sich die Gräfin Margaretha von der Mark, 1527, auf einer Durchreise in Ansbach befand, wurde ihr ein Stück der Hauptreliquie zum Geschenk gemacht. Dieses Teil wurde 1641 von den Jesuiten in der Kollegkirche in Brüssel beigesetzt. Die restlichen Reliquien schenkte Markgraf Joachim Ernst dem Kölner Kurerzbischof Ferdinand von Bayern. Ein Stück des Schädels soll in der Klosterkirche Sankt Johannis im Grabfeldgau gewesen sein. Ein Weihbischof namens Recius soll den Knochen später von dort weggeholt haben. Seine Spur führt nach Würzburg und in dieser Stadt soll sie der spätere Bamberger Erzbischof in Händen gehabt haben, der bis 1906 als Theologieprofessor in Würzburg gearbeitet hatte."

Bernhard Nöthlein breitete nach diesem Referat mit einem entschuldigenden Lächeln die Hände aus: „Mehr kann ich Ihnen zum jetzigen Zeitpunkt nicht dazu sagen. Ich würde mich als Angehöriger der katholischen Kirche natürlich besonders freuen, wenn die Gebeine des Gumbertus wieder den Weg zurück nach Ansbach finden würden. Bisher sah ich dafür aber keine Chance, nun scheint sich dieser Wunschtraum aber doch zu erfüllen."

„Moment, noch sind wir nicht so weit!", hatte ihn Sybille in seiner Euphorie gebremst, „aber schön wäre es schon, wenn alles klappen würde."

Sybille Ohning bedankte sich bei dem Gelehrten, verabschiedete sich und fuhr gleich in ihre Redaktion nach Nürnberg zurück, um weiter an dem Projekt zu arbeiten.

An diesem Abend kehrte sie jedoch nochmals in die

Stadt Ansbach zurück, um Julius Berger vom Ergebnis ihrer Nachforschungen zu berichten und ihm ihre ersten Überlegungen zu einer Fernsehdokumentation darzulegen.

Berger war begeistert. Wenn sich der Kirchenvorstand mit dem Projekt einverstanden erklärte, konnte schon in den Tagen darauf mit Dreharbeiten in Nürnberg und Umgebung begonnen werden.

Sybille Ohning hatte in den folgenden Tagen im Rahmen weiterer Bemühungen neben der Reliquie namhafte Vertreter der wissenschaftlichen Forschung kontaktiert und im Falle der Zustimmung des Kirchengremiums zu einer Mitwirkung bei ihrer Dokumentation eingeladen.

Ebenso dabei sein würden natürlich auch bedeutende Vertreter der Kirche, der örtlichen und der überörtlichen Politik und der Medien. Die Wissenschaftler hatten bis zum Start der Dreharbeiten bestimmt den Kopfknochen intensiv begutachtet und sollten vor der Kamera ihre Statements abgeben. Vor aller Augen würde dann der Metallkasten mit dem wertvollen Inhalt versiegelt werden.

Eine Übergabe an die Kirchengemeinde Sankt Gumbertus in Ansbach würde zu einem späteren Zeitpunkt ganz offiziell in einem vom Fernsehen übertragenen Gottesdienst stattfinden.

Wieder Sonntagabend beim Steinkreuz

Julius Berger empfand nach wie vor großen Widerwillen, wenn er an ihn dachte, den Händler Ruppert Sauerwein.

Als Berger von Nöthlein vor einigen Tagen gehört hatte, um wen es sich bei dem gepriesenen Fachmann handelte, schien die Temperatur im Raum um einige Grad gesunken zu sein. Ausgerechnet mit Sauerwein, diesem ihm unsympathischen und auch unheimlichen Menschen, hatte Nöthlein anschließend telefonisch Kontakt aufgenommen. War das ein Zufall? Solche Zufälle schätzte er überhaupt nicht. Seine innere Ablehnung gegen diesen düsteren Menschen verdarb ihm damals bereits alle Vorfreude.

Bergers Hochstimmung war bei dem Gedanken, auf diese Weise schon wieder mit Sauerwein in Kontakt zu kommen, sofort nach unten durchgesackt.

Nöthlein beteuerte eifrig: „Ich kenne Sauerwein schon länger und habe immer wieder Kontakt mit ihm, wenn es um alte fränkische Kunst geht."

Wenn dieser Händler ihm auch als ein extremer Unsympath erschien, hatte er es doch erreicht, den Schatz in die Hände zu bekommen. Berger freute sich damals über seinen großen Erfolg.

Jetzt, in der Kälte und Finsternis dieser Nacht, war ihm von dieser Vorfreude nichts mehr geblieben. Er war durch und durch von Zweifeln und vagen Ängsten erfüllt.

So im Dunkeln allein, dachte er auch missmutig daran, dass der zwielichtige Verkäufer nicht von der Idee dieser absurden Örtlichkeit abzubringen gewesen war.

Alles in ihm hatte sich gegen diese, wie er fand, ziemlich autoritär vorgetragene Zumutung gewehrt. Er ärgerte sich jetzt, dass er, um die Abwicklung des Geschäftes nicht im letzten Moment zu verderben, diesem Quatsch zähneknirschend nachgegeben hatte.

Zu einer weiteren Zumutung bei dem seltsamen Ritual der Übergabe gehörte auch die Bedingung, dass er unbedingt ohne Begleitung kommen sollte. Warum, das würde er dort schon erfahren, hatte der undurchsichtige Mensch bei dem Anruf am späteren Nachmittag dieses Tages zum Schluss geheimnisvoll gemurmelt.

Als Kaufmann war er es zwar gewohnt, um einer Sache willen Kompromisse einzugehen, hierbei aber hatte er das Gefühl, zu sehr nachgegeben zu haben. War ihm seine Idee wirklich so viel wert? Sein Zweifel daran wurde von Minute zu Minute größer.

Am liebsten hätte er in diesem Moment den Motor seines Wagens angelassen und wäre unverzüglich wieder nach Hause gefahren, aber seine ausgeprägte Disziplin ließ das einfach nicht zu. Sie ermahnte ihn durchzuhalten, um den Kasten mit dem wertvollen Inhalt nach allen Bemühungen endlich in seine Hände zu bekommen. Er war es gewohnt, einmal gesetzte Ziele mit Beharrlichkeit und Energie zu verfolgen. Diese Einstellung hatte in der Vergangenheit entscheidend zu seinen geschäftlichen Erfolgen beigetragen.

Um seinen Willen, hier zu bleiben, zu stabilisieren, zwang er sich dazu, intensiv an den heiligen Gumbertus, Gründer eines Klosters an der Mündung des Onoldsbaches in die Rezat, zu denken, der im achten Jahrhundert nach Christus in verschiedenen Teilen Frankens gewirkt hatte. Berger schüttelte in der Finsternis seines Wagens den Kopf. Auch der Gedanke an den heiligen Gumbertus konnte sein ungutes Gefühl nicht verdrängen.

Wenigstens hatte der Kirchenvorstand von Sankt Gumbertus der Rückführung zugestimmt.

An einem Abend der letzten Woche hatte die entscheidende Kirchenvorstandssitzung stattgefunden. Berger erfuhr nur das Ergebnis dieses Abends. Wie es dabei zuging, erfuhr er nicht.

Pfarrer Harro von Weinheim hatte pünktlich um neunzehn Uhr dreißig die Versammlung eröffnet. Er stellte zunächst die Beschlussfähigkeit des Gemeindeparlaments fest, obwohl Kirchenvorsteherin Eveline Schwalbe noch nicht da war. Frau Schwalbe hatte sich auch nicht entschuldigt. Harro fragte in die Runde: „Weiß jemand, was mit ihr los ist?"

Ratloses Kopfschütteln. Oswald Nothnagel hob kurz die Hand und sagte: „Heute bin ich ihr in der Fußgängerzone begegnet und habe sie an die Sitzung erinnert."

„Dann fangen wir eben ohne sie an", schlug Frau Stahlheimer vor, „sie wird schon noch kommen. Eine Pünktliche war sie noch nie!"

Bevor die Schulkameradin der Schwalbe eine passende Erzählung über Evelines Versäumnisse zum Besten geben konnte, schlug Harro vor, „Ich singe dir mit Herz und Mund", im Gesangbuch Lied dreihundertvierundzwanzig, zu singen.

„Alle achtzehn Verse?", schnaubte Florian Meusel, der Vertreter der Jugend. Wie üblich trafen ihn vorwurfsvolle Blicke, die zu sagen schienen: „Du fauler Kerl, leiste erst einmal was, dann darfst du jammern."

Maria Sebald, die Harro gegenüber saß, unterdrückte ein Grinsen. Harro schüttelte den Kopf: „Nein, es sind zwar kurze Verse, aber ich habe nur an die Verse eins bis zehn und dreizehn und vierzehn gedacht."

Bevor er anstimmen konnte, hatte das schon Glasermeister Hans Meier übernommen und schmetterte bereits mit rotem Kopf den zweiten Teil des ersten Satzes: „... ich sing und mach auf Erden kund, was mir von dir bewusst."

Harro holte tief Luft, um beim zweiten Vers auf den

bereits mit Volldampf fahrenden Zug aufzuspringen. Er schaffte es: „Ich weiß, dass du der Brunn der Gnad ..."

Eveline Schwalbe schwebte elegant in den Raum, als alle gerade im Vers neun bei „Du strafst den Sünder mit Geduld ..." angekommen waren. Sie schaute die am Tisch sitzenden und nach Kräften und zum Teil zwischen den Noten balancierenden Kirchenvorstandskollegen kritisch an und schüttelte immer wieder den Kopf, bis das Lied zu Ende gesungen war. Dann konstatierte sie mit schneidender Häme in der Stimme: „Die meisten von euch könnten ganze Säle leer singen. Das grenzt ja schon an Körperverletzung, was ihr so von euch gebt."

„Bravo, guter Auftakt, Frau Schwalbe!" Oswald Nothnagel klatschte demonstrativ in die Hände. Die Schwalbe verneigte sich, immer noch hämisch grinsend. „Danke, auch Sie waren gemeint!"

Nothnagel, der sowieso zur Blässe neigte, wurde noch eine Spur blasser und biss die Zähne zusammen.

Harro, der befürchtete, dass seine Sitzung gleich wieder aus dem Ruder lief, wollte erst einmal wieder Ruhe in die Versammlung bringen. Schnell sagte er: „Ich möchte Ihnen nun einige Gedanken zum Thema Ökumene nahebringen."

Hans Meier ließ seinen Atem leise zischend aus dem Mund entweichen und wiegte skeptisch den Kopf, sagte aber nichts.

Harro hatte das Thema natürlich mit voller Absicht ausgesucht. Er wollte anschließend die Reliquie einführen und ihr zunächst mit seiner Rede sorgsam das Feld bereiten. Zu Beginn holte er weit aus, erwähnte die verbindenden Gemeinsamkeiten zwischen den Konfessionen und landete nach und nach bei den Heiligen und schließlich bei Sankt Gumbertus, dessen Wirken in Ansbach und an anderen Orten er als grundlegend für das Christentum in der Region und natürlich besonders in

Ansbach ausführlich pries. Um das Gesagte auch theologisch gut zu untermauern, hatte er sein Gesangbuch mit einem Zettel präpariert und schlug mit einer gewandten Bewegung die Seite eintausendfünfhundertdreiundsiebzig auf: „Sie wissen alle, dass Philipp Melanchthon im sogenannten ‚Augsburger Bekenntnis' beim Reichstag in Augsburg 1530 vor dem Kaiser Karl V. die Überzeugungen evangelischen Glaubens darbrachte. Über den Dienst der Heiligen schreibt er Folgendes:

Vom Heiligendienst wird von den Unseren so gelehrt, dass man der Heiligen gedenken soll, damit wir unseren Glauben stärken, wenn wir sehen, wie ihnen Gnade widerfahren und auch wie ihnen durch den Glauben geholfen wurde; außerdem soll man sich an ihren guten Werken ein Beispiel nehmen, ein jeder in seinem Beruf.

Aus der Heiligen Schrift kann man aber nicht beweisen, dass man die Heiligen anrufen oder Hilfe bei ihnen suchen soll. ‚Denn es ist nur ein einziger Versöhner und Mittler gesetzt zwischen Gott und den Menschen, Jesus Christus' (1. Timotheus 2,5). ‚Er ist der einzige Heiland, der einzige Hohepriester, Gnadenstuhl und Fürsprecher vor Gott' (Römerbrief 8,34), und er allein hat zugesagt, dass er unser Gebet erhören will. Nach der Heiligen Schrift ist das auch der höchste Gottesdienst, dass man diesen Jesus Christus in allen Nöten und Anliegen von Herzen sucht und anruft: ‚Wenn jemand sündigt, haben wir einen Fürsprecher bei Gott, der gerecht ist, Jesus. (1. Johannesbrief 2,1)'"

Harro gönnte sich nach dieser ausführlichen Lesung eine kurze Verschnaufpause. Hans Meier hatte sein inhaltsschweres Schweigen offenbar als einen Anlass zur Diskussion missverstanden. Er konnte nicht anders, als im fränkischen Dialekt zu reden. Hochdeutsch war ihm grundsätzlich fremd. „Also, do sichd mer doch widder ermol, dass die Kadoliggn affm falschn Dambfer sin!", hob er lautstark an. „Dei mit ihre Heilichn überernander.

Der heilchie Bonifazius und sei Walburga und wie's alle hassn. Här mer blouß af mit dene!" Er winkte mit seiner schaufelgroßen Hand verächtlich ab und setzte noch einen Grunzer obendrauf.

Das konnte Eveline Schwalbe so nicht stehen lassen. In strengem Lehrerinnenstil konterte sie: „Also das war jetzt wieder Originalton Meier! Herr Meier, ich verwahre mich gegenüber Ihren unqualifizierten Reden! Was soll aus der Ökumene werden, wenn jeder solche schrecklichen Sachen sagen würde wie Sie, gerade hier im Kirchenvorstand! Dann geht doch niemals was weiter. Haben wir denn in Rom nicht schon genug Sturköpfe. In Ansbach sind wir da jedenfalls schon ein Stück weiter."

„Wenns mana!", brummte Meier zu ihr hin.

Harro war entsetzt. Diese beiden waren drauf und dran, ihm durch ihr Gequassel sein ganzes, so schön ausgedachtes Konzept zu ruinieren. Er hob die Hand und sagte laut: „Ich bin noch nicht fertig!"

Ruckartig drehten sich alle Köpfe von den beiden Kontrahenten weg zu ihm hin.

„Ich habe Ihnen heute Abend eine ganz große Überraschung mitgebracht", verkündete er verheißungsvoll. Mit Schwung hob er eine hölzerne Kassette vom Boden neben sich auf und stellte sie vor sich auf den Tisch.

„Raten Sie einmal, was sich in diesem Kasten verbirgt!" Hätte er in diesem Augenblick zu Maria hinübergesehen, wäre ihm nicht entgangen, dass sie ihre Augen hilfesuchend zum Himmel drehte und ihre Hände rang: „Wie kann er nur?"

Oswald Nothnagel meinte, Bescheid zu wissen: „Ich denke, diese Kiste ist voller Geld. Sie haben heute die zwei alten Opferstöcke in der Sankt-Georgs-Kapelle geleert. Ich weiß gar nicht, wann die das letzte Mal geleert wurden. Ich glaube, das war neunzehnhundertneunundachtzig durch Pfarrer Krenzel. Er hat auch verfügt, dass sie nur alle fünf Jahre geleert werden sollen.“ Nothnagel machte plötzlich ein etwas dümmliches Gesicht, dann protestierte er: „Die sind aber noch nicht vorbei!“

Bitterböse Blicke richteten sich nun auf Harro: „Was bildet sich dieser junge Schnösel ein, solche altehrwürdigen Traditionen einfach über den Haufen zu werfen!“

Harro machte eine abwehrende Handbewegung: „Über Sinn und Unsinn dieser Anordnung von Pfarrer Krenzel reden wir ein andermal, aber ich kann sagen, Sie liegen mit Ihrer Vermutung weit daneben.“

Frau Wuschel-Köpf, die sich in der Sitzung sonst fast nie zu Wort meldete, der aber eine ausgesprochen romantische Ader zu eigen war, hob schüchtern ihre Hand. Auf Harros Nicken in ihre Richtung meinte sie mit runden, glänzenden Augen und einem ebenso gerundeten Mund: „Ich denke, lieber Herr Pfarrer, Sie haben einen Schatz aus ursprünglich fürstlichem Besitz gefunden. Womöglich haben Sie sich in bisher verborgene Gänge unter unserer Kirche hinabgewagt?“ Es schauderte sie ein wenig, dann säuselte sie mit leuchtenden Augen weiter: „In dem Kasten werden Gold und Silberketten sein und anderes herrliches Geschmeide.“ Um Beifall heischend sah sie sich nach ihrer Rede um.

Harro erwiderte nur trocken: „Leider nein.“

Frau Stahlheimer vermutete: „Da sind alte Urkunden drin, die uns womöglich Privilegien zusprechen?“

„Ach Annemarie, was du wieder für seltsame Gespinste in deinem Kopf hast“, zickte die Schwalbe.

Harro grinste Frau Stahlheimer an: „Nein, keine Urkunden.“

„Dou is vielleicht gor nix drin und Sie wolln uns blouß prüfen“, vermutete Hans Meier.

„Auch nicht richtig“, entgegnete ihm Harro.

Maria war jetzt mit ihren Nerven schier am Ende, sie hob flehentlich ihre Hände: „Harro, bitte tu mir die Liebe, beende endlich dieses Spiel! Und sage, was drin ist, sonst sitzen wir morgen früh um acht noch hier."

„Also gut." Harro nahm seinen Mut zusammen: „Meine Damen und Herren, was Sie hier vor sich sehen, ist ein Reliquienschrein. Ein sehr, sehr großherziger Spender will uns eine Reliquie des Patrons unserer Kirche, also des heiligen Gumbertus, verehren. Der Spender heißt Doktor Julius Berger. Herr Berger hat den Wunsch, dass ein Stück vom Schädel des heiligen Gumbertus im Rahmen eines Gottesdienstes wieder an seinen angestammten Ort im Erker an der Schwanenritterkapelle verbracht werden soll. Wir sollten schon heute darüber abstimmen, ob der Spenderwunsch in die Tat umgesetzt werden kann."

Harro stellte den Damen und Herren dann begeistert wortreich all die Möglichkeiten vor Augen, die sich mit der Reliquie in der Kirche auftaten. Nicht zuletzt sollte schon der religiöse Impuls, der damit ausgelöst werden könnte, ein Grund sein, sich für das hochherzige Geschenk zu entscheiden.

Nach seinem Plädoyer sagte er beflissen: „Wir könnten uns jetzt zunächst schon einmal, in aller Freiheit, Gedanken darüber machen. So würde ein Stimmungsbild entstehen, das uns die Entscheidung, dafür oder dagegen, leichter macht. Die Entscheidung darüber müsste allerdings noch heute Abend fallen. Dazu bitte ich Sie nun um Ihre Zustimmung. Wer stimmt dem zu?"

Inzwischen waren alle ziemlich neugierig geworden, was bei der Geschichte herauskommen würde. Alle bis auf Herbert Seiferlein hoben die Hand. Seiferlein sagte laut: „Ich enthalte mich!"

„Nachdem Sie diesem Verfahren zustimmen, können wir erst einmal in eine Diskussion eintreten", stellte Harro zufrieden fest.

Er schaltete dann sofort auf eine feierliche Tonart um

und erhob sich, als er langsam sprechend zu der Holzkiste griff: „Ich öffne nun diesen Schrein, damit Sie alle einen Blick auf den Inhalt werfen können. Stellen Sie sich bitte dabei vor, Sie hätten die wahre Reliquie vor sich. Dazu bitte ich Sie, sich ebenfalls zu erheben und einer nach dem anderen an den Schrein zu treten. Werfen Sie einen Blick hinein. Nehmen Sie seinen Inhalt wahr und dann setzen Sie sich bitte wieder. Das alles sollte zunächst schweigend geschehen."

Harro löste den Verschluss des Kastens und hob den Deckel ab. In rotem Samt gefasst lag ein Knochen vor ihm. Er stand auf und wies die Anwesenden an, mit ihrem Defilee zu beginnen. Maria Sebald rang die Hände. So sonderbar hatte sie sich Harros Einfall nicht vorgestellt. Woher er nur einen alten Knochen hatte? Vielleicht vom Friedhof? Mit den Friedhofsarbeitern unterhielt er sich doch immer vor und nach den Beerdigungen. Na ja, bei solchen Beziehungen! Maria gruselte es, während sie sich von ihrem Platz erhob.

Meier, der Harro am nächsten saß, war der Erste. Er schaute in den Kasten hinein und murrte: „Des ist ja blouß ä alter Knochn!"

Während einige „pst, pst!" machten, lachte die Schwalbe schrill auf und rief spöttisch: „Ja was haben Sie denn erwartet, Herr Meier, etwa ein kleines Schachtelteufelchen?" Dann schüttelte sie empört den Kopf: „Banause, sage ich bloß!"

„Jetzt gib doch Ruhe, Eveline!", ermahnte sie Frau Stahlheimer. „Spürst du denn nicht jetzt schon die Größe des geschichtsträchtigen Moments, wenn wir die echte Reliquie betrachten werden?"

„Ich sehe nur die Größe deiner Füße vor mir", lästerte die Schwalbe zurück.

„Bitte, liebe Damen, die Betrachtung sollte doch schweigend erfolgen." Harro war nun doch kribbelig geworden. Er ahnte einen heraufziehenden Sturm und wollte versuchen, die Emotionen einigermaßen zu dämpfen.

Nach und nach schritten die Damen und Herren an dem Kasten vorbei und ließen ihren mehr oder weniger skeptischen Blick mehr oder weniger lang auf dem Knochen ruhen.

Als alle wieder saßen, bat Harro um Wortmeldungen. Meier drängte sich dabei vor. Er sprang auf und sagte: „Ich sog gleich, wos ich mir denk. Ich will den Knochn dou net in meiner Kärch. Mir sin doch net katholisch, oder? Der Berger hot uns widder ermol ä Guguksei glegd. Des ist doch widder ermol dybisch!" Wütend geredet setzte er sich wieder hin.

„Herr Meier, Sie geben mir Gelegenheit, mich zu wiederholen. Sie sind leider ein Kulturbanause und haben so gar keinen Sinn für jede Kultur!", ereiferte sich Eveline Schwalbe. „Hierbei handelt es sich nicht einfach nur um einen alten Knochen", setzte sie in ihrer oberlehrerhaften Art hinzu. „Was wir vor uns sehen, ist ein starkes Symbol unseres Glaubens. Anders gesagt, diese Reliquie symbolisiert den Ursprung des Christentums in unserer Heimat und ist so etwas wie eine Gründungsurkunde unserer Gemeinde. Ich bin sehr dafür, dass wir sie wieder an ihren dafür seit Jahrhunderten von unseren Vorfahren bestimmten Ort zurückbringen. Das ist so quasi unsere heilige Aufgabe."

Harro dankte ihr mit einem Kopfnicken und erteilte Nothnagel das Wort.

„Für mich ist das auch keine Frage. Ich stelle mir jetzt schon vor, wie viele Menschen unsere Reliquie betrachten wollen. Ich schlage vor, wir erheben Eintrittsgeld. Ungefähr zwei Euro halte ich für angemessen. Mit dem Geld sanieren wir unseren Haushalt." Seine Wangen hatten sich bei seiner begeisterten Rede – oh Wunder – tatsächlich ein wenig gerötet.

Florian Meusel, der bisher, ganz gegen seine Gewohnheit, geschwiegen hatte, sagte: „Also ihr schaut alle immer nur in die Vergangenheit. Mir ist der Knochen nicht so wichtig. Wenn ihr aus unserer Kirche einen Wallfahrtsort machen wollt, nur zu. Wir Jüngeren suchen uns dann eine andere Kirche, in der wir uns wohler fühlen als in eurem Museum."

„Florian!", rief Annemarie Stahlheimer empört. „Wie kannst du nur so daherreden. Das ist doch pubertäres Gequatsche. Du und deine Kumpane wollen doch immer nur das eine: Event, Event! Spaß um jeden Preis. Werde doch endlich erwachsen!"

„Wenn Erwachsensein so ist, wie Sie sind, dann will ich lieber nicht erwachsen werden!", entgegnete ihr Florian schlagfertig.

Herbert Seiferlein checkte gekonnt die Lage und kam zu dem Schluss, dass die Mehrheit der Anwesenden wohl für die Verbringung des Knochens in den Erker war, und sagte langsam mit ausholender Geste und großem Pathos: „Wir können uns der Verantwortung, die uns aus unserer Geschichte erwächst, nicht entziehen. Deshalb bin ich entschieden dafür, diese heilige Reliquie an ihren dafür vorgesehenen Platz zu bringen."

„Dann dred ich aus derer Kärch aus, des sochi eich!", schrie Hans Meier mit feuerrotem Kopf. „Ihr macht aus dem Goddeshaus än Gözndempl. Do mach i net mid. So weid simmer etz scho. Na, na, na!" Er schüttelte verzweifelt den Kopf.

Notnagel fuhr auf: „Wer zahlt denn, wenn unsere Gemeinde pleite ist? Sie doch nicht, Herr Meier. Man muss die Zeichen der Zeit erkennen und nicht immer dumpfbackig gegen alles und jedes sein."

Meier sprang auf. „Dumbfbaggich sagst du, du Sesselfurzer. Ich gib der glei dumbfbaggich!"

Nothnagel duckte sich auf seinem Stuhl, als schwebte die vernichtende Faust schon immer über ihm. Harro reagierte schnell und fasste Meier beim Arm: „Herr Meier, jetzt regen Sie sich doch nicht so auf. Im Eifer des Gefechtes sagt man schnell etwas, das völlig daneben ist. Bitte setzen Sie sich wieder hin."

Er zog Meier jetzt energisch auf seinen Stuhl hinunter. Der keuchte noch einmal auf und schimpfte: „Eine Gemeinheid su wos!" Seinen Blicken nach, die er Nothnagel zuwarf, war klar, was er jetzt am liebsten getan hätte.

Harro versuchte, seine aufkommende Panik zu unterdrücken. Hilfe suchend schaute er zu Maria hinüber. Die signalisierte ihm mit beschwörenden Gesten, die Debatte sofort abzubrechen.

Er wischte sich über seine Stirn und bemerkte, dass die schweißnass war. Seine Stimme klang trotz seines inneren Aufruhrs gefasst. Er legte seine gesammelte Autorität hinein und sagte: „Ich glaube, wir kommen im Moment nicht recht weiter. Ich möchte deshalb zur Abstimmung kommen. Wer ist dafür, dass wir das Angebot von Herrn Doktor Berger, uns eine Reliquie vom Haupt des heiligen Gumbertus zu schenken, annehmen? Ich bitte um ein Handzeichen." Die Mehrzahl der Anwesenden hob die Hand. Harro sagte: „Ich stelle fest, dass die Mehrheit dafür ist." Hans Meier schrie daraufhin mit hochrotem Kopf: „Ihr seid alle Verräter! Kan Funkn Glaum hobt ihr. Bfui Deifl!"

Harro ließ sich von dem Geschrei nicht irritieren. Er wollte einfach nur noch die Abstimmung hinter sich bringen: „Zweiter Abstimmungspunkt: Wer ist dafür, dass die Reliquie im Rahmen eines feierlichen Gottesdienstes in den Erker am Chor der Schwanenritterkapelle gebracht und dann dort auf Dauer aufbewahrt wird?" Wieder hob die Mehrheit der Kirchenvorsteher, anscheinend unbeeindruckt von Meiers wütendem lautem „Nein! Nein!" die Hände.

Er war inzwischen feuerrot im Gesicht. Maria bemerkte mit Entsetzen, dass ihm sogar Schaum auf den Lippen stand. „Der schäumt ja richtig!" Dass es so etwas tatsächlich gibt, hatte sie bisher weder gesehen noch tatsächlich geglaubt. Sie war beeindruckt.

Harro hatte offenbar auch bemerkt, dass sein Nachbar jetzt einem Kollaps nahe war, darum sagte er schnell: „Ich merke, dass manche unter uns am Rande ihrer seelischen Kräfte angekommen sind. Niemand soll hier etwas zustoßen, deshalb breche ich in meiner Eigenschaft als Vorsitzender des Kirchenvorstandes die heutige Sitzung an dieser Stelle ab. Wir vertagen uns auf nächste Woche Dienstag zur gleichen Zeit. Die Einladung zu dieser Sitzung geht Ihnen wie üblich noch schriftlich zu."

Frau Schwalbe rief sofort: „Da kann ich nicht!"

„Gott sei Dank!", lag Harro auf der Zunge, er schluckte die Worte aber schnell hinunter.

„Tut mir leid, Frau Schwalbe, aber wir müssen mit unseren Beschlüssen und Beratungen weiterkommen. Ich muss deshalb auf dem Termin bestehen, weil mir sonst kein Spielraum mehr bleibt." Die Schwalbe schüttelte ihren Kopf voller Unverständnis, sagte aber einmal nichts dagegen.

„Ich schlage vor, wir singen vom Lied vierhundertsechsunddreißig den einen Vers drei Mal ‚Herr gib uns deinen Frieden'."

Nachdem alle das Lied aufgeschlagen hatten, stimmte Harro an. Wie immer bei neueren Liedern stimmten die anderen eher zögernd mit ein. Eveline Schwalbe versuchte, eine zweite Stimme zu singen, was ihr aber überhaupt nicht gelang.

Danach löste sich die Versammlung auf. Im Hinausgehen sagte Florian Meusel begeistert zu Eveline Schwalbe: „Also ich finde unsere Sitzungen richtig megageil, da ist immer was los."

„Florian, du bist ein Esel!“, fauchte ihn die Schwalbe daraufhin an.

Nachdem alle gegangen waren, räumten Harro und Maria den Saal auf, dabei seufzte Harro: „Du, ich glaube, ich bin für die Gemeindearbeit ungeeignet. Vielleicht bin ich für diesen ganzen Beruf ungeeignet. Hast du schon einmal von einem Kollegen gehört, dass es in seiner Kirchenvorstandssitzung so zugegangen wäre wie bei uns heute Abend? Vielleicht höre ich wieder auf und steige in den Weinbau ein, wie mein Bruder. Die Trauben können sich wenigstens nicht so aufführen wie diese Leute. So eine Sitzung wie heute raubt mir meine ganze Motivation.“

Maria konnte ihren Freund gut verstehen. Sie war auch ziemlich deprimiert. Dennoch versuchte sie, ihn wieder aufzubauen, indem sie sagte: „Alle Gemeindeglieder sind doch nicht so schwierig. Es gibt genügend andere, denke nur an Julius Berger.“

„An den denke ich. Der ist Gott sei Dank anders. Von seiner Art müsste es noch ein paar mehr geben. Gibt es aber nicht.“

Maria merkte, dass sie ihre Taktik ändern musste: „Hör mal, das war heute Abend aber auch ein ausgesprochen schwieriges Thema. Du hast den Kirchenvorstehern einen dicken Frosch zum Schlucken gegeben. Ich finde, trotzdem ist das Ergebnis doch gut. Die Mehrheit hat sich eigentlich dafür ausgesprochen, Bergers Geschenk anzunehmen. Ich hätte nicht gedacht, dass es in einer evangelischen Gemeinde so leicht möglich ist, die Reliquie eines Heiligen in die eigene Kirche aufzunehmen. Bauchgrimmen hat mir allerdings dein Ratespiel verursacht. Ich dachte schon, die werden immer mehr sauer, je länger du das Spiel hinziehst.“ Mit strengem Blick fügte sie hinzu: „Ich möchte gar nicht wissen, wo du diesen Knochen her hast.“

Harro sah sie mit einem verlegenen Grinsen an und sagte mit erhobenen Schwurfingern: „Das sage ich dir lieber auch nicht, aber ich verspreche hoch und heilig, dass ich ihn wieder dorthin zurückbringe, wo ich ihn her habe."

„Na gut, dann will ich dir sagen, dass du ein guter Pfarrer bist. Ich meine, wir müssen uns die Probleme anderer auch nicht dauernd selbst in die Schuhe schieben. Außerdem sind die ihre Querelen gewohnt. Ich denke, wir sollten den ganzen Theaterdonner nicht so ernst nehmen. Wenn du möchtest, schlafe ich heute Nacht bei dir, dann kann ich dich vielleicht auf andere Gedanken bringen." Mit einem gut gespielten schüchternen Augenaufschlag hauchte sie: „Natürlich nur, wenn du das willst."

„Du bist mein rettender Engel", freute sich Harro. „Klar, ich freue mich auf dich!" Harro lächelte und befand sich mit seinen Gedanken gleich wieder in anderen Gefilden. „Komm, lass uns sofort aufbrechen!", grinste er.

Nachdem Julius Berger von Harro von Weinheim das positive Ergebnis der Kirchenvorstandssitzung mitgeteilt worden war, hatten sich eine gewisse Spannung und Vorfreude wie ein roter Faden durch seine vergangenen Tage gezogen.

Sybille Ohning hatte die Fernsehproduktion über das Projekt schnell in die Hand genommen und mit Elan bereits mit den ersten Aufnahmen angefangen.

Berger ließ es sich nicht nehmen, bei den Fernsehaufnahmen im Laden des Antiquitätenhändlers in Nürnberg dabei zu sein. Im Zuge der Aufnahmen hatte er sich die Stellungnahmen der Fachleute angehört. Bei dieser Gelegenheit hatte er auch das Bild des niederländischen Meisters gekauft. Er freute sich darüber, dennoch erschien ihm dieser Kauf jetzt fast als eine Nebensache neben seinem anderen Vorhaben.

Nach Vorlage der Expertisen durch die Fachleute und verschiedener Dokumentationen war Berger überzeugt davon, die echte Reliquie zu erwerben.

Zum Schluss der ganzen Prozedur war der Metallkasten, mit dem Schädelteil darin, unter Aufsicht eines Notars versiegelt worden. Alles war zu seiner und zu Sybilles Zufriedenheit verlaufen.

Julius Bergers Gedanken landeten wieder in seiner Gegenwart. Die Zeit im dunklen Auto wurde ihm lang. Niemand weit und breit in Sicht.

Er wurde jetzt, so in der Finsternis sitzend, wirklich ungeduldig und zunehmend ärgerlicher.

Immer wieder sah er auf die Uhr. Inzwischen hatte sich zu dem Ärger ein undefiniertes Angstgefühl gesellt. Dieses Gefühl ließ sich nicht verleugnen. Berger hätte sich keineswegs als einen ängstlichen Menschen bezeichnet, ganz im Gegenteil.

Seit dem Tod seiner Frau vor einigen Jahren hatte er sich immer wieder gesagt, dass ihm wohl in seinem Leben nichts Schlimmeres widerfahren könnte als der Verlust dieses geliebten Menschen. Aber an diesem Abend, in der Kälte und Dunkelheit, war manches anders, unheimlicher als sonst.

Entgegen seiner unangenehmen Gefühle hatte sich sein Unterbewusstsein aber bereits damit beschäftigt, ihm mitten in diesem Gefühlschaos einen ausgleichenden Gedanken zu suchen.

Mit einem Mal entstand vor seinen Augen auf wundersame Weise das Bild seiner attraktiven Freundin Sybille Ohning. Sofort verdrängte ein wohltuend warmes Gefühl ihre hässlichen Geschwister Ärger und Angst.

Julius liebte diese gescheite, warmherzige Frau sehr. Sibylle war das Herz und das größte Glück seines jetzigen Lebens, das kam ihm gerade jetzt, in der Isolation seines Wagens auf einem Feldweg in Nebel und Finsternis, ganz deutlich zu Bewusstsein.

Berger war nur wenige Minuten in diese so schönen Gedanken versunken gewesen, als er plötzlich im Rückspiegel das unscharfe Scheinwerferlicht eines Autos registrierte, das die Straße von Immeldorf kommend langsam heranschlich. Jetzt war das Fahrzeug unter der Autobahnbrücke hindurch. Es näherte sich dem amputierten Steinkreuz ganz vorsichtig, wie es ihm schien.

Berger stieg mit heftig klopfendem Herzen aus und beobachtete, wie das Auto in den Feldweg bei der Säule abbog und ebenfalls ein Stück in den Weg hineinfuhr. Dann schaltete der Fahrer die Scheinwerfer aus. Der wartende Mann neben seinem Auto atmete ein paar Mal tief und angespannt durch und spürte gleichzeitig, wie ihm die feuchte Kälte bereits wieder durch die Kleidung kroch.

Er verdrängte dieses Gefühl und schüttelte auch die wachsende Besorgnis ab, die ihn lähmen wollte.

Das würde hoffentlich die Person sein, auf die er wartete. Im Auto auf dem Weg regte sich nichts. Den Wagentyp konnte er in dem Nebel von seinem Standort aus auch nicht erkennen. Berger nahm eine Taschenlampe aus der Türablage seines Autos, schaltete sie ein und lief entschlossen zu dem Fahrzeug hin.

Inständig hoffte er dabei, dass er bei dem angekommenen Wagen nicht plötzlich vor einem liebeshungrigen Pärchen stehen würde.

Der Fahrer des Wagens, der mitten auf dem Weg stand, hatte sein Näherkommen offenbar wahrgenommen: Er ließ kurz seine Scheinwerfer aufblitzen. Das war zweifellos sein Anrufer. Julius Berger sah das Auto nun im Lichtkegel seiner Lampe deutlich vor sich. Er konnte sich nicht erinnern, es jemals zuvor gesehen zu haben.

Als er fast bei dem Fahrzeug angekommen war, wurde der Wagenschlag mit Schwung geöffnet. Das Licht einer grellen Taschenlampe blendete ihn. Eine fremde Stimme fragte sachlich: „Sind Sie Julius Berger?"

Berger entgegnete: „Ja, das bin ich. Wo ist Herr Sauerwein? Hat er Sie mit der Übergabe der Reliquie beauftragt?"

„Ein bisschen viele Fragen auf einmal, Julius", lautete die Antwort unter leisem Lachen.

Dann wurde der Schein der Lampe auf ein Gesicht gerichtet, das ihm unbekannt war. Berger riss erstaunt die Augen auf. Er fühlte sich hin und her gerissen. Einerseits war er ärgerlich über die unverschämte Art des Auftretens dieser Person. Andererseits schrumpfte seine Besorgnis bei ihrem Anblick.

Er versuchte, diese merkwürdige Situation mit dem hellen Licht seines sachlichen Verstandes aufzuhellen. Blitzschnell schossen ihm Gedanken durch den Kopf:

Die Person verhielt sich seltsam, das war klar, aber vielleicht war ihr die Szene ebenfalls unheimlich.

Bestimmt war Sauerwein durch einen Umstand verhindert und hatte diese Person beauftragt.

Aber warum diese vertrauliche Anrede? Julius Berger überlegte schnell. Vielleicht waren sie sich schon einmal früher begegnet und er konnte sich in diesem Moment nur nicht erinnern?

Nun schlug sein Gegenüber einen einschmeichelnden Ton an: „Mich zu treffen, noch dazu um diese Zeit an dieser Stelle, damit hast du sicher nicht gerechnet."

Berger breitete seine Hände aus und beteuerte: „Nein. Ich bin überrascht und verstehe nicht, was dieses seltsame Treffen hier bedeutet. Ich kenne Sie nicht. Ich kann mich zumindest an keine Begegnung mit Ihnen erinnern." Im bestimmten Ton sagte er: „Bitte übergeben Sie mir jetzt sofort die Reliquie!"

Sein Gegenüber reagierte anders, als von ihm erwartet. Es ließ keine Spur von Unsicherheit erkennen. Vielmehr wurde Berger von der Person angeschrien: „Du erinnerst dich nicht an mich?! Eine dumme Ausrede! Unsere gemeinsame Vergangenheit vergisst man nicht. Für dich und deine Firma war eure Sauerei damals sicher sehr nützlich. Für mich war und sind die Folgen die Hölle. Wie lange habe ich darauf gewartet, dir heimzahlen zu können, was ihr, was du mir angetan hast, du Ehrenmann, du scheinheiliger. Ein Schwein bist du und wie ein Schwein sollst du jetzt sterben." Die Stimme war bei dem Geschrei immer schriller geworden und am Schluss kurz vor dem Überschlagen.

Angeekelt roch Berger den aufdringlich stark nach Knoblauch riechenden Atem des unmittelbar vor ihm stehenden Menschen.

Bergers Mund war plötzlich trocken. Er spürte, wie sich eine eisige Kälte in ihm ausbreitete. Er fühlte sich wie erstarrt. „Was wollen Sie von mir?", stieß er heftig hervor. „Ich weiß nicht, wovon Sie sprechen!" Und dann um Sachlichkeit bemüht: „Können wir miteinander reden?"

„Reden will ich nicht mit dir. Töten will ich dich!", schrie ihm sein Gegenüber wie von Sinnen ins Gesicht.

Julius Berger spürte, wie sich seine Verunsicherung über diese unheimliche Begegnung nun in eine große Wut verwandelte.

Am liebsten hätte er dieser unverschämten Person eine gelangt. Um sich nicht zu einer solchen Tat hinreißen zu lassen, schrie er nun seinerseits diesen offenbar verrückten Menschen an: „Jetzt reicht es mir aber! Sagen Sie Ihrem Herrn Sauerwein, er soll seine kindischen Spiele mit jemand anderem spielen. Wenn ich die Reliquien nicht bis morgen früh um zehn Uhr in meinem Haus habe, überlege ich mir die ganze Sache noch einmal!"

Schnell wandte er sich ab, um zu seinem Auto zu

laufen. In diesem Augenblick traf ihn ein harter Stoß im Rücken. Ein langes, scharfes Messer drang tief in seinen Oberkörper ein. Weitere Stiche folgten schnell hintereinander. Die Person hinter ihm hatte sie mit aller Kraft ausgeführt.

Instinktiv wollte Berger seine Hände zur Abwehr hochreißen und sich umwenden, um sich zu verteidigen, aber bevor er dazu kam, wurde es dunkel um ihn und er stürzte zu Boden. Er sank vor diesem nun triumphierend und laut auflachenden Menschen röchelnd und bebend auf die kalte Erde.

So bekam er kaum mit, dass sich die Person schnell über ihn beugte, in seine Haare fasste und seinen Kopf ruckartig nach hinten zog, sodass seine Kehle frei und mit extrem gespannter Haut dem Angriff völlig hilflos ausgeliefert war.

Blitzartig fuhr das Messer durch die Luft, drang seitlich in Bergers Hals ein und schlitzte ihn glatt von einer Seite zur anderen auf, bis hin zur Halswirbelsäule.

Aus den durchtrennten Schlagadern lief sein Blut im Takt seines panisch pumpenden Herzens auf die Erde.

Immer wieder zischte es zwischen triumphierenden Schreien und hysterischem Auflachen hasserfüllt aus dem Mund über ihm: „Du Schwein, jetzt habe ich dich endlich erledigt!“ Der dichte Nebel, der die beiden ungleichen Gestalten umgab, erstickte diese Geräusche nach wenigen Metern.

Doktor Julius Berger hörte diese Worte nicht mehr. Sterbend am Boden liegend, spürte er auch die heftigen Fußtritte und die weiteren Messerstiche nicht mehr, die ihm versetzt wurden.

Kaum hatte er seinen letzten Atemzug getan, wurde ihm der Mund aufgerissen. Der einseitig abgesägte Knochen eines Schweins drang tief in seinen Rachen ein.

Dann zerrte die Person seinen Leichnam hinter die

Bank beim Steinkreuz und durchsuchte seine Taschen. Sie nahm alles, was sie fand, an sich. So in einer Jackentasche einen Kalender, den sie mit Befriedigung einsteckte. Als sie den knisternden Umschlag mit dem vereinbarten Geldbetrag aus der Brusttasche von Bergers Jacke zog, lachte sie wieder leise vor sich hin.

Montagmorgen

Albert Scheuerlein hatte es sich angewöhnt, jeden Morgen von seinem Häuschen in Malmersdorf zu seiner Schwester nach Immeldorf zu joggen. Jeden Tag frühstückten sie dort zusammen, danach lief er wieder zurück nach Malmersdorf und begann sein Tagewerk als Rentner.

Scheuerlein war bereits neunundsechzig Jahre alt, aber für sein Alter noch in bester Verfassung. Er war nach einer jahrzehntelangen Berufstätigkeit bei der Bundesbahn vorzeitig in den Ruhestand gegangen und widmete sich nun Haus und Garten, in dem ein paar Enten umherwatschelten und einige Hühner herumgackerten. Scheuerlein war seit einigen Jahren Witwer. Er und seine Frau waren kinderlos geblieben. Jetzt lebte er allein in seinem Haus.

Weil er nun jede Menge Platz für sich allein hatte, war ein von ihm lang gehegter Wunschtraum in Erfüllung gegangen. Das geräumige Wohnzimmer beherbergte seine große Eisenbahnanlage, die er persönlich liebevoll mit allen Schikanen ausgestattet hatte und an der er ständig weiterbastelte. Er fühlte sich wohl in dem kleinen Haus und in dem Dorf, in dem natürlich jeder jeden zum größten Teil schon von Kind auf kannte.

Der Mann seiner älteren Schwester Grete war im letzten Jahr bei einem Unfall ums Leben gekommen. Weil das Geschwisterpaar sich immer gut verstanden hatte, beschlossen sie, den Kontakt zueinander zu pflegen und jeden Tag gemeinsam zu frühstücken.

Es war Albert Scheuerleins Idee gewesen. Er konnte damit das Gesunde und das Nützliche miteinander verbinden. So hatte er jeden Morgen Bewegung an der frischen Luft und bekam danach sein Frühstück im Haus der Schwester fix und fertig serviert. Für Grete Maurer war der tägliche Besuch ihres Bruders ebenfalls sehr wichtig geworden. Die beiden hatten zwar jede Menge Verwandte, Bekannte und Freunde in und um Immeldorf, aber ihr Bruder war schon in der Kindheit ihr Vertrauter gewesen. So tauschten sich die Geschwister am Frühstückstisch über Neuigkeiten aus, lasen die Fränkische Landeszeitung, kommentierten und diskutierten das beschriebene Geschehen. Mit dieser guten Tradition halfen sich beide über den Verlust ihrer Ehegatten hinweg.

An diesem Montagmorgen kostete es Albert Scheuerlein schon einige Überwindung, Nebel, kaltem Wind und nassem Wetter zu trotzen und Richtung Immeldorf loszulaufen, aber er gönnte seinem inneren Schweinehund keinen Millimeter, das war Ehrensache. Außerdem hatte er sich dem Motto „Das Wetter ist niemals schlecht, man ist höchstens falsch angezogen“ entsprechend gekleidet. Vor einer Erkältung hatte er sowieso keine Angst. Sein Morgensport hatte ihn abgehärtet. Nach einer kurzen Dehnübung an seinem Gartentor lief er wie gewohnt mit hochgezogenen Armen los, wie er das in seiner Jugend gelernt hatte, als diese Art Fortbewegung noch „Dauerlauf“ genannt wurde.

Es dauerte nicht lange, bis er seinen gewohnten Laufrhythmus gefunden hatte. Er trabte zunächst ganz gleichmäßig vor sich hin, allmählich wurde er ein wenig schneller. Er kannte seinen Körper gut genug, um ihn nicht zu stark zu belasten. Die Häuser von Malmersdorf hatte er längst zurückgelassen. Als er die Abzweigung von der Bundesstraße passiert hatte, sah er nach kurzer Zeit schon das gewohnte Bild: Da stand das alte Steinkreuz mit Bank daneben und dem jungen Baum hinter sich. Heute stimmte aber an diesem Bild etwas nicht.

Beim Näherkommen überlegte Scheuerlein, was ihn an diesem gewohnten Anblick irritierte. Gleich hinter der Bank lag etwas Langes. Verwundert und neugierig fragte er sich, was das wohl sein könnte. Immer noch im

Laufrhythmus bog er in den Feldweg ein. Bei der Bank lief er noch ein paar Sekunden auf der Stelle weiter. Vor sich auf dem Weg entdeckte er eine dunkle Lache und ebenso dunkle Spritzer. Schleifspuren führten hinter die Bank. Sein Blick folgte ihnen. Seine Bewegungen hörten so ruckartig auf, als habe er eine innere Notbremse gezogen. Er beugte sich ein wenig zaghaft über die Rückenlehne der Bank und blickte entsetzt in das kalkweiße, verzerrte Gesicht eines toten Mannes. Der offen stehende Mantel, der Schal, das Jackett und das weiße Hemd, alles war von Blut durchtränkt. Um den Kopf des Toten hatte sich eine Lache aus bereits geronnenem Blut gebildet. Die Augen des Mannes waren weit aufgerissen und starrten in den nebelgrauen Himmel empor. Aus dem Mund ragte ein Knochen. Zunächst blieb Albert Scheuerlein völlig geschockt keuchend und wie vor den Kopf geschlagen vor dem am Boden Liegenden stehen. Seine Hände klammerte er fest um die Rückenlehne der Bank.

Eine Weile starrte er auf den Mann hinab, ohne sich bewegen zu können. Plötzlich und unaufhaltsam stieg in ihm dann eine jähe Übelkeit auf. Er wandte sich, mehr instinktiv als bewusst, von dem grauenhaften Anblick ab, lief einige Meter weg, dann erbrach er sich auf der anderen Seite des Weges. Schwer atmend blieb er danach eine kurze Zeit wie festgefroren stehen. Alles drehte sich um ihn und er musste sich ganz heftig konzentrieren, damit er nicht umfiel. Sein Kopf schien plötzlich völlig leer zu sein. Er hörte sich selbst keuchen. Einige Zeit stand er so da, dann kam er langsam wieder zu sich: „Ein Unfall!", war sein erster Gedanke. „Den hat bestimmt jemand in der Nacht überfahren und hinter der Bank versteckt, damit er nicht gleich gefunden wird. Dann wird sich der Fahrer aus dem Staub gemacht haben. Vielleicht war er betrunken gewesen, das war schon oft vorgekommen. Dann verstecken sie sich immer so lange vor der Polizei, bis sie wieder nüchtern sind und in ihrem Blut kein Alkohol mehr nachzuweisen ist. Meistens stellen sich die Unfallflüchtigen dann."

Jetzt fasste er sich an den Kopf, in dem seine Gedanken wild durcheinander wirbelten: „Das ist ja Unsinn! Der Hals ist doch ganz durchgeschnitten, das sieht eindeutig nach einem Mord aus! Dazu passt auch der unübersehbare Knochen im Mund des Toten. Das war bestimmt ein Opfer der Mafia!" Von den Fernsehkrimis her meinte er das zu wissen. Scheuerlein nahm sich zusammen und ging mit schleppendem Schritt die wenigen Meter zurück zu dem Opfer und näherte sich ihm vorsichtig mit vor Aufregung rasendem Herzen. Eine kleine Hoffnung war in ihm aufgeglommen: „Ob der noch lebt?" Zögernd und vor Entsetzen schlotternd, beugte er sich hinab und fasste die Hand des Menschen und dann sein Handgelenk. Die Hand fühlte sich eiskalt an. Von einem Puls war am Handgelenk nichts zu spüren. Albert Scheuerlein ließ den Arm schaudernd fallen und richtete sich schnell aufs Neue geschockt auf. Ihm war entsetzlich schwindlig. Seine in Panik tastende Hand fand an der Rückenlehne der Bank glücklicherweise wieder Halt, sonst wäre er auf der Stelle hingestürzt.

Ihm wurde, trotz seiner weiterhin anhaltenden Übelkeit, des Schwindels und des ganzen Schockzustandes klar, dass er möglichst schnell die Polizei und einen Notarzt verständigen musste. Jetzt ärgerte er sich, dass er sich bisher standhaft geweigert hatte, sich ein Handy anzuschaffen. Es blieb ihm nichts anderes übrig, als so schnell es ging nach Immeldorf zu rennen und vom Telefon seiner Schwester aus anzurufen. Innerlich musste er sich aber zunächst erst einen Ruck geben, um sich überhaupt von der Stelle zu lösen.

Seine Beine wollten ihm zunächst den Dienst verweigern, dann ging es ihm jedoch plötzlich etwas besser. Er lief zunächst noch schwankend und im Zickzack los, als wäre er stockbetrunken. Dann fing er an zu rennen, so schnell er konnte. Aber bereits unter der Autobahnbrücke spürte er, wie ihm die Luft knapp wurde. Wieder war ihm schrecklich schwindlig. Er spürte eine starke Übelkeit und musste sich nochmals erbrechen. Danach holte er ein paar Mal langsam und tief Luft und überlegte, dass es nicht gut war, sich selbst zu überfordern. Am Schluss würde er selbst noch zusammenbrechen. Er beschloss, zunächst ein Stück langsam zu gehen, um dann nach und nach wieder zu seiner gewohnten Laufgeschwindigkeit zu finden. Dem Mann konnte sowieso keiner mehr helfen, sagte er sich und wenn er selbst bewusstlos hinfiel und sich womöglich dabei etwas brach, half dem das erst recht nichts.

Er kam kurz nach der sonst gewohnten Zeit bei seiner Schwester an. Als sie ihm auf sein Klingeln hin die Haustüre öffnete, erschrak Grete Maurer vor seinem Aussehen. Das Gesicht ihres Bruders wirkte wie eingefallen. Es war richtig grünlich verfärbt. Scheuerlein keuchte schwer und hielt sich am Treppengeländer fest. Seine Augen glänzten irgendwie fiebrig. „Um Himmels willen Albert, was ist mit dir?", rief sie entsetzt und nahm ihn beim Arm, um ihn zu stützen. Er wehrte sie ab: „Lass mich los. Ich muss sofort telefonieren. Beim Steinkreuz liegt ein Toter. Ich muss die Polizei anrufen!"

„Eins, eins, null!", rief ihm seine Schwester helfend nach, als er in das Haus hineinhastete. Dann folgte sie ihm voller Besorgnis eilig ins Haus.

„Hallo, Polizei Notruf!", meldete sich eine ruhige Stimme. Albert Scheuerlein keuchte immer noch und hustete erst einmal, räusperte sich dann lautstark und krächzte schließlich in den Hörer: „Hier Scheuerlein, Immeldorf. Ich habe gerade einen toten Mann beim Steinkreuz zwischen Malmersdorf und Immeldorf gefunden. Da ist ein Verbrechen geschehen! Bitte schicken Sie gleich die Polizei und einen Notarzt. Ich glaube aber, der wird für diesen Mann nichts mehr tun können.“

„Bitte sagen Sie mir noch einmal ganz genau, wo dieses Steinkreuz ist.“

„Sage ich doch! Wenn Sie von der Kreisstraße von Ansbach her kommen, geht kurz vor der Autobahnunterführung rechts eine Seitenstraße ab. Sie fahren links, dann sehen Sie gleich auf der linken Seite eine Steinsäule, daneben eine Bank. Hinter der Bank liegt der Mann.“

„Jetzt sagen Sie mir bitte noch einmal Ihren ganzen Namen und von wo aus Sie anrufen. Stimmt die Nummer, die ich auf meinem Display sehe?“, fragte der Beamte am anderen Ende in ruhigem Ton und las die Ziffern herunter.

Ungeduldig und ärgerlich wegen der unerschütterlichen Gelassenheit dieses Menschen, antwortete Scheuerlein: „Ich heiße Scheuerlein Albert und bin aus Malmersdorf vier. Jetzt bin ich bei meiner Schwester in Immeldorf, Herpersdorfer Straße zweiunddreißig. Nun schicken Sie doch schnell jemand los. Vielleicht ist der ja doch noch zu retten. Herrgott, beeilen Sie sich doch!“

„Herr Scheuerlein, Sie können wirklich unbesorgt sein, ich schicke Ihnen sofort jemand. Bitte halten Sie sich zur Verfügung dort auf, wo Sie jetzt anrufen.

„Ja, natürlich, machen Sie schnell!“ Scheuerlein legte erschöpft den Hörer auf. Seine Schwester stand während des Gespräches dicht neben ihm und hatte ihm beschwichtigend die Hand auf die Schulter gelegt. „Albert, komm, beruhige dich. Der Notarzt und die Polizei wissen doch, was in einem solchen Fall zu tun ist. Du kannst jetzt nichts mehr machen. Magst du was essen? Alles ist wie gewohnt fertig auf dem Tisch.“

Ihr Bruder schüttelte verzweifelt den Kopf: „Ach Grete, mir hat es den Appetit gründlich verschlagen. Ich sehe dauernd das Bild von dem blutverschmierten Mann auf der kalten Erde vor mir. Wer das wohl ist? Was hat denn der bei dem alten Denkmal gewollt? Wer hat den nur so verletzt? Stell dir vor, man hat ihm einen Knochen in den Mund gesteckt."

Seine Schwester hörte ihm aber gar nicht richtig zu. Sie war voller Sorge und setzte nun ihr resolutes Gesicht auf. Dann sagte sie laut und sehr bestimmt: „Das wissen wir jetzt nicht und das ist alles nicht so wichtig. Das geht uns auch gar nichts an. Jetzt ist es viel wichtiger, dass du dich wieder erholst, bevor du mir zusammenklappst. Mir scheint, das dauert nicht mehr so lang. Du trinkst jetzt ein Glas Melissengeist und dann rufe ich den Doktor Erwin Hauser, unseren Hausarzt, an. Der soll gleich kommen und dich untersuchen. Normalerweise macht der ja nur noch selten Hausbesuche. Aber wenn der jetzt nicht sofort kommt, hat er eine Patientin weniger!"

Die letzten Worte hatte sie schon unter der Zimmertüre gerufen, als sie aus dem Raum stürmte. Kurze Zeit später hastete sie schon wieder herein. „Ich habe angerufen. Der Arzt kommt und jetzt trink das, dann wird es dir besser!" Sie hielt ihm das Wasserglas halb voll mit Melissengeist unter die Nase. Scheuerlein verzog das Gesicht. Melissengeist war nicht so seine Sache. Ein Obstler wäre ihm lieber gewesen. „Aber in der Not frisst der Teufel Fliegen", dachte er sich und stürzte das Getränk mit Todesverachtung hinunter. Die Folge war, dass sein Hals gleich furchtbar brannte und er sich auch noch verschluckte. Die Schärfe des Getränkes trieb ihm das Wasser aus den Augen. Er fing schrecklich zu husten an. Seine Schwester wandte sofort ein weiteres altes Hausmittel bei Husten an und klopfte ihm energisch auf den Rücken. Als wäre das nicht schon schlimm genug, redete sie in mütterlichem Ton auf ihn ein: „So, jetzt ist es doch schon viel, viel besser!" Scheuerlein nickte unter Husten und hielt abwehrend seine Hände hoch, damit sie endlich aufhörte, so heftig und schmerzhaft auf seinen Rücken zu schlagen.

Kurz darauf schellte es an der Haustüre. Grete stellte ihre, wie sie annahm, hilfreichen Bemühungen ein und lief zur Türe. Davor stand Doktor Hauser, den Grete Maurer und ihr Bruder schon seit ihrer Jugendzeit kannten. Hauser war mit seinem Beruf alt geworden. Andere waren in seinem Alter schon längst im Ruhestand, aber er konnte einfach nicht aufhören, tätig zu sein. Ganz rot im Gesicht und schwer atmend stand der betagte Arzt jetzt vor Grete. Er hatte ein Köfferchen in der Hand und keuchte: „Ja Grete um Himmels willen, was ist denn bei dir los? Die Helferin hat mir gesagt, du wärst völlig aufgelöst. Ich habe sofort alles liegen und stehen gelassen und bin losgefahren wie von Furien gehetzt. Was kann ich für dich tun?"

Grete Maurer rang die Hände und sagte mit tief besorgter Stimme: „Erwin, gut, dass du kommst! Stell dir vor, der Albert hat auf seinem Weg von Malmersdorf her, beim Steinkreuz, einen toten Mann gefunden. Er ist völlig fertig. Bitte schau doch, ob du ihm helfen kannst. Er sitzt in meiner Küche. Du hörst ihn ja husten. Es geht ihm wirklich schlecht."

„Habt ihr schon Polizei und Notarzt verständigt?", wollte Erwin Hauser wissen, während er bereits in Gretes Küche eilte. „Ja, schon alles geschehen!", antwortete sie hastig und folgte ihm auf dem Fuß.

Doktor Hauser warf einen ersten Blick auf seinen Patienten. Der wischte sich, noch immer hustend, die Augen. Beim Abstellen seines Koffers sagte er: „Grüß dich, Albert, wie fühlst du dich?" Ohne eine Antwort abzuwarten, hatte er schnell den Koffer geöffnet, mit gewohnt schnellem Griff sein Stethoskop herausgeholt und Scheuerleins Ärmel hochgeschoben. Albert Scheuerlein nickte und hob die Hände, weil er immer noch nicht reden konnte. Dann hustete er noch ein wenig weiter und räusperte sich anhaltend. Nach Atem ringend sagte er schließlich schwach: „Tut mir leid, Erwin, dass wir dich in aller Frühe hierher sprengen, aber die Grete war so schnell beim Telefon. Ich konnte das gar nicht verhindern. Es geht mir schon wieder viel besser. Die Hausmittel der Grete können einen umbringen."

Der Arzt ließ sich von dieser Rede nicht beirren. In professionellem Ton sagte er: „So, das ist recht, wenn es dir wieder gut geht, und jetzt rede mal nichts, ich muss deinen Puls messen. Danach höre ich noch dein Herz ab." Der Arzt untersuchte ihn und diagnostizierte dann in beruhigendem Ton: „Du hast einen großen Schock erlitten, mein lieber Albert, aber bei deiner Verfassung steckst du das locker weg. Ich gebe dir eine Spritze mit einem leichten Beruhigungsmittel. Ist das für dich in Ordnung? Und dann erzählst du mir, was du erlebt hast."

„Ja, das kann wohl nicht schaden." Scheuerlein nickte erleichtert. Während er dem Arzt und der hinter ihm immer noch händeringend dabei stehenden Grete sein Erlebnis in allen Einzelheiten schilderte, gab ihm sein Jugendfreund die Spritze. Dann verabschiedete Hauser sich mit dem Hinweis, dass Grete ihn gleich wieder anrufen sollte, würde sich Alberts Zustand zum Schlechten hin verändern.

Grete forderte ihren Bruder auf: „Jetzt legst du dich erst einmal ein wenig hin!" Während er sich erschöpft auf das Küchensofa legte, setzte sich seine Schwester an den Tisch und verkündete ganz pragmatisch: „Ich muss auf die Aufregung hin erst einmal was essen, sonst breche ich auch noch zusammen, davon hat schließlich niemand etwas." Damit schenkte sie sich eine große Tasse mit dampfendem Kaffee ein. Schon kurz danach bemerkte sie, dass ihr Bruder eingenickt war und leise zu schnarchen anfing. Nachdem sie in aller Ruhe zwei Brote gegessen und dazu noch ein „Haferl" Kaffee mit reichlich Zucker getrunken hatte, murmelte sie vor sich hin: „So, jetzt bin ich gestärkt für alles, was heute noch kommen mag."

Schon wieder schellte es an der Haustüre. Grete Maurer stand auf und ging zur Türe. Als sie öffnete, standen zwei Männer vor ihr. Ein älterer, untersetzt wirkender Herr, förmlich mit Mantel und Hut gekleidet, und daneben ein junger, größerer, schlaksig wirkender Typ, mit sportlicher Jacke, Jeans und Turnschuhen, dem die Haare nach allen Seiten abstanden. „Der sieht ja aus, als käme er gerade erst aus dem Bett!", fuhr es Grete durch den Kopf. Der Ältere von beiden hielt ihr einen Ausweis hin und sagte freundlich lächelnd: „Ich bin Hauptkommissar Sperber von der Kriminalpolizei in Ansbach und das ist Kommissar Grollmisch. Wir möchten Herrn Albert Scheuerlein sprechen."

Grete Maurer sagte eifrig und schon wieder aufgeregt: „Bitte kommen Sie herein, meine Herren. Ich habe schon auf die Polizei gewartet. Mein Bruder hat sich hingelegt und schläft gerade ein wenig. Der Arzt hat ihm ein Beruhigungsmittel gegeben. Ich wecke ihn auf."

Sie lud die beiden mit einer Handbewegung ein, ihr zu folgen, drehte sich um und lief voran in die Küche. Dort fasste sie ihren Bruder bei der Schulter, schüttelte ihn leicht, aber stetig, bis er verschlafen die Augen öffnete. Als er die beiden Männer sah, erinnerte er sich sofort wieder an seinen schrecklichen Fund. Er riss die Augen auf und setzte sich tief Luft holend auf. „Gut, dass Sie gekommen sind!", keuchte er.

Sperber stellte sich und seinen Kommissar mit ruhiger Stimme vor. Mit einer einladenden Geste wurden sie von der Hausherrin zum Sitzen aufgefordert: „Bitte nehmen Sie doch Platz. Möchten Sie einen Kaffee und etwas zu essen?“ „Nein, vielen Dank“, antwortete Sperber und sein Kommissar Karlo Grollmisch, der eigentlich mit Vornamen Karl-Otto hieß, schüttelte auch, etwas angespannt lächelnd, den Kopf mit den widerspenstigen Haaren. Beide setzten sich gegenüber dem jetzt wieder aufgeregten Albert Scheuerlein an den Tisch.

Sperber forderte ihn auf, genau zu erzählen, wie er den Mann gefunden hatte. Sehr aufmerksam und ohne Zwischenfragen zu stellen hörten die beiden Polizisten dem mit ausladenden Gesten berichtenden Scheuerlein zu. Am Ende des Berichtes fragte Scheuerlein: „Was ist mit dem Mann?“

Sperber nickte bedauernd: „Er ist tot. Er ist einem Verbrechen zum Opfer gefallen.“

„Warum hat man dem einen Knochen in den Mund gesteckt? Die das gemacht haben, waren bestimmt von der Mafia. Die hinterlassen auch immer solche Hinweise“, meinte Scheuerlein fachmännisch.

Sperber breitete die Hände aus: „Das weiß ich nicht, aber ich könnte mir denken, das soll irgendein Zeichen sein. Vielleicht ein Hinweis darauf, warum der Mann umgebracht wurde. Warum das geschehen ist, werden wir wohl erst wissen, wenn wir den Täter gefunden haben.“

Grete Maurer ließ sich auf den letzten noch freien Stuhl plumpsen, zog die Luft lautstark ein und sagte laut: „Allmächt! Die Mafia in Immeldorf!“ Empört kopfschüttelnd legte sie sich die Hand auf den Mund.

Sperber achtete nicht auf sie und fragte Scheuerlein: „Haben Sie den Mann erkannt?“

„Nein, den habe ich noch nie gesehen“, beteuerte sein Gegenüber.

„Ist Ihnen auf dem Weg noch jemand begegnet oder

haben Sie vielleicht ein fremdes Auto gesehen?" Wieder schüttelte Scheuerlein den Kopf.

„Ist Ihnen außer dem Toten am Fundort oder unterwegs noch irgendetwas Besonderes aufgefallen?"

„Nein, sonst war alles wie immer." Sperber blickte die beiden Geschwister nacheinander eindringlich an und insistierte weiter, indem er ein anderes Thema anschnitt. Er fragte: „Können Sie uns irgendetwas zu dem merkwürdigen Stein sagen, bei dem Sie den Mann fanden? Hat der Stein eine Geschichte?"

Grete Maurer dachte einen Moment nach, dann hob sie den Finger, wie in der Schule. Mit wichtiger Miene sagte sie: „Der Stein hatte angeblich früher einen Querbalken. Es ist also ein richtiges Steinkreuz aus dem Mittelalter, sagt man. Früher sollen sogar drei solcher Steine aufgestellt gewesen sein. Es gibt eine alte Sage dazu: Vor langer Zeit sollen beim Georgimarkt auch einmal drei fremde Handwerksburschen, Metzgergesellen, aufgetaucht sein. Die drei sollen schon auf dem Tanzboden Streit miteinander angefangen haben. Als die Vergnügungen zu Ende waren, gingen sie, immer noch streitend, zum Dorf hinaus. Sie kamen bis zum alten Herpersdorfer Weg. Dort artete der Streit in offenen Kampf aus. Sie zogen ihre Messer und erstachen einander. Da niemand ihre Namen und ihre Herkunft erfahren konnte, verscharrte man sie an Ort und Stelle und stellte drei Steine oder ein steinernes Kreuz auf. So hat es uns der Lehrer in der Schule im Fach Heimatkunde beigebracht. Ich erinnere mich noch gut, dass der Lehrer mit unserer ganzen Klasse damals einen Unterrichtsgang zu dem Kreuz unternommen hat. Dort hat er uns die gruslige Geschichte erzählt. Ich erinnere mich so deutlich, weil ich in der folgenden Nacht nicht schlafen konnte. Immer wenn ich zu meiner Tante nach Herpersdorf hinüberging, musste ich an dem schrecklichen Stein vorbei. Der Lehrer hat erzählt, dass es dort spukt. Einmal hatte ich dort ein ganz schlimmes Erlebnis. In der Nähe des Steinkreuzes wurde in jener Zeit eine Stromleitung vorbeigeführt. Einige Arbeiter des Fränkischen Überlandwerkes arbeiteten auf der Baustelle. Sie hatten direkt beim Steinkreuz einen großen Haufen von dicken Holzstangen aufgeschichtet, die sie als Strommasten verwendeten. Als ich eines Tages von meiner Tante in Herpersdorf nach Immeldorf zurücklief, war ich ungewöhnlich spät dran. Es war Spätherbst und bereits dunkel. Damals gab es keine Straßenbeleuchtung auf diesem Weg. Ich hatte eine kleine Taschenlampe bei mir, die mit ihrem Lichtstrahl den Weg vor mir nur ein klein wenig beleuchtete. Je näher ich dem Steinkreuz kam, desto mehr bekam ich es mit der Angst zu tun. Als ich schließlich schon recht verzagt und innerlich zitternd den Holzstangenhaufen erreicht hatte, hörte ich plötzlich eine tiefe Stimme sagen: ‚Licht aus oder ich hol mein Messer raus!' In diesem Moment konnte ich nicht einmal schreien. Mir schien es, als wäre mein Blut in den Adern gefroren. Meine Haare standen mir zu Berge. Ich drehte mich auf den Absätzen um und rannte, so schnell mich meine Beine trugen, nach Herpersdorf zur Tante zurück. Völlig verdattert und schlotternd erzählte ich ihr mein furchtbares Erlebnis. Als Kind, das ich damals war, glaubte ich mit Sicherheit, ein böser Geist hätte mir beim Steinkreuz aufgelauert. Die Tante war davon aber nicht überzeugt. Sie meinte, das wäre bestimmt einer der Arbeiter des Fränkischen Überlandwerkes gewesen, der mich nur ein wenig erschrecken wollte. Der Onkel hat mich an diesem Abend auf dem Gepäckträger seines Fahrrads auf einem anderen Weg nach Immeldorf zurückgebracht, weil ich mich standhaft weigerte, noch einmal an diesem schrecklichen Steinkreuz vorbeizukommen. Ich bin dann nie mehr am Abend nach Herpersdorf gegangen. Natürlich kann ich mir jetzt vorstellen, dass mich damals so ein Dollag von Arbeiter vielleicht nur erschrecken wollte. Damals war ich überzeugt, dass ein Gespenst auf mich gelauert hat. Jedes Mal, wenn ich damals bei dem Stein vorbeikam, lief es mir kalt über den Rücken und ich hatte wirklich Angst. So geht es mir bis heute. Nach diesem Mord werde ich versuchen, möglichst gar nicht mehr vorbeizufahren, wenn ich meinen Bruder in Malmersdorf besuche. Da nehme ich gerne den Umweg über die Kreisstraße in Kauf." Grete schüttelte sich demonstrativ mit angeekelt verzogenem, feuerrotem Gesicht.

„Dollag?", fragte Karlo fasziniert nach, „was soll denn das bedeuten?" „Das heißt auf Fränkisch so viel wie blöder Kerl", erklärte ihm Grete und machte wieder ihre bedeutsame Miene. „Aha", grinste Karlo.

Grete fuhr fort: „Übrigens hat uns ein Herr Obenauf, ich glaube, er ist Kreisheimatpfleger, in unserem Seniorenkreis einmal einen Vortrag über Steinkreuze gehalten, der hat diese Geschichte auch noch einmal erzählt. Da fällt mir ein, dass dieses Kreuz jetzt nicht mehr an seiner angestammten Stelle steht. Es wurde im Rahmen der Flurbereinigung, das muss so zweitausendfünf oder sechs herum gewesen sein, an die jetzige Stelle versetzt." Grete hatte sich wieder in Eifer geredet. Ihre Wangen leuchteten rot. Stolz über ihr Wissen blickte sie die Beamten mit glänzenden Augen an. Ihr Bruder hatte zu allem nur stumm genickt.

„Sie haben einen Herrn Obenauf erwähnt. Wissen Sie zufällig, wo der wohnt?", fragte Sperber.

„Ja, der muss in Ansbach wohnen. Wo genau weiß ich allerdings nicht."

„Na, wenn er in Ansbach wohnt, werden wir ihn sicher finden. Die Sache mit den Steinkreuzen interessiert mich. Karlo, schau mal im Telefonbuch nach, wenn wir wieder in der Inspektion sind, ob du die Adresse des

Mannes herausbringst. Mache gleich einen Termin aus, damit du ihn sprechen kannst, und lass dir etwas über Steinkreuze im Allgemeinen und das von Immeldorf im Besonderen erzählen." Karlo verzog seinen Mund, sagte aber nichts. Das konnte wieder einmal langweilig werden.

„Nun bedanken wir uns bei Ihnen für Ihre Auskünfte und müssen uns verabschieden. Wenn wir noch Fragen haben, werden wir uns wieder melden. Können wir noch etwas für Sie tun, Herr Scheuerlein? Wir fahren in Richtung Malmersdorf. Sollen wir Sie mitnehmen?"

Grete Maurer wehrte ab: „Nein, der soll sich erst einmal von dem Schrecken hier erholen."

„Ich fahre mit!", sagte Scheuerlein mit lauter, fester Stimme. „Wer soll sich den um meine Tiere kümmern?" Er stand auf und ging noch ein wenig unsicher auf die Türe zu. Seine Schwester schüttelte besorgt den Kopf: „Wie kann man nur so eigensinnig sein? Früher war er nicht so. Erst seit seine Frau tot ist, ist er so geworden. Wo soll das noch hinführen, sage ich immer."

Sperber und sein Kommissar erhoben sich nun ebenfalls und schüttelten Grete Maurer die Hand. Sie begleitete die drei Männer zur Haustüre und gab ihrem Bruder noch einen Schwall guter Ratschläge mit auf den Weg. Die drei Männer verließen das Haus, stiegen in den BMW der Kripo Ansbach und fuhren los.

Karlo Grollmisch lenkte den Wagen durch Immeldorf zur Kreisstraße und bog dann Richtung Malmersdorf ein, weil er befürchtete, dass die Ortsverbindung noch von der Spurensicherung gesperrt war. Schon vor dem Abbiegen sahen sie mehrere Polizeifahrzeuge in der Nähe des Fundortes, dabei einige Streifenwagen, Fahrzeuge des Erkennungsdienstes, Mannschaftswagen der Bereitschaftspolizei und einen Leichenwagen. Beim Näherkommen beobachteten sie, dass eine große Anzahl von Bereitschaftspolizisten dabei war, die weitere Umgebung des Steinkreuzes zu durchkämmen. Um den Stein selbst bewegten sich mehrere Gestalten in den weißen Schutzanzügen der Spurensicherung. An der Absperrung, die den Fundort weiträumig abschirmte, hatten sich bereits neben Grüppchen von Schaulustigen auch Vertreter verschiedener Medien eingefunden, die versuchten, Informationen zu erhaschen und mit ihren langen Teleobjektiven aussagekräftige Bilder zu schießen.

Den beiden Polizisten war bewusst, dass gleichzeitig Trupps der Bereitschaftspolizei dabei waren, die Bewohner der Dörfer zu befragen, ob sie eine Wahrnehmung gemacht hatten, die in irgendeiner Weise mit dem Mord in Verbindung gebracht werden konnte.

In Malmersdorf angekommen, ließen die beiden Beamten Albert Scheuerlein vor seinem Haus aussteigen. Nachdem er sich bei ihnen bedankt hatte, ging er, mit langsamen Schritten, wie in Trance, zu seiner Gartentüre. Dort hob er noch einmal grüßend die Hand, dann verschwand er in seinem Vorgarten. Die beiden Polizisten wendeten den Wagen und fuhren weiter nach Ansbach.

Sperber überlegte: „Die Leiche muss so schnell wie möglich identifiziert werden. Du suchst nach der Frau Pfarrerin Sebald und bringst sie ins Krankenhaus hinauf. Vielleicht erkennt sie den Mann, damit wäre uns schon ein kleines Stück geholfen. Ich muss einige Anrufe erledigen und fahre dann sofort ebenfalls ins Krankenhaus. Wir treffen uns in der Cafeteria."

Als Karlo gegangen war, um die Pfarrerin abzuholen, ging Sperber mit schnellen Schritten zum Büro seines Vorgesetzten, Polizeidirektor Dotzauer, hinüber.

Im Vorzimmer traf er auf Barbara Robertazzi, die Sekretärin der Abteilung, die gerade eifrig an ihrem Computer werkelte. „Grüß Gott Barbara, ist der Chef da?", fragte er sie und erblickte gleich ein interessiertes Leuchten in ihren Augen. „Guten Morgen Wolfgang. Sag, was gibt es Neues in eurem ländlichen Fall? Stimmt das, dass der Tote einen Knochen im Mund hatte?"

„Bin ich froh, dass bei uns die Buschtrommeln noch funktionieren", erwiderte Sperber ironisch und blinzelte die junge Frau mit einem Auge an. „Es stimmt leider, aber das ist auch das Einzige, was ich dir schon verraten kann, mehr weiß ich selbst noch nicht. Wir kommen gerade von Immeldorf und haben den Finder der Leiche befragt. Leider konnte der uns auch nicht viel sagen." Sperber griff sich an die Stirn und sagte überrascht: „Jetzt fällt mir gerade etwas ein! Du bist doch eine geborene Scheuerlein. Bist du zufällig mit Albert Scheuerlein aus Malmersdorf verwandt?"

Barbara schaute ihn irritiert und erschrocken an: „Klar, das ist einer meiner Onkels. Was ist mit ihm. Der ist doch hoffentlich nicht das Opfer?"

„Nein, Gott sei Dank ist dein Onkel sehr lebendig. Er hat auf dem Weg zu deiner Tante Grete in Immeldorf heute Morgen den Toten gefunden."

„Und wie geht es dem Armen?"

„Er war natürlich geschockt. Der Hausarzt von Grete Maurer hat ihn untersucht. Ich denke, jetzt geht es ihm schon wieder besser. Gerade haben wir ihn von deiner Tante aus in sein Haus zurückgefahren. Er hat sich um seine Tiere gesorgt."

„Ach du Schreck! Ich rufe den nachher gleich an, damit ich sicher bin, dass es ihm jetzt wirklich gut geht. Er ist einer meiner Lieblingsonkels, musst du wissen. Als Mörder kommt er wohl nicht in Betracht, dafür wäre er mit seinem gutmütigen Wesen eine ausgesprochene Fehlbesetzung." „

Na ja, das muss sich erst noch herausstellen. Schließlich ist er mit dir verwandt", erwiderte Wolfgang Sperber mit spitzbübischem Grinsen.

„Also Wolfgang, was willst du damit sagen?", fuhr Barbara in gespielter Empörung hoch. „Bin ich nicht das Herz und die Seele dieses Betriebes? Ein weiches, weites Herz und eine große Seele, das musst du doch zugeben!"

Sperber hob abwehrend die Hände hoch: „Ich gebe alles zu, wenn du mich jetzt sofort mit Dotzauer in Kontakt bringst."

„Na gut, weil du meine gute Meinung von mir bestätigst, will ich das tun. Er ist in seinem Büro, ich melde dich gleich bei ihm an."

Sie hob den Hörer ihres Telefons ans Ohr, sprach ein paar Worte hinein und legte wieder auf.

Nun lächelte sie ironisch: „Unser hoher Chef lässt bitten."

Sperber klopfte kurz an die Bürotüre und trat ein. Dotzauer saß, wie gewohnt ganz förmlich, mit einem dunklen Anzug bekleidet, hinter seinem vollkommen leeren Schreibtisch und lächelte ihn freundlich an. In dem Moment schossen Sperber wie gewohnt zwei Gedanken durch den Kopf. Der eine Gedanke mahnte: „Vorsicht, nicht täuschen lassen. Dieses Lächeln bedeutet nichts. Dahinter kann sich alles verbergen!", und der zweite Gedanke stellte wieder einmal die Fragen: „Was tut der eigentlich die ganze Zeit. Sitzt hinter einem leeren Schreibtisch und lächelt? Macht der das auch, wenn niemand im Zimmer ist außer ihm selbst?"

Ungeachtet dieser Gedanken informierte Sperber seinen Chef über die Vorkommnisse. Der sagte auf den Bericht hin, weiterhin lächelnd: „Na, dann machen Sie mal. Viel Erfolg!" Mit einer schwachen Geste zur Tür hin ließ er Sperber dann wissen, dass das Gespräch zu Ende war und er wieder gehen konnte.

Wieder in seinem Büro stellte Sperber zunächst fest,

dass der Erkennungsdienst sehr schnell gearbeitet hatte. Auf seinem Schreibtisch lagen bereits Fotos des Ermordeten. Sie zeigten ihn hinter der Bank liegend und mit gebrochenen Augen in den Himmel starrend. Das Gesicht des Opfers zeigte die typische Blässe des Todes, die Sperber schon oft gesehen hatte. Das Gesicht war noch im Todeskampf verzerrt. Keine Spur von Frieden. Um den Kopf herum und auf der Kleidung reichlich große Flecken von Blut. Er konnte auf den wirklich brillanten Detailaufnahmen erkennen, dass der Schnitt quer über die Kehle des Opfers geführt worden war. Es musste sich um eine sehr scharfe Klinge gehandelt haben. Scharf wie ein Skalpell. Die Haut, die Sehnen, der Kehlkopf und die Arterien waren randlos, sauber durchschnitten. „Wie eine Schächtung!", kam es dem Kriminalbeamten in den Sinn. Durch einen Halsschnitt werden die Kehle und die beiden Halsschlagadern durchtrennt. Angeblich sollen die Tiere dabei keinen Schmerz empfinden, weil das Gehirn sofort ohne Blutzufuhr ist. Tierschützer bezweifeln das heftig.

Immerhin konnte das Opfer nicht schreien, denn seine Luftröhre wird bei dem Schnitt durchtrennt. Ohne Luft kein Schrei. Manchmal erstickten die Opfer an ihrem eigenen Blut, das in die Lunge läuft. Das Blut lief rasch aus den vier großen Adern am Hals. Der Todeskampf des Mannes auf den Fotos hatte wahrscheinlich nur wenige Minuten gedauert. Nur ...?

Sperber nahm an, dass das Blut nicht herausgespritzt war, sondern sich in einem Schwall ergossen hatte. Die Kleidung des Täters war bestimmt voll Blut. Da war er sich sicher.

Montagmorgen

Der Montag gilt vielen als der Spielverderber der Woche. Es kann manchmal hart sein, sich nach einem schönen Wochenende wieder den täglichen Pflichten zuzuwenden.

Pfarrerin Maria Sebald zum Beispiel empfand es an diesem Montag einigermaßen ungerecht, bereits am frühen Morgen an einer Sitzung teilnehmen zu müssen – mehr noch: sie zu leiten. Die letzte Woche war für sie belastend genug gewesen. Sie hatte außergewöhnlich viele Termine hinter sich bringen müssen, weil ihr geschäftsführender Kollege und Freund, Harro von Weinheim, mit dem sie seit dem gemeinsamen Studium ein intimes Verhältnis hatte, für zwei Wochen an einer Fortbildungsveranstaltung teilnahm. Für sie kam damit eine Menge Arbeit in der Gemeinde zusammen. Daneben war es für die junge Geistliche unumgänglich, sich allerlei ungeliebten Verwaltungsaufgaben zu widmen. Drei Trauerfeiern und die damit verbundene Begleitung der Angehörigen hatten die Woche über unter vielen anderen Arbeiten an ihrer Kraft gezehrt.

Das vergangene Wochenende brachte kein Ausruhen, im Gegenteil. Es war für Maria mit Gottesdiensten verschiedenster Art gespickt gewesen. An diesem Montagmorgen litt Maria, neben dem Gefühl der Erschöpfung, unter Kopfschmerzen. Ihre Stirn fühlte sich heiß an und ihr Hals kratzte. In ihren Gliedern empfand sie ein Ziehen. Bestimmt waren das Symptome einer beginnenden Erkrankung. Die kam ihr jetzt sehr ungelegen.

Auf jeden Fall war ihr bewusst, wie dringend sie mindestens einen Tag für sich hätte brauchen können, aber das schien, eben wegen der anfallenden Arbeit, gerade nicht möglich.

„Der Montag ist doch der Sonntag des Pfarrers“, wurde ihr immer wieder verwundert von Gemeindegliedern gesagt, wenn sie bei Geburtstagen an diesem Wochentag bei ihnen auftauchte, um die Glückwünsche der Gemeinde zu überbringen.

„Schön wäre es!“, knurrte Maria in Gedanken, während sie sich bemühte, dem etwas umständlichen Bericht von Alexander Weber über den Verlauf des Wochenendes aus seiner Sicht zu folgen. Der sechsundfünfzigjährige Mann mit kräftiger Statur und Halbglatze, der mit seiner Familie vor einigen Jahren aus Kasachstan nach Deutschland gekommen war, hatte seit einem halben Jahr die Stellung als Mesner von Sankt Gumbertus inne.

Ein Bandscheibenproblem hatte seiner Berufstätigkeit bei einem Bauunternehmen ein jähes Ende bereitet. Mit sechsundfünfzig und mit einem Rückenleiden war es fast unmöglich, in seinem Berufsfeld wieder eine Anstellung zu bekommen. So war er froh über seinen relativ sicheren Arbeitsplatz bei der Kirche. Alexander Weber sah sich selbst als gläubigen, standfesten Christenmenschen, dem die biblischen Weisungen als verbindliche Lebensregeln galten.

Leider hatte er immer wieder seine Probleme mit der, seiner Meinung nach, allzu laxen Glaubensauffassung mancher Gemeindeglieder und mit den Verhaltensweisen von Menschen hierzulande.

Besonders Jugendliche, die sich seiner Meinung nach ungebührlich aufführten, brachten ihn, der sich sehr um freundliches Auftreten bemühte, immer wieder heftig in Rage.

Ihm gegenüber hatte sich an diesem Morgen Heidi Besendörfer, die Pfarramtssekretärin, niedergelassen. Beide, sie und Weber, waren sich von Anfang an nicht sonderlich sympathisch gewesen, wohl weil es sich immer wieder herausstellte, dass ihr Weltbild so grundsätzlich unterschiedlich war.

Vor sich hatte die Sekretärin einen Stapel mit Listen, Kalendern und sonstigen Schriftstücken aufgetürmt, die nach viel Arbeit aussahen. Immer wieder drehte Frau Besendörfer ihre Augen empört zur Decke, weil sich Weber für ihr Verständnis mit einem gewissen Fanatismus an einer Episode festgebissen hatte, als deren Hauptakteure für ihn wieder einmal zwei Konfirmanden galten, die ihn schon einige Male auf die Palme getrieben hatten.

„Schlimm genug, dass sie während der Predigt oben auf der ersten Empore dauernd miteinander geredet haben!", schimpfte er gerade mit gerötetem Gesicht und wütend aufgerissenen Augen. „Einer von denen hat aber auch noch seinen gekauten Kaugummi auf den neuen Hut von Frau Hölzel fallen lassen. Der klebte sich in den Hutfedern fest. Die Frau hat sich nach dem Gottesdienst bei mir bitter beschwert. Ich habe ihr geholfen, die schönen Federn vom Kaugummi zu befreien. Frau Hölzel sah natürlich nicht, woher der Kaugummi genau kam, der auf sie herunterfiel, aber das ‚Plop' auf ihrem Hut hat sie deutlich gehört. Als sie nach oben blickte, sah sie niemanden. Aber einer von den beiden war es, entweder dieser Oskar Rothemund oder der Dirk Schneider, da können Sie Gift drauf nehmen! Einmal erwische ich die auf frischer Tat und dann rufe ich die Eltern an und sage denen meine Meinung, darauf können Sie sich verlassen! Wer sollte denn sonst immer die Bänder in den Gesangbüchern zu Zöpfchen flechten und Männchen reinmalen? Wer sollte das sein, wenn nicht diese beiden elenden Schlingel? Und dann grinsen sie mich immer so frech an, wenn sie an mir vorbeigehen. Aber nicht mehr lang! Denen wird das Grinsen schon vergehen, wenn ich sie beim Wickel habe!"

Bei diesen Worten haute Weber mit einer seiner großen, schaufelartigen Hände mit einem Knall energisch auf den Tisch, während er den Zeigefinger der anderen

Hand mit wütender Miene und glitzernden Augen ermahnend zur Zimmerdecke hin erhoben hatte.

Frau Besendörfer war bei dem Schlag zusammengezuckt und hochgefahren. Wie immer wenn sie aufgeregt war, fiel sie in ihren fränkischen Dialekt: „No, jetz ober!“ Voller Empörung sagte sie: „Sie kenne an werkli erschreckn!“, und schüttelte entrüstet den Kopf.

Um Alexander Webers Mund spielte einen Wimpernschlag lang ein zufriedenes Lächeln, das aber so schnell wieder verschwand, wie es gekommen war.

Für Maria Sebald wiederholten sich das Lamento des Mesners und die dauernden Zankereien mit der Sekretärin in Variationen zum unzähligsten Mal. Sie kannte seine Ausbrüche über die kleinen und größeren Vergehen von jugendlichen und erwachsenen Gemeindegliedern und über die Besucher der Kirche, die seiner Meinung nach alle ungezogen und asozial waren. Die Pfarrerin konnte das alles wahrlich nicht mehr komisch finden. Ganz besonders nicht an diesem tristen Vormittag.

Die drei hauptamtlichen Mitarbeiter von Sankt Gumbertus befanden sich in einem Besprechungsraum des Pfarramtes mit schöner alter Holzdecke und zwei großen Fenstern, durch die man auf den mit einer hohen Mauer umgebenen Pfarrgarten blicken konnte; einer in den Sommermonaten sehr hübschen grünen, mit Rasenfläche, Blumen und Sträuchern geschmückten ruhigen Oase mitten in der lebhaften Altstadt von Ansbach.

An diesem Morgen spürte Maria kein Verlangen, nach draußen zu sehen.

Eiskalter Regen und Schneeregenschauer gingen an diesem Morgen immer wieder über die graue Stadt herunter. Der Winter schickte sich offenbar an, das Land zu erobern.

Die Nässe und die Kälte passten zu diesem Morgen, an dem sie am liebsten nochmals in ihr warmes Bett gekrochen wäre und sich für den Rest des Tages die Decke über den Kopf gezogen hätte.

Sie rieb sich ihre müden Augen und die schmerzende Stirn, unterdrückte ein Gähnen und versuchte einerseits, das demonstrative Augenrollen von Heidi Besendörfer zu übersehen und andererseits ein konzentriertes Gesicht zu der Geschichte von Weber zu machen. Gleichzeitig überlegte sie, wie sie seinen Bericht so stoppen konnte, dass er sich noch ernst genommen fühlte.

„Ich werde mit den beiden mal reden", wandte sie schnell ein. Das hatte jetzt nicht sehr überzeugend geklungen, musste sie sich selbst eingestehen, aber es hatte immerhin den Redeschwall Webers gebremst. „Ja, tun Sie das bitte. Obwohl ich glaube, Herr Pfarrer von Weinheim könnte das vielleicht auch, und noch wirkungsvoller, machen ..."

Die Worte des Mesners schienen noch eine kleine Weile schwer über ihnen in der Luft zu schweben. Maria versuchte, sich den in ihr aufsteigenden Ärger nicht anmerken zu lassen. Weber konnte und wollte anscheinend sein Unverständnis darüber, dass eine Frau Pfarrerin war, nicht völlig unterdrücken. Immer wieder kam dieser Missstand, der nicht zu seinem konservativen Weltbild passte, offen oder zwischen den Zeilen seiner Äußerungen zum Vorschein.

Sie riss sich zusammen und sagte, nach außen hin völlig gelassen wirkend: „War sonst noch etwas Besonders am Wochenende?"

Weber holte tief Luft: „Natürlich. So ein Dussel ist am Sonntagnachmittag wieder die Treppe in der Kirche hinuntergefallen. Ich sag ja immer, die Leute haben keine Augen im Kopf! Der hat angeblich zur Orgel hinaufgesehen und dabei nicht auf die Stufen geachtet. Ich war ganz zufällig in der Schwanenritterkapelle und habe seinen Schrei und sein Gejammer gehört. Ich bin rausgelaufen und da lag er. Ein Amerikaner. Er hat auf sein Bein gedeutet und gestöhnt: ‚Broken, broken, oh, oh!' „Jes, jes. I telefoning. I ruf Doktor!", habe ich zu ihm gesagt und vom Telefon in der Sakristei aus den Notarzt gerufen. Der ist ziemlich schnell da gewesen und sie haben ihn ins Krankenhaus mitgenommen. Ich sag's ja, keine Augen im Kopf." Er schüttelte seinen Kopf über so viel Torheit.

Maria Sebald sagte mit betroffener Miene: „Das ist ja schrecklich, der arme Mann! Hoffentlich hat er sich nicht wirklich etwas gebrochen. So ein Sturz kann schlimme Folgen haben."

Heidi Besendörfer stimmte ihr lebhaft zu: „Meine Tante ist kürzlich auch hingefallen. Drei Wochen musste die im Krankenhaus bleiben deswegen. Jetzt kann sie immer noch nicht richtig laufen und Schmerzen hat sie auch immer noch."

In diesem Moment klopfte es energisch an der Türe des Raumes. Maria rief laut: „Herein!"

Die Türe wurde geöffnet und vor der kleinen Gruppe stand ein Bekannter, der mit seiner einsfünfundachtzig großen, schlaksigen Gestalt und den wirren, vom Kopf abstehenden, dunkelblonden Haaren den beiden anwesenden Frauen eine zwar relativ kurze, aber schrecklich aufregende Zeit in Sankt Gumbertus in lebhafte Erinnerung rief. Vor etwa einem Dreivierteljahr, gleich am Anfang des Dienstes von Maria Sebald, hatten sich schlimme Dinge in der Gruft von Sankt Gumbertus zugetragen.

Bei seinem Anblick hatte der Schreck Heidi Besendörfer spontan eine kräftige Röte in ihre Wangen getrieben. Sofort fiel sie sprachlich in ihr Fränkisch: „Allmächt, wos wolln Sie denn scho wieder? Es wird doch um Gotts willn nix passiert sein?"

Kommissar Karl-Otto Grollmisch, genannt Karlo, lächelte sein verlegenes Jungenlächeln, hob entschuldigend die Hände und zog dann mit einem bedauernden Gesichtsausdruck die Schultern hoch. „Ich kann Ihnen vor Ihnen allen leider nicht sagen, warum ich hier bin, das ist Dienstgeheimnis.“ Und zu Maria Sebald gewandt: „Frau Pfarrerin, könnte ich Sie bitte kurz unter vier Augen sprechen?“

Maria stand stumm auf. Die Farbe war aus ihrem Gesicht gewichen. Unwillkürlich hatte sie sich beim Aufstehen an den Kopf gegriffen, der jetzt plötzlich noch mehr schmerzte als vorher. Die Erinnerung an die Ereignisse um den versteckten Schatz eines Ansbacher Juweliers in der Gruft von Sankt Gumbertus wirkten eben immer noch nach.

Ein leichter Schwindel hatte sie beim Aufstehen ergriffen. Sie hielt sich kurz an der Stuhllehne fest, der Schwindel ließ nach. Dann lief sie in Richtung Türe.

Erst nach ein paar Schritten konnte sie ein „Natürlich“ herauspressen und dem jungen Kommissar dabei die Hand reichen. „Erst mal einen guten Morgen. Herr Grollmisch, wenn ich mich recht erinnere?“, sagte sie mit schwacher Stimme. Maria schloss die Türe hinter sich.

„Ja, Karl-Otto Grollmisch, von der Polizei in Ansbach.“ Karlo schaute sie in seiner jungenhaften, lebhaften Weise freundlich an, dann wandelte sich seine Mimik zu einem schmerzlichen Ausdruck: „Aber dass das heute ein guter Morgen ist, kann ich leider nicht sagen ...“

Beide entfernten sich ein Stück auf dem Gang von der Türe des Besprechungszimmers.

Die Pfarrerin hatte nach wie vor ein flaues Gefühl im Magen. „Was ist denn? Ich hoffe nicht wieder was Schlimmes?“

Karlo breitete die Arme aus, sein Gesicht zeigte immer noch eine schmerzliche Grimasse: „Leider doch. An einem sehr alten Steinkreuz am Weg von Immeldorf, Richtung Lichtenau, wo es nach Malmersdorf geht, hat ein Jogger heute Morgen die Leiche eines Mannes gefunden. Er ist ganz offensichtlich unter Fremdeinwirkung ums Leben gekommen. Der Jogger hat gleich die Polizei gerufen. Hauptwachtmeister Müller war einer der Ersten am Fundort. Er hat uns gesagt, dass er öfter den Gottesdienst in Ihrer Kirche besucht. Müller behauptet, er habe den Mann schon einige Male bei Ihnen im Gottesdienst gesehen. Auf Grund seiner extravaganten Erscheinung ist er ihm besonders aufgefallen, sagte er. Sie hätten sich wohl auch am Schluss der Feier ab und zu angeregt mit ihm unterhalten und würden ihn wahrscheinlich kennen. Der Tote hatte nämlich keine Papiere bei sich, müssen Sie wissen. Wir haben die Leiche wegen der Identifikation zunächst in den Sektionsraum im Stadtkrankenhaus bringen lassen. Herr Hauptkommissar Sperber erwartet Sie dort. Er hat mich geschickt, um Sie zu bitten, sich den Mann anzusehen, damit könnten wir vielleicht schnell herausbringen, um wen es sich handelt. Bitte kommen Sie mit. Ich fahre Sie zum Krankenhaus und bringe Sie gerne auch wieder hierher zurück."

Maria hatte bei diesen Worten das Gefühl, der Boden unter ihren Füßen würde etwas wanken. Sie lehnte sich an die Wand des Ganges und schloss kurz die Augen. Das Gefühl ging vorüber. Sie öffnete die Augen wieder und blickte den Polizisten an. Sein Bild verschwamm dabei irgendwie vor ihren Augen. „Ich komme natürlich mit. Wenn ich Ihnen helfen kann festzustellen, wer das ist, will ich das gerne tun", sagte sie matt. „Ich hoffe nur, Ihr Kollege hat sich getäuscht und es ist kein Bekannter von mir. Ich hole mir nur schnell meinen Mantel aus dem Besprechungsraum und sage den beiden Mitarbeitern Bescheid."

Mit etwas unsicheren Schritten ging die Pfarrerin zurück in den Besprechungsraum und sagte zu den beiden gespannt Dasitzenden: „Die Besprechung muss später weitergehen. Ich soll Kommissar Grollmisch begleiten. Ich rufe Sie über das Haustelefon an, wenn ich wieder zurück bin."

Geschwind nahm sie ihren Mantel von einem Haken und verließ den Raum.

Das Fahrzeug der Kriminalpolizei wartete neben dem Brunnen vor der Gumbertuskirche. Auf der Spitze einer Säule im Zentrum des Brunnens leuchtete das vergoldete Haupt Carl Wilhelm Friedrichs, des „Wilden Markgrafen". Der schaute wie immer stolz und im Grunde uninteressiert auf die gegenüberliegende Hausfassade.

Nachdem sie eingestiegen waren, fuhr Karlo Grollmisch zügig an der markgräflichen Residenz vorbei, bog vor dem Brückencenter in die Brauhausstraße ein und kurvte zur Rügländer Straße. Am Ortsende rauschte er mit überhöhter Geschwindigkeit den Berg zur Klinik hoch. Vor dem Krankenhaus stellte er den Wagen der Einfachheit halber in einen Parkverbotsbereich. Die Kollegen würden ihn schon erkennen und auf ein Knöllchen unter dem Scheibenwischer verzichten.

Hauptkommissar Wolfgang Sperber hatte sie schon einige Zeit erwartet. Während er für sich allein an einem Tisch in der lebhaft frequentierten Cafeteria einen Cappuccino trank, hatte er Gelegenheit nachzudenken. Ihm war klar, dass nun Eile geboten war. Die Zeit arbeitete für den Täter. Wenn das Opfer identifiziert sein würde, mussten möglichst schnell alle Personen seiner Umgebung befragt werden. Das konnte er natürlich unmöglich mit seinen zwei Mitarbeitern schaffen. Sein Chef hatte ihm tatsächlich sofort grünes Licht gegeben, weitere Beamte für diese Aufgaben einzusetzen.

Der Erkennungsdienst würde parallel zu den Befragungen das Haus des Ermordeten durchsuchen. Die

Gerichtsmediziner standen sozusagen Skalpell bei Fuß bereit, um gleich ihre Untersuchungen durchzuführen. Einer seiner beiden Mitarbeiter würde dabei zugegen sein.

Ermittlungsbeamte würden eventuell in der Wohnung befindliche Computer, Telefon, Anrufbeantworter, Notizbücher und alle Datenträger durchchecken. Eine, wie es Sperber bewusst war, sehr aufwendige Arbeit, die Erfahrung, Geduld und Genauigkeit erforderte. Das erkennungsdienstliche Labor würde sich mit den Kleidungsstücken, einer Tatwaffe, wenn sie denn gefunden würde, und einem Fahrzeug befassen, mit dem das Opfer zum Tatort gefahren oder gebracht worden war. Bisher war so ein Fahrzeug jedoch noch nicht gefunden worden.

Dem Hauptkommissar war klar, dass mit all diesen Maßnahmen eine große staatsanwaltliche und polizeiliche Maschinerie in Gang gesetzt wurde. Nur mit ihr bestand die Möglichkeit, dass man den Mörder schnell dingfest machen konnte. Alle Informationen würden sofort nach ihrem Bekanntwerden bei ihm und seinen beiden Mitarbeitern, Oberkommissarin Konstanze Grunwald und Kommissar Grollmisch, zusammenlaufen. Welche Motive hinter der Tat standen, würde sich hoffentlich schnell aufdecken lassen. Seine langjährige Berufserfahrung hatte Wolfgang Sperber gelehrt, dass alle Motive für Mord an einem Menschen mit den Beweggründen in Zusammenhang standen, die man in der Theologie mit dem Begriff „Sieben Todsünden“ umschrieb: Habgier (Habsucht, Geiz), Hochmut (Eitelkeit, krankhafter Ehrgeiz, Ruhmsucht, Übermut), Neid (Eifersucht, Missgunst), Trägheit (Feigheit, Ignoranz, Faulheit), Völlerei (Maßlosigkeit und Gefräßigkeit in vielerlei Hinsicht), Wollust (sexuelle Ausschweifungen, Perversitäten) und Zorn (Rachsucht, ungezügelte Wut, maßlose

Vergeltung). Dazu kam oft als ein Grundmotiv die Angst hinzu. Die Angst, etwas zu verlieren, das in irgendeiner Form als lebenswichtig betrachtet wurde.

Sperber runzelte nachdenklich die Stirn. „Was würde das Motiv sein, das diesmal hinter dieser Tat stand?" Auf den ersten Blick hatte er auf einen Racheakt getippt. Der glatte Schnitt durch den Hals bis zur Wirbelsäule allein hätte genügt, um den Mann sicher zu töten. Die Gerichtsmedizin hatte bei ihrer ersten, oberflächlichen Begutachtung der Leiche noch neun Einstichstellen gezählt. Einige dieser Stiche hätten vermutlich schon genügt, um den Mann zu töten. Außerdem hatten sich an dem leblosen Körper zahlreiche Verletzungen gezeigt, die höchstwahrscheinlich durch Schläge entstanden waren. Sperber vermutete, dass der Täter „gestiefelt" hatte, wie man jetzt Fußtritte in verschönernder Weise nannte. Offenbar hatte er dem Sterbenden oder bereits Toten einige Knochen gebrochen. Seltsamerweise hatte er den Kopfbereich dabei verschont. Vielleicht wollte er damit den Knochen im Mund besonders herausheben. Das Gesicht war ja mit der Persönlichkeit des Opfers gleichzusetzen. Sperber musste fast automatisch an die Geschichte des alten Steinkreuzes denken, die ihm das Geschwisterpaar in Immeldorf erzählt hatte. Er kombinierte die Metzgerburschen, die sich dort gegenseitig niedergestochen hatten, mit ihrer Berufstätigkeit. Schweine abzustechen gehörte dazu. Der Knochen, den ein eilig herbeigerufener Tierarzt eindeutig als Schweineknochen identifiziert hatte, passte in das Schema: Hier wurde ein Mensch vom Leben in den Tod befördert, der sich verhalten hatte wie ein Schwein, sollte das vielleicht heißen.

Bei diesem Gedanken fröstelte es den erfahrenen Polizisten innerlich. Es gab für ihn trotz der langen Dienstzeit, die hinter ihm lag, immer wieder Momente, in denen er um Fassung rang.

Kein Verbrechen, das er bisher zu bearbeiten hatte, war spurlos an ihm vorübergegangen. Meistens war er innerlich tief von den menschlichen Schicksalen bewegt worden, in die er dabei Einblick bekam. Es waren durchweg nicht nur die Geschicke der Opfer gewesen, auch die Lebensgeschichten der Täterinnen und Täter hatten ihn immer wieder sehr ergriffen.

Sperber sinnierte weiter: „Die Gerichtsmedizin hatte den Todeszeitpunkt zwischen zweiundzwanzig und dreiundzwanzig Uhr am vergangenen Tag festgelegt. In diesem Fall konnte man davon ausgehen, dass Fundort und Tatort identisch waren. Belege dafür waren die große Blutlache sowie die Blutspritzer auf der Erde, an der Bank und hinter der Bank. Dazu die Schleifspuren, die eindeutig durch das Ziehen der Leiche entstanden sein dürften. Anscheinend wollte der Täter eine schnelle Auffindung seines Opfers vermeiden. Dazu passte auch, dass sich in der Kleidung des Toten keine unmittelbaren Hinweise auf seine Identität fanden. Sollte mit dem Fehlen von Geldbeutel, Schlüssel und anderen persönlichen Gegenständen ein Raubmord dargestellt werden? Vielleicht war es sogar einer! Dazu würde passen, dass bisher noch kein Fahrzeug aufgefunden wurde. Hatten der oder die Täter es gestohlen? Alle diese Rückschlüsse waren Versuche, sich Täter und Motiv anzunähern, ohne dass den Erkenntnissen des Erkennungsdienstes und der Rechtsmediziner damit vorgegriffen sein sollte. Diese Fachleute waren auf das Lesen von sogenannten Blutspurenbildern spezialisiert. Sie würden herausfinden, welche Positionen Täter und Opfer bei der Tat eingenommen hatten und ob der Mörder Rechts- oder Linkshänder war und vieles mehr. Auch die Spezialisten waren der Meinung, die Kleidung des Täters oder der Täterin mussten bei der Tat über und über mit Blut besudelt worden sein. Wenn er oder sie ein Fahrzeug benutzt hatte, würden sich darin viele Blutanhaftungen finden lassen." Sperber wusste, dass sich dieses Blut mit den Methoden der heutigen Kriminalistik auch dann feststellen lassen würde, wenn dieses Fahrzeug gründlich gereinigt worden war.

Während er so nachdachte, waren Maria Sebald und Kommissar Grollmisch durch den Haupteingang der Klinik hereingekommen und entdeckten seine etwas untersetzt wirkende Gestalt in einem eher unauffälligen grauen Anzug mit weißem Hemd und Krawatte sofort an einem der Tischchen der nicht sehr einladend wirkenden Cafeteria gleich gegenüber dem Haupteingang der Klinik. Unwillkürlich stand er auf und begrüßte die hübsche, zierliche Frau mit dem blonden schulterlangen Haar und den auffallenden grünen Augen. Seit der Gruftgeschichte waren sie sich in der Innenstadt von Ansbach immer wieder über den Weg gelaufen. Nicht ungewöhnlich in einer Stadt von der Größe Ansbachs. Jedes Mal hatte sich Sperber über die Begegnung gefreut. Schon seit ihrem ersten Zusammentreffen war ihm die junge, hübsche Geistliche sehr sympathisch erschienen. Dieser Eindruck hatte sich bei ihm im Laufe der damaligen Ereignisse und der darauf folgenden Zeit gefestigt. Unwillkürlich kam er Maria Sebald ein paar Schritte entgegen. Sie reichte ihm die Hand zu einem festen Händedruck. Aus der Nähe erkannte er aber in dem blassen Gesicht der Frau eine große Erschöpfung.

„Einen guten Morgen wünsche ich Ihnen. Tut mir sehr leid, Frau Pfarrerin, dass ich Sie mit dieser sehr unangenehmen Sache belasten muss. Kommissar Grollmisch hat Ihnen sicher schon von dem Leichenfund berichtet. Ich hoffe, dass Sie uns bei der Identifikation des Mannes helfen können. Bevor wir in den Raum im Untergeschoss gehen, können wir uns aber noch ein wenig hinsetzen. Sie sehen etwas müde aus. Möchten Sie etwas trinken? Einen Kaffee oder Tee oder vielleicht ein Glas

Mineralwasser?" „Danke Herr Sperber, ein Wasser wäre angenehm."

„Karlo, bitte hole doch ein Glas Mineralwasser an der Theke."

Während der junge Mann wegging, bat Sperber Maria Sebald an seinen Tisch. „Warten Sie hier schon lange auf uns?", fragte Maria den Polizisten besorgt. „Nun ja. Mir ist die Zeit aber nicht lang geworden. Sie erinnern sich vielleicht noch, dass ich Ihnen in unseren früheren Gesprächen verraten habe, wie gerne ich meine Zeit in Cafés zubringe. Menschen zu beobachten und dabei ein wenig nachzudenken gehört nun einmal zu meinen Liebhabereien." Listig blinzelnd fügte er hinzu: „Aber nun erst einmal zu Ihnen. Sie sehen erschöpft aus. Haben Sie gerade sehr viel zu tun oder ist Herr von Weinheim der Grund für eine gewisse Ermüdung?"

„Beides hängt zusammen. Harro ist zwei Wochen auf Fortbildung, da bleibt einiges an mir hängen. Ich könnte wirklich ein wenig Zeit für mich gebrauchen. Ich fühle mich heute so, als würde eine Grippe aufziehen."

Hauptkommissar Sperber breitete entschuldigend die Arme aus. „Das tut mir sehr leid. Und jetzt komme ich auch noch daher und muss Sie zusätzlich belasten. Aber Sie können mir glauben, wenn es mir für diesen traurigen Fall nicht wichtig erschiene, würde ich Sie nicht behelligen. Ich möchte Ihnen kurz berichten worum es geht. Ich bitte Sie, das, was ich Ihnen nun sage, als Dienstgeheimnis zu betrachten und vorläufig mit niemandem darüber zu sprechen." Maria nickte zustimmend.

„Heute Morgen, kurz nach sieben Uhr, wurde ein Mann außerhalb von Immeldorf von einem Jogger tot aufgefunden. Er starb an einem Schnitt in den Hals. Außerdem wies sein Körper mehrere Messerstiche auf, von denen nicht nur einer ihn sofort getötet hat, meinte zumindest unsere Rechtsmedizin bei einer ersten Untersuchung der Leiche. Sie legte sich mit der Zeit des Todes auf die Zeit um zweiundzwanzig Uhr gestern Abend fest. Es sieht so aus, als sei die Tat an Ort und Stelle der Auffindung geschehen. Ein Fahrzeug des Opfers haben wir bislang noch nicht gefunden. Wie der Mann an die Fundstelle gekommen ist, wissen wir dadurch noch nicht. Natürlich wurden von uns sofort die Fingerabdrücke und ein Bild von dem Toten in den Computer gegeben. Wir hatten bisher aber keinen Erfolg damit. Er ist offenbar niemals mit der Polizei in Konflikt geraten. Herr Grollmisch hat Ihnen sicher gesagt, dass einer der Streifenbeamten meint, Sie könnten den Mann kennen."

Inzwischen hatte Karlo eine kleine Flasche Mineralwasser und ein Glas vor Maria hingestellt und ließ sich lässig auf einen Stuhl neben sie fallen. Maria nickte ihm dankend zu. Sie hatte Sperber bis dahin aufmerksam zugehört. Nun fuhr er fort: „Das Tatopfer dürfte um die sechzig Jahre alt sein und machte auf den ersten Blick einen sehr gepflegten, seriösen Eindruck. Auf Grund seines Äußeren könnte man ihn für einen höheren Angestellten oder Beamten halten."

Maria trank einen großen Schluck Mineralwasser.

Entschlossen sagte sie nach dem Bericht des Polizisten: „Ich denke, es ist Zeit, dass wir die Sache hinter uns bringen. Ich möchte den Toten jetzt ansehen."

Sperber nickte verständnisvoll. Karlo hatte bereits an der Theke bezahlt, so konnten sie sich sofort auf den Weg in das Untergeschoss machen. Die Krankenhausverwaltung hatte Sperber einen Schlüssel für den Sektionsraum zur Verfügung gestellt. Er sperrte die äußere Türe auf und schaltete die Beleuchtung ein. Im kalten Licht der Neonröhren durchquerten die beiden Polizisten und Maria zuerst einen kleinen Vorraum und betraten dann einen bis zur Decke weiß gefliesten Raum mit einer Art großen Kühlschrank mit mehreren Türen, der eine ganze

Wand einnahm. An den anderen Wänden hingen einige Schränke. Unter ihnen zogen sich Arbeitsplatten hin, mit allerlei Werkzeugen und Geräten darauf. Ein großes Waschbecken diente wohl dazu, alles sauber zu halten. Es roch aufdringlich nach Desinfektionsmitteln und anderen Dingen, über die Maria lieber nicht nachdenken wollte. Sie schauderte unwillkürlich zusammen. Die ganze Atmosphäre, aber besonders der Anblick des großen, abgedeckten Metalltisches in der Mitte des Raumes, auf dem sich unter einem grünen Tuch eine menschliche Gestalt vermuten ließ, hatte in Maria eine gewisse Übelkeit hochsteigen lassen. Sie empfand darüber hinaus das seltsame Gefühl, irgendwie neben sich zu stehen.

Wolfgang Sperber wandte sich ihr mit besorgtem Gesicht zu. „Ich decke jetzt das Gesicht des Mannes auf. Bitte sagen Sie mir, ob Sie ihn kennen." Maria nahm sich zusammen, presste die Lippen aufeinander und blickte fest auf das Tuch, das der Polizist jetzt mit einer vorsichtigen Bewegung zurückschlug, sodass nur das Gesicht des Toten zum Vorschein kam.

Der Pfarrerin stockte der Atem, als sie in das grauweiße, aristokratisch anmutende Gesicht der Leiche mit den dichten, schneeweißen Haaren darüber blickte, das ihr sehr wohl bekannt war. „Ich kenne den Mann", sagte sie beherrscht. „Das ist Herr Doktor Julius Berger." Unwillkürlich erfasste Maria wieder ein Schwindelgefühl. Sie legte sich kurz die Hand vor die Augen. Und fuhr dann leise fort: „Er ist ein, vielmehr war, ein treues Mitglied unserer Gemeinde. Ich habe mehrfach mit ihm gesprochen. Dazu habe ich ihn, auch mit Harro von Weinheim, in seinem Haus besucht." Erschüttert blickte sie wieder auf das grauweiße Gesicht mit der auffällig schmalen, langen Nase hinab.

Der Tote bot keinen friedlichen Anblick. Man hatte ihm die Augen geschlossen. Die Gesichtsmuskulatur hatte sich nicht, wie bei anderen Verstorbenen, entspannt. Sein Gesicht war immer noch durch die Todesqual verzerrt. Der Pfarrerin war vor Entsetzen ganz kalt geworden. Dann gab sie sich jedoch einen Ruck und sagte mit brüchiger Stimme: „Ich möchte gerne ein Vaterunser für Doktor Berger beten."

Sie faltete die Hände und betete laut. Auch die Kommissare hatten die Hände gefaltet und beteten leise mit. Am Schluss des Gebetes schlug Maria ein Kreuz über dem Toten und sprach einen Segensspruch.

Danach deckte Sperber dessen Gesicht wieder sorgsam zu und blickte Frau Sebald aufmerksam an: „Können Sie uns mehr über ihn sagen?"

„Ja, aber ich bitte Sie um Verständnis, dass ich das anderswo tun möchte", sagte Maria mit zitternder Stimme und drehte sich dem Ausgang zu. Die Übelkeit hatte zugenommen und sie hatte das Gefühl, dass sich ihre Knie vor Schwäche ganz instabil anfühlten. Im Vorraum wurde ihr plötzlich wieder schwindlig. Sie spürte, wie ihre Beine unter ihr nachgaben. Karlo, der auf diese Reaktion wohl gefasst war, fing sie gleich auf und hielt sie fest.

„Sollen wir einen Arzt rufen?", fragte Sperber besorgt.

Maria antwortete mit schwacher, aber ruhiger Stimme: „Nein, danke, es geht schon wieder. Ich fühle mich heute eben insgesamt nicht gut. Außerdem hat mich der Anblick von Doktor Berger gerade sehr berührt. Sie müssen wissen, er war ein besonderer Mensch. Es tut mir außerordentlich leid, dass er unter solch schrecklichen Umständen zu Tode kam. Sein Tod ist ein Verlust für unsere Gemeinde. Ich empfinde diesen Verlust auch persönlich als sehr schmerzlich."

Karlo nahm behutsam ihren Arm und führte sie auf den Gang hinaus.

„Wir könnten in die Krankenhauskapelle gehen. Sie

ist gleich beim Klinikeingang. Ich erzähle Ihnen dort, was ich von ihm weiß", schlug Maria vor. Sperber stimmte zu: „Gut, dort können wir vielleicht in Ruhe sprechen. Falls jemand in der Kapelle ist, bitte ich an der Pforte, dass man uns einen anderen Raum zur Besprechung zur Verfügung stellt."

Die drei fuhren mit dem Aufzug in das Erdgeschoss und gingen durch den Eingangsbereich zur Kapelle. Glücklicherweise war der Raum menschenleer. Sie nahmen Stühle, die vor dem Altar standen, und setzten sich gegenüber.

Maria begann mit leiser, aber fester Stimme zu sprechen: „Herr Doktor Berger war – wie gesagt – ein treues Mitglied unserer Kirchengemeinde. Er hat sehr oft an den Gottesdiensten in Sankt Gumbertus teilgenommen. Manchmal ist er im Anschluss an die Feier auf mich zugekommen und hat mir seine Gedanken mitgeteilt. Harro und ich haben ihn ab und zu in seinem Haus am Weinberg besucht. Ich erinnere mich an sehr gute Gespräche mit ihm, in einer wunderbar freien geistigen und geistlichen Atmosphäre. Er hat uns beide, seit wir hier im Dienst sind, zwar kritisch, aber durchaus freundlich begleitet. Ich glaube, er wird mir in seiner angenehmen Art sehr fehlen. Er war für Harro und mich ein Freund. Doktor Berger ist vor ein paar Jahren Witwer geworden. Seine Frau ist ganz plötzlich gestorben. Er hat mir immer wieder gesagt, wie sehr er sie vermisst. Ihre Ehe war kinderlos geblieben. Deshalb hatten seine Frau und er sich vor etwa zwanzig Jahren entschlossen, einen Jungen zu adoptieren."

Bei diesem Gedanken lächelte Maria Sebald ein wenig vor sich hin. „Ein wirklich guter Beschluss war das gewesen. Ich finde, Moritz ist ein wunderbarer Mensch, der seinen Adoptiveltern von Anfang an viel Freude gemacht hat. Jetzt hat er bereits sein Chemiestudium und später sein Betriebswirtschaftsstudium mit guten Noten abgeschlossen. Im Moment befindet er sich mitten in den letzten Prüfungen des Pharmaziestudiums. Sobald er diese hinter sich gebracht haben würde, sollte er in die Familienfirma eintreten. Berger hatte immer wieder betont, dass er sich Moritz als seinen Nachfolger und Firmeninhaber gut vorstellen konnte. Der junge Mann hat mir gegenüber immer wieder erklärt, dass das für ihn keine Frage sei. ‚Das ist mein Weg und meine Leidenschaft', sagte er immer wieder. Moritz interessierte sich schon seit Jahren intensiv für alles, was das Werk betraf. Aber wieder zurück zu Julius Berger: Er und seine erste Frau waren anscheinend sehr aufeinander bezogen gewesen. Ihr Tod hat ihn furchtbar getroffen. So viel ich weiß, lebte Doktor Berger seit dem Tod seiner Frau allein in seinem schönen Haus am oberen Weinberg in Ansbach. Er hat noch einen Bruder, über den ich Ihnen nicht viel sagen kann. Herr Berger hat ihn, ich weiß nicht in welchem Zusammenhang, nur einmal in einem Nebensatz erwähnt. Ich glaube, er lebt irgendwo in Norddeutschland. Bergers Eltern sind beide schon verstorben. Julius Berger hat eine Partnerin, die in ihrer Wohnung in Nürnberg lebt. Die beiden haben sich anscheinend noch nicht entschließen können zusammenzuziehen. Ich habe Frau Sybille Ohning im Haus von Doktor Berger kennengelernt. Sie ist um einiges jünger als er. Eine feinsinnige, elegante und charmante Frau, die in Nürnberg als Journalistin in einer Fernsehredaktion arbeitet. Weder sie noch Doktor Berger machten aus ihrer jeweiligen Anschauung einer Sache einen Hehl. Sie standen dazu. Man wusste immer, was man von ihnen zu halten hatte. Eine Offenheit, zu der Mut gehört und die heutzutage im Zeitalter der Worthülsen und der plakativen, plastikhaften, nichtssagenden Mediensprache selten geworden ist. Harro und ich wurden in unserer Meinung immer wieder bestätigt, dass diese beiden in mancher Hinsicht sehr gut zueinander passten. Weil Frau Ohning immer wieder aus beruflichen Gründen ins Ausland reisen musste, gestaltete sich ihre Beziehung sehr dynamisch. Mir scheint, sie kamen gut damit zurecht und profitierten gegenseitig von ihren interessanten Erfahrungen."

An dieser Stelle wurde sie von Karlo unterbrochen: „Frau Pfarrerin, haben Sie zufällig eine Telefonnummer oder die Adresse von Berger junior oder Frau Ohning. Das wäre uns jetzt eine große Hilfe."

Maria nickte: „Ja, ich habe von beiden die Telefonnummer, bitte gedulden Sie sich einen Moment." Sie zog ihren schmalen Kalender mit seinem Adressenteil aus ihrer Jackentasche und fing an, darin zu blättern. Karlo hatte seinen Stift schreibbereit in der Hand und schrieb die Nummern sofort auf. Im Falle von Sybille Ohning war es eine Nummer mit Nürnberger Vorwahl. Bergers Sohn hatte eine Nummer mit der Vorwahl von Erlangen.

Wenn sie später in der Inspektion die Adresse des Sohnes von Doktor Berger herausgefunden haben, wollten sie die Erlanger Kollegen bitten, die Todesnachricht zu überbringen.

Maria Sebald berichtete weiter: „Moritz kam immer wieder unter der Woche und an den Wochenenden nach Hause. Ebenso in den Semesterferien, wenn er nicht verreist war. Er ist ganz der Sohn seines Vaters; offen, zielstrebig und von seiner ganzen Art und Gestalt recht attraktiv. Julius Berger lebte durchaus nicht zurückgezogen. So viel ich weiß, gehörte er zum Beispiel auch einem festen Freundeskreis an, der mit ihm aus fünf älteren Herren besteht, mit denen er sich regelmäßig traf. Er war auch Mitglied des Lions-Clubs und anderer Organisationen. Ich selbst habe ihn, wie gesagt, ein paar Mal aus verschiedenen Gründen in seinem Haus besucht und war jedes Mal sehr beeindruckt von der geschmackvollen Einrichtung und der wunderschönen Lage, mit Blick über die ganze Stadt. Von Beruf war er seit Jahrzehnten Inhaber eines großen pharmazeutischen Werkes in Nürnberg, mit Namen Sanaplant. Sein Vater hat dieses Werk bereits vor dem Krieg gegründet. Julius Berger war allen Anzeichen nach recht wohlhabend. Nicht nur die Kirchengemeinde hatte von dieser Wohlhabenheit großen Nutzen. Doktor Berger spendete großzügig für die Stadt Ansbach und, wie ich immer wieder hörte, an allerlei gemeinnützige Organisationen und bedürftige Einzelpersonen. Er wurde für seine Verdienste bereits mit dem Stadtsiegel der Stadt Ansbach ausgezeichnet. Julius Berger war auch vielseitig interessiert und umfassend gebildet. Jeder, der mit ihm ins Gespräch kam, profitierte von seinem Wissen und seiner Art, sich mit großem Einfühlungsvermögen auf den jeweiligen Gesprächspartner einzustellen. Sein Auftreten erzeugte Aufmerksamkeit, schon durch seine stattliche Erscheinung, diese aristokratisch anmutenden Gesichtszüge, sein schönes volles Haar und seine immer korrekte Kleidung. Er war irgendwie sehr präsent. Man konnte sich dadurch seiner besonderen Ausstrahlung kaum entziehen. Seine Meinung hat er, wie gesagt, immer klar und unmissverständlich vertreten. Er tat es aber auf eine Weise, in der die sachliche Seite im Vordergrund stand. Dadurch fühlte man sich auch nicht persönlich angegriffen. Er gab einen mit seiner Meinung eher den Anstoß zum Weiterdenken. Ich weiß nicht, wer ihn getötet hat und aus welchem Grund, aber ich weiß, dass wir dadurch eine für uns sehr wichtige Persönlichkeit verloren haben. Ich hoffe, Sie finden den Täter bald."

Maria fühlte sich nach dieser langen Rede wie ausgepumpt. Sie legte ihre Hand vor die Augen und schwieg für kurze Zeit. Dann blickte sie die beiden Polizisten wieder an, die ihr bis dahin konzentriert zugehört hatten.

Wolfgang Sperber sagte: „Wenn ich das so höre, tut es mir auch leid um diesen Menschen. Ich verstehe nicht, warum jemand einen so großherzigen, gescheiten Menschen tötet. Vielleicht steckt Neid dahinter, vielleicht erhofft sich der Mörder, durch seine Tat sich einen finanziellen Vorteil zu verschaffen, vielleicht wurde ein Racheakt ausgeübt. Frau Pfarrerin, können Sie uns noch sagen, welches Auto Doktor Berger fuhr?"

„Sicher, er hatte sich erst kürzlich die Luxusversion eines BMW-Sportwagens gekauft. Ich weiß das, weil er Harro und mir von diesem Auto in den höchsten Tönen vorgeschwärmt hat. Er hat uns sogar zu einer Probefahrt eingeladen. Leider hatte ich dazu gerade keine Zeit. Platzmäßig wäre das zu dritt vielleicht ein Problem gewesen, aber Harro ist mit dem Wagen sogar ein Stück selbst gefahren und hat sich gar nicht mehr gekriegt. Sie müssen wissen, wir fahren meinen kleinen roten Polo. Harro benutzt nach wie vor seinen Roller, das sind natürlich keine Vergleiche dazu."

Karlo nickte heftig mit dem Kopf. Die Augen des Autofanatikers leuchteten begeistert.

Sperber fasste bedächtig zusammen: „Im Moment können wir nur spekulieren. Wir werden nun Schritt für Schritt vorgehen, dabei ist die Chance, den Täter zu finden, meiner Erfahrung nach am größten. Nachdem sich bei Doktor Berger keinerlei persönliche Gegenstände finden ließen, könnte man schnell von einem Raubmord ausgehen, aber wir werden uns vor Schnellschüssen hüten. Mordmotive gibt es so viele, wie es in der Theologie Todsünden gibt. Vielleicht hat ihn der Täter in der Dunkelheit mit einer wichtigen Begründung zum Steinkreuz bestellt und dort niedergestochen und beraubt. Die Tatwaffe war nicht zu finden, aber der Mörder hat dem Toten merkwürdigerweise einen Knochen in den Mund gesteckt. Wir wissen bereits durch Fachleute, dass es sich um einen Schweineknochen handelt. Genauer: den einseitig abgesägten Knochen eines Schweineschenkels. Die Frage ist, ob das sozusagen sein Markenzeichen ist oder ob es ein Hinweis sein soll. Wie man weiß, bedient sich die Mafia gerne solcher Hinweise. Dieser Knochen wirkt auf den ersten Blick irgendwie melodramatisch, aber ich bin überzeugt, er kann uns einige Hinweise geben."

Sperber breitete die Hände aus: „Wir sind jetzt noch ganz am Anfang unserer Ermittlungen und werden jeden Weg gehen, der sich denken lässt. Nun können wir auch nach dem Auto des Opfers fanden, nachdem Sie uns den Hinweis gegeben haben. Ganz herzlichen Dank, liebe Frau Pfarrerin. Sie haben uns sehr geholfen. Ich hoffe, es geht Ihnen bald wieder besser. Wir werden Sie jetzt wieder zu Ihrer Wohnung bringen. Ich bitte Sie, uns gleich Bescheid zu geben, wenn Ihnen noch etwas einfällt. Jedenfalls haben Sie bei mir eine Einladung in meinem Lieblingscafé gut. Zu einem Kaffee oder Tee und einem Stück Kuchen oder was immer Ihnen schmeckt."

Zu Karlo sagte er: „Ich lasse meinen Wagen auf dem Klinikparkplatz stehen und fahre mit dir in die Stadt und dann mit Konstanze Grunwald weiter nach Nürnberg."

Als die beiden Beamten und die Pfarrerin den Wagen der Kriminalpolizei erreicht hatten, ließ Maria sich erschöpft in ihren Sitz fallen. Jetzt spürte sie, wie sehr krank sie sich fühlte. Sie empfand daneben ein dumpfes Gefühl der Trauer über den schrecklichen Tod von Julius Berger.

Sie schloss die Augen, während der junge Polizist wieder den Berg hinab zu ihrer Wohnung am Storchenplatz fuhr. Sperber, der merkte, wie erschöpft sie war, sprach sie während der Fahrt nicht an. Am Storchenplatz angekommen, verabschiedete er sich herzlich von ihr: „Es wäre schön, wenn wir bald miteinander Kaffee trinken könnten."

„Wenn es mir wieder etwas besser geht, melde ich mich bei Ihnen, dann wird sich bestimmt eine Gelegenheit dazu finden", antwortete Maria. Mit einem kurzen Winken verließ sie die beiden, öffnete die Haustüre und stieg im Haus mit bleischweren Beinen die Stufen zu ihrer Wohnung im ersten Stock hoch.

Von dort rief sie zunächst ihre Freundin Marianne Kraus an, die als Pfarrerin in der Gemeinde Sankt Johannis arbeitete, und bat sie um Vertretung. Marianne erklärte sich glücklicherweise sofort bereit dazu.

Erleichtert zog Maria ihre Kleidung aus, wusch sich Hände und Gesicht im Badezimmer und legte sich dann aufatmend in ihr Bett.

Eine Zeitlang kreisten ihre Gedanken noch um die Geschehnisse dieses Morgens. Immer wieder meldete sich dabei die Frage nach dem Warum dieses Mordes. Weshalb hatte man Berger diesen Knochen in den Mund gesteckt? Irgendeine Erinnerung zum Thema Knochen wollte sich bei ihr melden, drang aber schließlich doch nicht zu ihr durch. Wie eine dunkle Grundmelodie begleitete die Trauer um Julius Berger ihre Gedanken. Nach und nach verschwammen die Eindrücke. Maria fiel in einen tiefen Schlaf.

Montagmittag

Auf der Inspektion angekommen, hatte Wolfgang Sperber eine Menge zu tun. Zunächst besprach er sich mit Karlo: „Sag bitte als Erstes Konstanze Bescheid, dass sie mich nachher nach Nürnberg zur Lebensgefährtin von Berger begleiten soll. Abfahrt in einer halben Stunde. Unterrichte sie bitte ausführlich über den Stand unserer bisherigen Erkenntnisse und bitte sie, einige Leute zu organisieren, die in das Werk von Doktor Berger nach Nürnberg fahren und dort die Mitarbeiter befragen. Ich werde die Staatsanwaltschaft zwischenzeitlich darum bitten, grünes Licht für eine Buchprüfung der Firma zu geben. Dann rufe bitte in der Gerichtsmedizin an und frage, wann die Obduktion Bergers stattfinden wird. Daran nimmst du teil und gibst mir heute am späten Nachmittag einen Bericht."

Karlo verzog das Gesicht ein wenig. Obduktionen waren für ihn schon immer eine Zumutung, die er herzlich verabscheute. Aber er nickte tapfer und machte sich auf den Weg, um die Aufträge zu erledigen.

Als Karlo gegangen war, hob Sperber den Hörer seines Telefons ab, wählte Staatsanwalt Doktor Sauber an und bat um einen Durchsuchungsbeschluss für Bergers Haus. Sauber versprach ihm, diesen sofort zustellen zu lassen. „Bitte geben Sie uns auch die Genehmigung, die Bücher von Bergers Firma auf Unregelmäßigkeiten prüfen zu lassen und seine privaten Bankkonten anzusehen."

„Mit diesen Maßnahmen bin ich einverstanden. Mein Einverständnis bekommen Sie ebenfalls schriftlich. Viel Erfolg bei Ihren Ermittlungen!", erwiderte Doktor Sauber im sachlichen Ton. Sperber bedankte sich und beendete das Gespräch.

Kaum hatte er den Hörer aufgelegt, läutete sein Telefon. Ein Beamter des Erkennungsdienstes teilte ihm mit, dass Bergers Auto inzwischen gefunden wurde und die erkennungsdienstliche Untersuchung des Wagens bereits in vollem Gange war. „Wo habt ihr es gefunden?", wollte Sperber wissen. „Ein Angestellter einer Firma in den Gebäuden auf der anderen Seite der Kreisstraße ist darauf aufmerksam geworden. Es stand auf einem Parkplatz bei den Hallen. Der Angestellte und die anderen Mitarbeiter des Betriebes hatten natürlich inzwischen von dem Mord erfahren, der nur einige hundert Meter von ihrer Arbeitsstelle entfernt stattgefunden hatte. Der kluge Mann brachte das Luxusgefährt schnell mit der Tat von gegenüber in Verbindung und informierte die Polizei. Er und seine Kollegen können sich so eine, wie er sich wörtlich ausdrückte, Bonzenschleuder nicht leisten."

Sperber bedankte sich und bat umgehend um einen Bericht über die Untersuchungen des Fundortes. Er sagte dem Beamten, jemand aus dessen Abteilung möge sich den Durchsuchungsbeschluss von Bergers Haus im Büro der Kriminalpolizei abholen. Dann sollte der Erkennungsdienst Bergers Haus genau unter die Lupe nehmen. Den Bericht darüber müsse er noch vor dem Pressetermin, also spätestens um sechzehn Uhr, auf dem Schreibtisch haben. „Wir werden tun, was wir können", versprach der Polizist. Nachdem er dieses Gespräch beendet hatte, wählte Sperber die Nummer seines Chefs, Polizeidirektor Dotzauer, und unterrichtete ihn über den Stand der Ermittlungen im Fall Berger. Er bat Dotzauer, über das Öffentlichkeitsreferat der Polizei um achtzehn Uhr einen Pressetermin zu vereinbaren und Staatsanwalt Doktor Sauber dazu zu bitten. Wenn er und Konstanze Grunwald von dem Besuch bei Bergers Lebensgefährtin zurück seien, würde er ihn und Doktor Sauber nochmals über den neuesten Stand der Ermittlungen und das Gespräch mit Sybille Ohning sowie über die Zeugenbefragung mit Bergers Sohn Moritz, durch Erlanger Kollegen, genauestens informieren.

Dotzauer, der gewöhnlich immer an seinen Vorschlägen herummäkelte, erklärte sich zu Sperbers Überraschung ohne irgendwelche Gegenargumente mit dieser Vorgehensweise einverstanden.

Sperbers nächster Anruf galt seinem Kollegen Hauptkommissar Merkner, der bei der Kriminalpolizei in Erlangen arbeitete und mit dem er städteübergreifend seit vielen Jahren gut zusammenarbeitete. Nach einer etwas ausführlicheren Begrüßung und einigen persönlichen Sätzen kam er auf die Mordsache in Immeldorf zu sprechen. Er klärte Merkner ausführlich darüber auf und bat um Amtshilfe. Die Erlanger Kollegen sollten Moritz Berger aufsuchen und ihn über den Tod seines Vaters unterrichten. Merkner erklärte sich bereit, diese äußerst unangenehme Aufgabe selbst zu übernehmen. Eventuell würde er den Kriseninterventionsdienst oder einen Notfallseelsorger dazubitten.

Sperber bedankte sich bei seinem freundlichen Kollegen und bat um einen entsprechenden kurzen Bericht in schriftlicher Form an sein Büro, damit er ihn vor dem Pressetermin der Staatsanwaltschaft zur Kenntnis geben konnte.

Bevor der Hauptkommissar seine Frau Julia wegen privater Absprachen anrufen würde, wählte er die Nummer eines weiteren bekannten Kollegen bei der Nürnberger Kriminalpolizei und suchte bei ihm ebenfalls um Amtshilfe nach. Um Zeit zu sparen, sollten Nürnberger Polizisten, unter Einbeziehung ihrer Kriseninterventionseinheit, Sybille Ohning vom Tod ihres Partners unterrichten. Er sagte dem Beamten, dass er und seine Oberkommissarin das weitere Gespräch übernehmen würden.

Wolfgang Sperber legte nach diesen Anrufen sein

Gesicht einen Moment in seine Hände. Nach all den Ereignissen des Vormittages und den Gesprächen spürte er eine gewisse Müdigkeit. Ein Hungergefühl erinnerte ihn daran, dass es auch an der Zeit wäre, etwas zu essen und einen Schluck zu trinken.

Er wählte die Verbindung zu seiner Sekretärin. Sie meldete sich. „Barbara, bitte lass mir gleich eine Pizza quattro stagioni bringen. Frage Konstanze, ob sie auch eine will, dann bringe uns dazu bitte Mineralwasser und Kaffee in mein Büro. Wir müssen gleich nach Nürnberg fahren, vorher möchte ich noch essen.“ Er bedankte sich bei Barbara und wählte die Nummer von Julia, seiner Frau, die als psychiatrische Gutachterin bei Gericht tätig war. Julia war gerade mitten in einer umfangreichen schriftlichen Arbeit. Sie freute sich trotzdem sehr, die vertraute Stimme ihres Mannes zu hören. In hellseherischer Weise fragte sie: „Ich nehme an, du willst mir jetzt schonend beibringen, dass du weder zum Mittagessen noch zum Abendessen nach Hause kommen wirst und dass es zu allem Überfluss heute Abend später werden kann?“

„Du hast mit deiner Vermutung leider den Nagel auf den Kopf getroffen“, bedauerte ihr Gatte. „Anscheinend weißt du über unseren neuen Mordfall Bescheid?“

„Du kennst doch die Schnelligkeit, in der sich alles im Bereich Gericht und Polizei herumspricht. Heute haben hier schon die Telefondrähte geglüht. Hier im Gericht ist der Mord mit seinen schrecklichen Begleitumständen das Tagesgespräch. Jetzt hast du und deine Kollegen bestimmt alle Hände voll zu tun. Ich hoffe, wir können uns trotzdem heute Abend vor dem Zubettgehen noch sprechen. Ich vermisse dich nämlich. Außerdem bin ich neugierig.“

„Liebe Julia, ich vermisse dich auch, aber du weißt, wie das nun läuft. Ich muss dem Täter schnell nahe kommen, dann ist es leichter, ein Geständnis aus ihm herauszubringen. Ich hoffe nur, der Mord bleibt eine Einzeltat. Ich fahre jetzt gleich mit Konstanze nach Nürnberg, dort wohnt die Partnerin des Ermordeten. Vorher werden wir hier auf die Schnelle noch etwas essen. Die Nürnberger Kollegen haben die Todesnachricht bereits überbracht, wenn wir bei Frau Ohning eintreffen. Gegen achtzehn Uhr wird ein Pressetermin stattfinden. Anschließend hoffe ich, nach Hause gehen zu können. Der Kriminaldauerdienst übernimmt dann die Stallwache und ich werde nur noch einbezogen, wenn es wirklich nicht zu umgehen ist."

„Also mein gestresster, aber heiß geliebter Mann, pass auf dich auf. Ich freue mich, dich später zu sehen! ... Halt, da fällt mir noch etwas ein: Ich soll dich von deiner Mutter herzlich grüßen. Sie will dich dringend morgen im Laufe des Tages sprechen. Es geht ihr um ein wichtiges Problem, das sie mit dir diskutieren möchte. Du sollst sie anrufen, damit sie sich auf deinen Besuch einstellen kann. Du weißt ja, dass sie viele Verpflichtungen hat."

„Das auch noch!", stöhnte Sperber und fuhr sich genervt durch die Haare. „Gut, wenn es so wichtig ist, werde ich morgen oder übermorgen vielleicht eine Stunde für sie einbauen können."

Kaum hatte Sperber aufgelegt, klopfte es kurz an seiner Bürotüre und Barbara Robertazzi kam mit zwei Pizzakartons herein. „Gläser und Mineralwasser bringe ich auch gleich!", kündigte sie an. „Der Kaffee ist ebenfalls am Durchlaufen."

„Danke Barbara, du rettest mich vor dem Hungertod!"

Gleich hinter der Sekretärin kam Konstanze Grunwald, schlank, sportlich, mit kurzgeschnittenen schwarzen Haaren und tiefblauen Augen lässig in den Raum geschlendert. Sperber bewunderte wieder einmal ihre geschmackvolle, sportlich-elegante Kleidung, die ausgezeichnet zu ihrem Typ und ihrer schlanken Gestalt passte. Konstanze war einunddreißig Jahre alt und lebte nach einer gescheiterten Beziehung seit gut einem Jahr allein in ihrer luxuriösen Wohnung am Weinberg in Ansbach. Eine Tante hatte ihr vor Jahren ihr gesamtes Vermögen vermacht und sie war dadurch zu einer reichen Frau geworden. Die Oberkommissarin hatte ihren Reichtum aber nicht an die große Glocke gehängt, sondern gab sich bescheiden und arbeitete weiter bei der Kriminalpolizei in Ansbach, als habe sich bei ihr nichts verändert. Lediglich die schicke Wohnung hatte sie sich geleistet und sich einen Traum erfüllt, indem sie sich ein VW Beetle Cabrio zugelegt hatte. Außerdem lebte sie ihr Faible für eine Bekleidung aus, die ihrem Lebensstil und ihrem Typ angemessen war. Konstanze war sehr sportlich. Sie übte sich unter anderem regelmäßig in verschiedenen Kampfsportarten.

Ihre Eltern lebten in Würzburg. An Wochenenden war sie dort immer wieder zu Besuch und ließ sich von ihnen verwöhnen. In der von ihr geliebten Stadt hatte sie sich ein schönes Apartment gekauft, um möglichst unabhängig zu bleiben. Ihr Vater, ein pensionierter Polizist, nahm mit großem Interesse an ihrer Arbeit teil.

Konstanze strahlte ihn an: „Hallo Wolfgang! Schön, ‚dich nach meinem freien Wochenende wieder zu sehen. Ich habe deine Aufträge hoffentlich zu deiner Zufriedenheit umgesetzt. Sechs von unseren Leuten sind bereits in Nürnberg bei der Pharmaziefirma und stellen dort ihre Fragen. Der Bericht wird um sechzehn Uhr auf deinem Schreibtisch liegen. Es werden von anderen Kollegen gerade auch Informationen über die Kontostände von Bergers Konten bei verschiedenen Banken eingeholt."

„Danke Konstanze, auf dich kann man sich eben verlassen. Wie war dein Wochenende?"

„Ich bin von meinen Eltern in Würzburg wieder einmal verwöhnt worden und habe die Kultur und die Gastronomie der Stadt und ihres Umlandes reichlich genossen. Außerdem habe ich etwas für meine Fitness getan und mich so rundherum erholt. Jetzt fühle ich mich gespannt wie ein Jagdhund vor der Pirsch. Karlo hat mich bereits genauestens über unseren neuen Fall informiert."

Sperber entgegnete der aufgekratzten Kollegin launig-ironisch: „Liebe Konstanze, deine jugendliche Frische ist fast unerträglich für mich müden, alten Mann. Ich bitte dich, das Steuer zu übernehmen, wenn wir nach dem Essen nach Nürnberg fahren. Aber jetzt setz dich zu mir und lass uns erst einmal dinieren."

Beide aßen mit Genuss ihre jeweilige Pizza und Konstanze erzählte Wolfgang begeistert von ihren Wochenenderlebnissen. Das muntere Plaudern seiner jungen, attraktiven Kollegin tat Sperber gut. Es holte ihn aus seinem Dauersinnieren über den Fall heraus und erfrischte ihn wieder etwas. Die hervorragende Pizza des Italieners von nebenan tat ihr Übriges dazu.

Während des Essens erzählte Konstanze, dass sie Julius Berger gekannt hatte. Er war einer ihrer Nachbarn in der Straße „Am oberen Weinberg" gewesen. Sie hatte sich sogar ein paar Mal mit ihm auf der Straße unterhalten und dabei einen guten Eindruck von ihm gewonnen. „Wir haben sogar dieselbe Putzfrau, Frau Gering. Ich habe sie ihm selbst empfohlen. Einmal hat er mir in einem Gespräch gesagt, wie dankbar er mir für diesen Tipp ist. Frau Gering ist ja auch eine Besondere!", berichtete sie Sperber.

Der horchte auf: „Sag mal, hat deine Putzfrau den Schlüssel zu deiner Wohnung?"

„Klar, sie kommt ja regelmäßig und macht sauber, ob ich daheim bin oder nicht."

„Bitte rufe sie gleich an und frage sie, ob sie den

Schlüssel zu Bergers Haus ebenfalls hat. Sie könnte unseren Kollegen die Türe aufsperren, damit wäre denen manche Arbeit erspart."

Konstanze holte ihr Handy aus der Tasche, suchte im Adressenregister und wählte die Nummer der Reinigungsfrau. Glücklicherweise konnte sie Frau Gering gleich erreichen. Tatsächlich verfügte sie über einen Schlüssel zur Villa Berger und wusste sogar, wie die Alarmanlage zu entschärfen war. Sie war bereit, das Haus für die Polizisten aufzusperren. „Aber bitte rühren Sie nichts an und putzen Sie um Gottes willen nichts!", mahnte sie Konstanze. Dann rief sie beim Erkennungsdienst an und gab dem Beamten am Apparat die Nummer von Frau Gering, damit sie sich gegenseitig abstimmen konnten.

„Das ist wirklich ein glücklicher Zufall. Diese Frau Gering muss ja eine außerordentlich vertrauenswürdige Person sein."

„Das ist richtig, Wolfgang", bestätigte ihm Konstanze kauend. Sie ist eine Russin, die mit ihrem Mann, einem Russlanddeutschen, vor etwa fünf Jahren hierher gekommen ist. Eine meiner Freundinnen hat sie mir empfohlen. Sie ist absolut zuverlässig und putzt picobello sauber. Außerdem ist sie eine absolut ehrliche Haut. Das ist meine Erfahrung. Ich bin mit ihr sehr zufrieden, sie ist eine Perle!"

Er schüttelte ungläubig den Kopf. „Dass es solche Menschen noch gibt, das kann einem Hoffnung für die Menschheit geben!"

„Ich weiß zu schätzen, dass ich sie habe", nickte Konstanze, „und deshalb bin ich mit der Bezahlung nicht kleinlich, das kannst du mir glauben."

Eine halbe Stunde später machten sich Konstanze und Wolfgang nach Nürnberg auf den Weg. Die Nürnberger Kollegen hatten angerufen und die Adresse von

Sybille Ohning durchgegeben. Sie berichteten, dass sich Leute aus dem Kriseninterventionsteam derzeit um die Frau kümmerten.

Nachdem sie die Adresse von Bergers Partnerin in ihr GPS eingegeben hatten, fuhren Wolfgang Sperber und Konstanze Grunwald von Ansbach zur A 6. Vor der Auffahrt bog Konstanze jedoch auf Wunsch von Sperber in die Ortsverbindungsstraße zwischen Immeldorf und Malmersdorf ein. Sie stiegen bei dem Steinkreuz aus und sahen sich den Tatort nach Abzug des Erkennungsdienstes an. Konstanze sollte sich ein genaues Bild davon machen können. Auf dem Weg bei der Steinsäule waren immer noch die Blutspuren zu erkennen, obwohl jemand Sand darübergestreut hatte, ebenso hinter der Bank neben dem alten Stein.

An der Stelle, an der Julius Berger gelegen hatte, war auch noch der gezeichnete Umriss eines menschlichen Körpers zu sehen. Sperber deutete hinüber zu den großen Lagerhallen auf der anderen Seite der Kreisstraße: „Wie ich dir gesagt habe, hat der Täter den Wagen des Ermordeten auf einem der vielen Parkplätze dort drüben versteckt."

Konstanze hatte sich bis dahin sehr auf den Tatort konzentriert. Jetzt blickte sie zu den riesigen Hallen auf der anderen Seite der Straße. Mit wachsender Empörung schüttelte sie ihren Kopf: „Mensch Wolfgang, schau dir bloß diese hässlichen Bausünden dort an. Wer genehmigt so etwas nur? Bis vor einigen Monaten waren hier noch Felder und jetzt ist alles zugepflastert. Auf unserer Seite hat man zu allem Überfluss auch noch einen Großparkplatz angelegt. Wie lange ist es her, dass alle gegen die Zersiedelung der Landschaft waren? Neulich habe ich gelesen, dass derzeit allein in Bayern jeden Tag achtzehn Hektar Land überbaut werden. Ein Hektar ist hundert mal hundert Quadratmeter. Und das jeden Tag. Es ist unvorstellbar!" Sperber nickte und sagte nachdenklich: „Viele Gemeinden haben ihre Grundstücke verkauft, um ihren maroden Haushalt zu sanieren. Hier, direkt bei den Autobahnausfahrten, sind diese Hallen für die Firmen natürlich recht praktisch."

„Es geht doch immer nur ums Geld", wandte Konstanze ein. „Am Rand von jedem noch so kleinen Ort verschandeln mittlerweile diese sogenannten Gewerbeparks die ganze Landschaft. Ist doch merkwürdig. Gegen Windräder wird überall Sturm gelaufen, aber gegen diese Land fressenden Scheußlichkeiten, die sie als Parks bezeichnen, wehrt sich niemand. Mir geht dieses Schöngerede überhaupt auf die Nerven. Unter Park stelle ich mir vor, dass man sich dort erholen kann. Diese Betonkästen zerstören unsere Landschaften und unsere Lebensqualität. Empfindest du das nicht auch so?"

Sperber nickte: „Wer eine Sache schönredet, hat das nötig. Ein Euphemismus ist in der Regel ein schönes Wort für eine schlimme Sache. Ich denke, bei den Genehmigungen solcher Anlagen sind viele Interessen im Spiel. Es wird ja auch immer mit den Arbeitsplätzen argumentiert, die dabei entstehen."

„Wer glaubt denn das eigentlich noch", fauchte Konstanze ärgerlich. „Überall sind in den letzten Jahren in unserem Land massenhaft Menschen entlassen worden. Wie viele Betriebe haben ihre Produktion in Billigländer ausgelagert! Es geht doch im Grunde immer nur ums Geld und um immer mehr Geld. Und viele wollen einfach immer noch billiger einkaufen. Niemand scheint dabei an die Kosten zu denken, die hinter der allgemeinen Schnäppchenjagd entstehen. Wie viele Menschen für den ganzen Billigkram leiden, interessiert anscheinend auch nicht sehr, sonst ginge der ganze Wahnsinn nicht so ungebremst und immer noch schneller so weiter."

„Kürzlich hat einer vom Bund Naturschutz die Meinung vertreten, dass der Flächenfraß nach der Klimaveränderung und der Gefahr durch die Atomkraft das drittgrößte Umweltproblem unserer Zeit ist", fügte Sperber hinzu.

Beide wandten sich etwas resigniert ihrem Wagen zu. Konstanze lenkte ihn auf die Autobahn in Richtung Nürnberg. „Und hier haben wir die andere Variation von diesem ganzen Mist", knurrte sie wütend, als sie an den kilometerlangen Lastwagenschlangen entlang fuhren. „Was ist eigentlich mit unseren Kollegen von der Autobahnpolizei los? Die LKWs fahren so nahe hintereinander, dass man schier nicht mehr einscheren kann. Werden die Abstände nicht mehr gemessen?"

„Richtig stressig wird es, wenn dann noch so ein Idiot mit einem dicken Auto hinter einem drängelt", brummte Sperber. „Ich vermute, die Kollegen haben aus personellen Gründen die Kontrolle über den ganzen Wahnsinn hier verloren."

„Und wieder geht es nur ums Geld", klagte Konstanze. „Lärm, Staub, Abgase belasten die Gesundheit von uns allen, aber dafür werden Lagerkosten gespart. Die Lager fahren hier herum. Just-in-time-Lieferung aus Billigländern im Osten, das siehst du an den Kennzeichen der Laster."

Die beiden Kommissare waren froh, als sie die überlastete Straße verlassen konnten und über die Münchner Straße nach Nürnberg hineinfuhren. Bei einer großen Kreuzung bogen sie in Richtung Erlenstegen ab.

Der elektronische Wegweiser in ihrem Auto hatte die beiden Beamten schließlich zu einer vornehmen alten Villa im sogenannten Jugendstil geleitet.

Das große Haus war von einem hohen, schmiedeeisernen Zaun umgeben, hinter dem dichtes Gebüsch den Blick auf das Erdgeschoss verwehrte.

Auf dem Gehsteig vor dem Haus lungerten einige mit Kameras behängte Gestalten herum. Zwei Fernsehteams hatten es sich auf Klappstühlen neben einem Übertragungswagen bequem gemacht. Ihre Geräte waren aufnahmebereit neben ihnen aufgebaut. Einige mit langem Pelz bewehrte Mikrofone warteten auf langen Stangen ebenfalls auf ihren Einsatz. Alle Personen schienen darauf zu lauern, dass irgendetwas passierte. „Die Geier warten auf ihr Opfer", sagte Sperber und schüttelte den Kopf: „Nicht einmal auf ihresgleichen nehmen sie Rücksicht, wenn es darum geht, ein Bild oder eine Story zu bekommen." Er hatte in seiner bisherigen Dienstzeit bereits bittere Erfahrungen mit der Rücksichtslosigkeit und Manipulationslust einiger Vertreter der Medien gemacht. Es gab neben den seriösen Journalisten immer wieder schwarze Schafe, die zu allem bereit waren, um die Sensationsgier vieler Menschen zu befriedigen und damit die Auflagen oder die Einschaltquoten zu steigern. Sie konnten jemanden hochjubeln oder ihn vernichten, je nachdem, wie sie es gerade brauchten. Die meisten der Geschädigten hüteten sich, auf dem Klageweg gegen die Verleumder vorzugehen. Gegen die Übermacht des Geldes war man schnell im Hintertreffen und wurde womöglich neben der gesellschaftlichen Ächtung auch finanziell in den Ruin getrieben. „Es wäre gut, einmal zu ermitteln, wie viele Menschen durch verantwortungslose Journalisten schon in den Tod getrieben wurden", überlegte der Kommissar.

Als die Beamten mit ihrem Wagen herangefahren waren und ausstiegen, war es, als hätte bei den Reportern eine Alarmglocke geläutet. Sofort wurden Kameras auf sie gerichtet. Einige Blitzlichter flammten auf. Konstanze Grunwald und Wolfgang Sperber achteten nicht auf die Journalisten. Sie gingen einfach schweigend durch die Meute hindurch, obwohl ihnen aus der Versammlung Fragen zugerufen wurden.

Am Eingangstor läuteten sie. Es dauerte eine Weile, dann meldete sich eine weibliche Stimme aus dem Lautsprecher an der Torsäule und fragte, wer da ist. Der Polizist hielt seinen Dienstausweis vor das Kameraauge am Tor und sagte: „Ich bin Hauptkommissar Sperber von der Kriminalpolizei in Ansbach und habe eine Kollegin dabei." Daraufhin summte das Torschloss. Sperber öffnete das Tor und schloss es sofort wieder hinter ihnen, denn die Reporter schickten sich schon an, sich mit hineindrängen zu wollen. Ein scharfer Blick von Sperber hielt sie jedoch auf Abstand. Die beiden gingen auf die reich verzierte Eingangstüre zu, die sich vor ihnen ein wenig öffnete. Gerade so, dass die Frau, die sie in der großen Diele empfing, von außen nicht sichtbar war. Der Vorraum wurde erstaunlich hell von Licht erleuchtet, das durch hohe Fenster hereinstrahlte, die zum Teil wunderschön mit buntem Glas in der Manier des Jugendstils verziert waren.

„Nun weiß ich, wie das ist, wenn die Kollegen jemandem erbarmungslos nachstellen. Ich traue mich nicht mehr in meinen Garten hinaus, weil ich Angst habe, sie lauern mir hinter einem Busch auf", seufzte die jugendlich wirkende, schlanke Frau. Sie hatte dunkelblonde, bis zum Kinn fallende, glatte Haare und auffallend große, tiefblaue Augen. Ein paar Sommersprossen auf ihrer schmalen Nase und den hohen Wangenknochen unterstrichen ihre jugendliche Ausstrahlung.

Obwohl Sperber von Maria Sebald erfahren hatte, dass Sybille Ohning ihr vierzigstes Lebensjahr überschritten hatte, sah er, dass ihr Gesicht und ihr Hals faltenlos waren. Sie hatte schmale Hände mit langen, grazilen Fingern und eine angenehme warme Stimme. Über einem langen Rock in dunkler Farbe trug sie eine dunkelblaue Bluse mit ausgefallenem Schnitt, die von einer schlichten Perlenkette geziert war. Um die Schultern hatte sie einen breiten, hellgrauen Schal geschlungen, der wie eine Stola wirkte.

Die Augen von Sybille Ohning waren vom Weinen verquollen, sie war sehr blass, wirkte aber hellwach und gefasst. „Bitte kommen Sie herein. Ihre Kollegen sind gerade gegangen. Sie sind mir schon angekündigt worden."

Wolfgang Sperber fragte behutsam: „Frau Ohning, sind Sie nach der traurigen Nachricht vom Tod Ihres Partners in der Lage, mit uns zu sprechen?"

Sybille Ohning breitete die Hände aus und führte sie dann an ihre Schläfen: „Ich weiß nicht, ob ich überhaupt zu etwas in der Lage bin. Im Augenblick fühle ich mich wie in einem furchtbaren Alptraum gefangen. Ich weiß eigentlich nur, dass sich mein Leben seit dieser furchtbaren Nachricht vollkommen verändert hat. Vorher war alles gut in meinem Leben. Alles hatte seinen Platz und ich fühlte mich geborgen. Nicht zuletzt deshalb, weil ich den besten und liebsten Mann zum Freund und Geliebten hatte. Meine Welt war heil und behütet. Nun ist wohl alles zerbrochen. Ich werde damit leben müssen, wie, das weiß ich jetzt nicht."

Sie schüttelte ihren Kopf und barg ihr Gesicht für kurze Zeit in den Händen. Dann blickte sie wieder auf und sagte mit einer leichten Handbewegung: „Aber bitte kommen Sie doch herein."

Sie wandte sich um und ging mit ihnen durch die großzügig geschnittene Diele über den Fußboden aus grauem Marmor, an den mit großen Landschaftsbildern behängten Wänden und einer breiten, geschwungenen Treppe ins Obergeschoss vorbei in einen Wohnraum voraus.

Konstanze ließ ihren Blick durch das Zimmer schweifen. Schöne antike Möbel harmonierten darin geschmackvoll mit der vorgegebenen Raumarchitektur. Ihr Blick wurde von einem Kamin an der Längsseite angezogen. Unter dem marmornen Kaminsims loderte ein helles Feuer, dadurch wirkte der große Raum noch wärmer und behaglicher. Auf dem dunkel glänzenden alten Parkett streckten sich seidenglänzende Brücken hin. In der Nähe eines der hohen Fenster, durch die, trotz des trüben Tages, viel Licht hereinströmte, entdeckten sie einen lackschwarzen Flügel, dessen Tastendeckel hochgeklappt war. Auf der Ablage lag ein aufgeschlagenes Notenheft. Einige hübsch arrangierte Grünpflanzen und sicherlich kostbare Gemälde an den Wänden rundeten das Bild ab. Alles in diesem Raum wirkte äußerst gepflegt und strahlte eine gediegene Eleganz aus. Durch das Glas der zweiflügeligen Terrassentüre hindurch nahm Konstanze eine große Terrasse wahr und dahinter einen parkähnlichen Garten, mit einem jetzt im Herbst natürlich leeren Swimmingpool auf einer Seite.

Die Hausherrin lud sie mit einer leichten Geste ein, auf den lederbezogenen, cremefarbenen Polstermöbeln Platz zu nehmen. Aufmerksam fragte sie die beiden Beamten: „Darf ich Ihnen etwas zu trinken anbieten?"

„Ein Glas Mineralwasser wäre mir angenehm", erwiderte Konstanze. Wolfgang Sperber nickte: „Mir bitte auch."

Sybille Ohning verschwand in der Küche und kam gleich wieder mit einer Karaffe und drei Gläsern zurück.

Sie goss ihren Gästen und sich selbst Wasser ein, dann richtete sie ihre großen Augen forschend auf die Polizisten. Ihre Stimme klang fest, als sie die beiden ansprach: „Bitte sagen Sie mir genau, was mit meinem Lebensgefährten Julius Berger geschehen ist. Ihre Kollegen waren offenbar nicht hundertprozentig informiert. Sie sagten mir lediglich, dass er irgendwo in der Nähe von Ansbach tot, vermutlich ermordet, aufgefunden wurde. Ich kann das noch nicht glauben. Wer sollte so etwas tun und warum nur?"

Sperber eröffnete Sybille Ohning in ruhigem Ton, dass Julius Berger erstochen wurde. „Die Gerichtsmedizinerin hat neun Einstiche gezählt, von denen, wie sie sagte, mindestens fünf tödlich waren. Es sieht für uns derzeit so aus, als sei Ihr Partner einem Racheakt zum Opfer gefallen. Deshalb muss ich Sie fragen: Hatte Julius Berger Feinde? Lebte er mit jemandem in einem Konflikt? Wissen Sie von irgendeiner alten Sache, die noch schwelte?"

Sybille Ohning wischte sich über die Augen: „Zu allen Ihren Fragen kann ich nur nein sagen. Julius war so bemüht, den Menschen gerecht zu werden. Ich kann es einfach nicht fassen!"

In verzweifeltem Ton fuhr sie fort: „Wer sollte so etwas tun? Ich kann mir nicht denken, dass es irgendeinen Grund gab, Julius auf eine derart brutale Art zu ermorden. Er wurde geschlachtet wie ein Tier! Das kann doch einfach nicht sein!"

An dieser Stelle der Erzählung konnte Sybille Ohning ihre Tränen nicht mehr zurückhalten. Sie schlug die Hände vors Gesicht und fing an, haltlos zu weinen.

Konstanze war aufgestanden und nahm sie vorsichtig in die Arme. Die verzweifelte Frau legte ihren Kopf auf Konstanzes Schulter und schluchzte laut. Die Kommissarin strich ihr leicht über den Rücken, so wie bei einem weinenden Kind, das in seinem Schmerz zu ertrinken droht.

Nach einigen Minuten fand Sybille Ohning ihre Fassung wieder. Sie schniefte und schnäuzte sich. Dabei nickte sie Konstanze dankbar zu.

Dann wandte sie sich an Kommissar Sperber und fragte mit leiser Stimme: „Hat Julius sehr leiden müssen? Wie lange dauert es, bis ein Mensch an derartigen Stichwunden stirbt?"

Sperber hatte bei der Erzählung und angesichts der

Trauer dieser Frau mit seinen eigenen Emotionen gekämpft, nun antwortete er ihr in sachlichem Ton: „Diese Frage kann ich Ihnen leider nicht so pauschal beantworten. Unsere Gerichtsmediziner sagen jedoch, dass ein Mensch einen Messerstich höchstwahrscheinlich zunächst als einen Schlag wahrnimmt. Der Körper reagiert darauf mit irgendeiner Art von Betäubung. Mehr kann ich Ihnen als Laie dazu nicht sagen. Doktor Berger ist aller Wahrscheinlichkeit nach sehr schnell durch einen Schnitt in den Hals gestorben. Ich glaube nicht, dass er sehr leiden musste."

Danach trat wieder eine kleine Pause ein, während der keiner ein Wort sprach.

Sybille Ohning saß da und rang um Fassung.

Die Beamten ließen ihr dazu Zeit und tranken einige Schlucke Wasser aus ihren Gläsern.

Dann atmete sie tief durch und sprach mit brüchiger Stimme weiter: „Sie müssen wissen, Julius war ein gütiger, gescheiter Mensch. Auf eine praktische Art war Julius auch tiefgläubig. Er hat sich ernsthaft mit der Bibel und mit allerlei theologischen und philosophischen Fragen befasst. Zu seiner Kirchengemeinde in Ansbach und zu den beiden jungen Pfarrern dort hatte er besondere Beziehungen. Er war so bemüht, mit allen Menschen in Frieden zu leben. Das galt für ihn auch in seiner beruflichen Tätigkeit. Als Besitzer einer Firma, die Arzneimittel herstellt, sah er sich verpflichtet, Menschen in Krankheit zu helfen. Er war ein sehr fairer Chef. Obwohl ich außerhalb seines Betriebes stand, kann ich das durch den Eindruck sagen, wie ich erlebte, in welcher Weise er von seinen Mitarbeitern sprach. Er hat sich um Einzelne von ihnen gesorgt. Seine Angestellten konnten immer zu ihm kommen, wenn sie etwas bedrückte. Sein Verhältnis zum Betriebsrat war gut. Julius stand auch mit seinen Mitbewerbern auf gutem Fuß und war in der Branche allgemein als Fachmann anerkannt. Er hatte, soviel ich weiß, in seinem ganzen beruflichen Bereich keinen Feind. Das luxuriöse Haus in Ansbach mit dem großzügigen Grundstück hatte er von seinen Eltern geerbt. Sein Vater hat ein pharmazeutisches Werk in Nürnberg gekauft und mit großem Elan und allem Einsatz seiner pharmazeutischen und kaufmännischen Begabung zu einem bedeutenden Unternehmen ausgebaut. Die Mutter von Julius, die ihm dabei treu zur Seite gestanden hat, war vor Jahrzehnten gestorben, gerade als ihr berufliches Lebenswerk endlich beachtliche Früchte abwarf. Sein Vater war seiner Frau vor nun bereits fünf Jahren in den Tod gefolgt. Seither leitete Julius Berger das Unternehmen mit Erfolg. Außer seinem Bruder Klaus hatte er keine weiteren Geschwister. Klaus Berger zeigte sich ehrgeizig und war ständig auf Anerkennung aus. Klaus hat eine gewisse Zeit mit Julius zusammen im Werk gearbeitet. Mehrere Unstimmigkeiten hatten die Brüder nach einiger Zeit dann aber dazu veranlasst, ihre Zusammenarbeit aufzugeben. Klaus Berger nutzte kurz darauf die Gelegenheit, in Hamburg einen eigenen Betrieb zu betreiben. Er hat ein Pharmaziewerk gekauft. Das war ihm möglich, weil ihn sein Bruder Julius bei der Trennung großzügig ausbezahlt hatte. Klaus lebt immer noch in Hamburg."

Sperber fragte: „Sind die Brüder im Guten auseinandergegangen?"

Sybille Ohning sah die beiden Beamten direkt an und antwortete: „So einfach ist diese Frage nicht zu beantworten. Zunächst müssen Sie Folgendes wissen: Julius wollte bei seinen Arzneiforschungen auf Tierversuche verzichten. Natürlich verursachte dieses Anliegen mehr Arbeit und Kosten als die konventionelle Art. Er empfand diesen Umstand aber als ganz und gar zweitrangig. Den Sinn seiner Arbeit sah er in erster Linie darin, Menschen durch seine Medikamente Hilfe in ihrer

Krankheit zukommen zu lassen. Diese Hilfe mit dem teilweise entsetzlichen Leid von Tieren zu erlangen, erschien ihm schon immer als eine perverse Verirrung und als eine durch nichts zu rechtfertigende Überheblichkeit von Menschen. Er vertrat strikt die Auffassung: Wissenschaftliche Forschung ohne Ethik und Moral ist teuflisch! Und es lohnt sich letztlich nicht, dem Teufel wegen des schnöden Mammons die eigene Seele zu verkaufen. Erst im Endstadium einer Forschungsreihe konnte man aus Sicherheitsgründen damit beginnen, die Medikamente an Freiwilligen zu testen. Das geschah dann im Bewusstsein der großen Verantwortung, die ein Betrieb damit für die Probanden übernahm. Sein Bruder Klaus hat das alles nicht so eng gesehen. Er konnte nicht verstehen, warum Julius sich so sehr darauf versteifte, Medikamente ohne Tierversuche auf den Markt zu bringen. Er ließ eigene Versuchsreihen laufen und machte manches hinter dem Rücken von Julius anders, als der es gewollt hätte, Klaus verbarg sein Tun sorgfältig vor ihm. Die damit befassten Mitarbeiter waren von ihm unter Drohungen zur Geheimhaltung verpflichtet worden. Klaus Bergers Probanden wurden auch meist in einem früheren Stadium als von Julius geplant in die Forschungen einbezogen. Als eine junge Frau bei dem Test eines Medikamentes plötzlich starb und deren Mutter ein Gerichtsverfahren anstrengte, kam mehr und mehr ans Tageslicht, was Klaus Berger ohne Wissen seines Bruders bisher in der Firma getrieben hatte. Die Mutter der verstorbenen Frau klagte die Firma vor Gericht an, am Tod ihrer Tochter schuld zu sein. Die Schuld der Firma konnte aber nicht nachgewiesen werden. Sanaplant wurde freigesprochen. Die beiden Brüder hatten eine große Auseinandersetzung deswegen. Es muss noch andere Ungereimtheiten zwischen ihnen gegeben haben. Julius wollte darüber nicht reden. Wir haben sonst alles miteinander besprochen, aber ich hatte den Eindruck, dass ihm die Trennung von seinem Bruder sehr nahe ging. Mir schien, er wollte seine Trauer darüber mit sich alleine ausmachen. Ich mochte ihn auch nicht bedrängen. Hätte er eine Andeutung in dieser Richtung gemacht, hätte ich gerne mit ihm darüber geredet, aber ich war der Meinung, jeder von uns sollte etwas haben, was nur ihn alleine anging."

„Sie haben sicher eine Telefonnummer und eine Adresse von Klaus Berger?", wollte Sperber wissen.

„Natürlich, ich schreibe sie Ihnen gleich auf."

Aus einer Schublade holte sie einen Zettel und einen Stift, nahm ihr Adressbuch und blätterte kurz darin. Dann schrieb sie daraus die Daten ab und reichte Sperber den Zettel hin.

„Meinen Sie, dass Klaus Berger zur Bestattung seines Bruders kommt?"

„Ich habe ihn heute, nachdem Ihre Kollegen gegangen waren, angerufen und ihn vom Tod seines Bruders unterrichtet. Er war sehr erschüttert und bat mich, ihn später noch einmal anzurufen, wenn ich Genaueres weiß. Ich bin sicher, er wird zur Beerdigung kommen."

Noch einmal schüttelte sie verzweifelt den Kopf: „Es ist alles so verrückt." Dann überlegte sie einen Moment: „Vielleicht wollte ihn jemand einfach ausrauben?"

Sperber schaltete sich ein. „Wir können momentan einen Raubmord nicht ausschließen. Warum der Räuber das wertvolle Auto allerdings versteckt und nicht gleich mitgenommen hat, wissen wir nicht. Vielleicht ist ihm etwas dazwischengekommen und er musste schnell weg. Vielleicht wollte er später noch einmal zurückkommen und den BMW mitnehmen. Vorsichtshalber habe ich veranlasst, dass die großen Hallen in der Nähe des Tatortes von uns im Auge behalten werden. Vielleicht ist der Anschein eines Raubmordes aber auch eine Finte, um uns auf eine falsche Fährte zu locken."

Sybille fragte mit großen Augen: „Meinen Sie, er ist vielleicht einem Verrückten zum Opfer gefallen?"

„Frau Ohning, dass wissen wir alles noch nicht. Alle Ermittlungen sind erst angelaufen. Wir tun, was wir können, um den Täter zu fassen. Das können Sie mir glauben. Die Auswertung der Spuren wird allerdings eine gewisse Zeit dauern. Vielleicht hilft es uns weiter, wenn wir die letzten Tage und Wochen von Julius Berger ansehen. Können Sie uns sagen, ob in letzter Zeit etwas Ungewöhnliches im Leben von Julius Berger geschehen ist?"

Sybille Ohning überlegte einen Moment, trank dabei einen Schluck vom Mineralwasser. Dann nickte sie: „Ungewöhnlich war etwas, das kann man wohl sagen." Sybille Ohning erzählte den Polizisten von der Entdeckung des wertvollen Gemäldes bei dem Antiquitätenhändler in Nürnberg.

Beide Kommissare waren bei dieser Eröffnung unwillkürlich wie elektrisiert.

Sybille erhob sich und ging während ihres Berichtes ein paar Schritte hin und her, um sich besser konzentrieren zu können. Dann erzählte sie ganz ausführlich, was weiter geschehen war und welche Rolle sie selbst beim Erwerb der Reliquie gespielt hatte.

Sie beendete ihren Bericht, indem sie sagte: „Julius mochte diesen Antiquitätenhändler Sauerwein nicht. Seine etwas vorstehenden Zähne ließen ihn immer an eine unberechenbare Ratte denken. Julius Berger grauste es vor diesen Tieren. Sein Abscheu war noch gewachsen, seit er vor einigen Monaten im Rahmen eines beruflichen Termins in Genf den Kampf zwischen einem Schwan und einer Herde Ratten beobachtet hatte, die an das Gelege des Vogels kommen wollten. Darin lagen einige Eier, auf die sie es abgesehen hatten. Es schien Julius damals, als hätte der Schwan auf Dauer keine Chance gegen die vielen Angreifer. Er hätte später gerne gewusst, ob es dem Schwan gelungen war, seine Jungen unter derartig widrigen Umständen vor der Vernichtung zu schützen. Julius hat mir immer wieder gesagt, dass ihn manche Situation seines eigenen Lebens an die Szene mit dem Schwan und seinen Feinden denken ließ. Jedes Mal erwachte in ihm dann diese Gefühlsmischung von Mitleid, Wut und Hilflosigkeit. Ja, in manchen Situationen seines Lebens hatte er das Bild des um das Leben und um der Zukunft willen kämpfenden Schwanes vor Augen. Dieses Bild war ihm ein Symbol des Überlebenswillens geworden. Hatte er es vor Augen, kämpfte auch er gegen scheinbar überlegene Gegner und tat es mit Konzentration und Ausdauer. Sein starker Wille und sein Vertrauen darauf, das Beste zu wollen, gaben ihm dabei Halt. Diese Eigenschaften hatten ihm seither immer wieder geholfen, sich auch in fast aussichtslosen Lagen durchzusetzen."

Ihre Stimme brach, als sie sagte: „Jetzt hat ihn so eine Ratte umgebracht!"

Von einem Moment zum anderen schien Sybille Ohning vollkommen ihre Fassung zu verlieren. Dann straffte sie ihre Gestalt, trank einen Schluck aus ihrem Glas, blickte durch das große Fenster hinaus in ihren Garten, als würde sie sich von draußen Kraft holen.

Offenbar gestärkt wandte sie sich den Polizisten zu: „Bitte machen Sie diese Ratte unschädlich, bevor sie noch mehr Unheil anrichtet!"

Berger nickte ernst: „Wir werden alles tun, um sie zu fassen."

Dann sagte er plötzlich aufgeregt: „Den Antiquitätenhändler müssen wir sofort vernehmen." Konstanze nickte ihm ebenso gespannt zu.

„Frau Ohning, bitte entschuldigen Sie mich. Ich möchte gleich meine Kollegen wegen der Sache informieren. Wenn Sie erlauben, gehe ich dazu in Ihre Diele hinaus."

„Selbstverständlich!", beeilte sich Sybille zu sagen.

Sperber erhob sich und verließ den Raum. Im Flur rief er Doktor Sauber an.

Der Kommissar umriss mit einigen Sätzen, was er gerade erfahren hatte, und erbat sich von ihm einen Durchsuchungsbeschluss für den Laden und die Wohnung von Sauerwein. „Es wäre sicher einfacher, wenn Sie die Staatsanwaltschaft in Nürnberg um Amtshilfe bitten würden", riet Sperber dem Staatsanwalt.

„Dann könnten Kollegen mit der Einvernahme von Ruppert Sauerwein beginnen. Das würde uns enorm Zeit ersparen. Ich halte ihn für verdächtig, den Mord an Doktor Julius Berger begangen zu haben. Zumindest müsste er wissen, wen er in der fraglichen Nacht aus welchem Grund nach Ansbach geschickt hat."

Doktor Sauber war sofort seiner Meinung. Er war geradezu begeistert, dass der Fall so gut in Fahrt gekommen war, und versprach, sich sofort um alles selbst zu kümmern.

Als Sperber wieder ins Zimmer trat, fragte Konstanze: gerade: „Frau Ohning, könnten Sie sich vorstellen, dass jemand aus dem Tod von Julius Berger einen finanziellen Nutzen zieht oder in irgendwelcher Weise einen größeren Vorteil hat?"

Sybille überlegte einen Moment, dann schüttelte sie den Kopf und sagte: „Ich wüsste nicht, wer davon wirklich profitieren könnte. Darüber, wer Julius nach seinem Tod einmal beerben wird, haben wir nicht miteinander gesprochen. Wir befanden uns mitten im Leben, in einem guten Leben. Keiner von uns war in irgendeiner Weise krank. Es bestand einfach kein Anlass, diese Frage zu thematisieren. Ich bin selbst wohlhabend und brauche sein Geld nicht. Sein Sohn, Moritz, wäre nach seinen letzten Prüfungen, in denen er gerade steht, in die Firma seines Vaters eingetreten und hätte sie früher oder später übernommen. Julius hat seinem Sohn jederzeit in finanzieller Weise unter die Arme gegriffen. Das war ganz selbstverständlich. Ich denke, sein Sohn wird nun als nächster offizieller Angehöriger sein Erbe antreten. Ich weiß allerdings nicht, inwieweit sein einziger Bruder, Klaus Berger, erbberechtigt ist."

„Danke Frau Ohning. Noch eine Frage zu Moritz Berger: Wissen Sie, ob Doktor Bergers Sohn irgendwelche teuren Hobbys oder größere Zahlungsverpflichtungen hat?"

„Nein, soviel ich weiß, hat Moritz sich in letzter Zeit ausschließlich mit seinem Studium befasst und nahm sich nur wenig Zeit für anderes. Er hat sich sehr mit dem Betrieb seines Vaters beschäftigt. Wenn er in seiner Freizeit Tapetenwechsel brauchte, ist er zwar ab und zu verreist, hauptsächlich nach Italien, weil er dieses Land sehr liebt. Aber er hat dort immer sehr bescheiden gelebt, sich am Meer ausgeruht und ab und zu eine kulturelle Veranstaltung besucht, wie er uns berichtete. Moritz ist mit seinen dreiunddreißig Jahren kein ganz junger Mann mehr. Vor einigen Monaten ist seine Beziehung mit einer Studienkollegin auseinandergegangen. Die beiden haben sich ganz einvernehmlich getrennt. Im Moment hat er keine Freundin. Er ist im Grunde ein ganz solider Mensch, darin gerät er unbedingt seinem Vater nach. Das dürfen Sie aber bitte nicht missverstehen. Beide sind trotzdem keine langweiligen Typen. Ganz im Gegenteil! Julius liebt das Leben."

Einen Augenblick lang verstummte sie und sagte dann leise: „Ich will sagen, er liebte das Leben; die Kunst und alles Schöne auf dieser Welt. Er verreiste gerne. Wir waren so glücklich auf unseren Reisen! Wir haben viel miteinander gelacht. Dieses Lachen wird mir sehr fehlen."

Wieder rang sie um Fassung. Dann fuhr sie fort:

„Sein Sohn ist ihm vom Wesen her sehr ähnlich, obwohl er nicht sein leiblicher Sohn ist. Aber dieser Umstand war in dieser Familie nie ein Thema. Moritz musste nichts vermissen."

„Kann es sein, dass trotz allem eine andere Frau ins Leben von Julius Berger getreten ist und sich deren Mann an ihm gerächt hat?", wollte Sperber wissen.

Sybille Ohning überlegte eine kleine Weile, dann blickte sie Sperber offen an und sagte: „Ich hätte das gespürt, aber es könnte natürlich auch sein, dass ich bestimmte Alarmsignale übersehen habe oder übersehen wollte. Ich habe keinen Moment an seiner Treue zu mir gezweifelt. Wir waren wirklich glücklich miteinander, auch unser Sexualleben war ein Teil dieses Glückes."

Konstanze war dieser Punkt wichtig. Sie fragte nach: „Können Sie dazu ein wenig mehr sagen?"

Ganz selbstverständlich und ohne jedes Anzeichen von Verlegenheit sagte Sybille auf diese intime Frage: „Wir haben uns oft geliebt. Für uns war das wichtig und es war einer der schönsten Anteile unserer Beziehung. Sie müssen wissen, Julius hat sich immer um mich bemüht. Er hat mir seine Liebe auf jede erdenkliche Weise gezeigt. Wenn wir uns nicht treffen konnten, hat er mich mindestens zwei Mal täglich angerufen. Er hat mir viel geschenkt, nicht nur, um eine Routine zu erfüllen. Julius hat sich Gedanken darüber gemacht, was mich erfreut. Wenn ich nun zurückblicke, sehe ich mich an seiner Seite als die glücklichste Frau der Welt. Julius war der Mann, den ich mir immer gewünscht habe. Wir wollten in Liebe miteinander alt werden. Jetzt ist er weg und ich bin allein."

Wieder trat ein Moment Stille ein. Sybille Ohning rang die Hände und presste ihre Lippen aufeinander. In ihren Augen glänzten Tränen.

Konstanze sah die ihr gegenüber sitzende Frau nachdenklich an. Sybille Ohning gefiel ihr von Minute zu Minute besser. Sie spürte, dass sie sich in ihrer Gegenwart wohlfühlte. Es waren ihre Ausstrahlung und ihre Natürlichkeit, die sie zu etwas Besonderem machten. Irgendwie erinnerte sie diese Frau an ihre beste Freundin Karin Brand, die nach der Trennung von ihrem bisherigen Freund wieder ganz in ihrem Haus in Südfrankreich lebte und die sie immer wieder einmal besuchte, besonders dann, wenn sie einmal von allem hier Abstand brauchte.

Trotz ihres offensichtlichen Wohlstandes zeigte sich Sybille Ohning als eine ganz natürliche, sehr sympathische Frau. Konstanze konnte sich vorstellen, diese Frau zur Freundin zu haben.

Während sie sich diese Gedanken durch den Kopf gehen ließ, schaltete sich Wolfgang Sperber wieder in das Gespräch ein: „Hatte Julius Berger Waffen?"

„Nein, nicht dass ich wüsste. Er war zwar ein vorsichtiger und überlegter Mann, aber er war nicht ängstlich. Er machte eigentlich immer den Eindruck, ganz in sich zu ruhen. Er war ein ausgeglichener Mensch, der ganz selten einmal laut wurde. Wir haben uns natürlich auch ab und zu einmal gestritten, das gehört wohl zu einer lebendigen Partnerschaft. Dabei hielten wir jedoch immer die Grenzen der Achtung vor dem anderen ein. Unsere Streitigkeiten währten auch nicht lang. Nein, mein Schatz war nicht ängstlich, aber sein Haus hatte er wegen seiner Kunstsammlung mit den modernsten Sicherheitseinrichtungen versehen lassen, die es derzeit auf dem Markt gibt."

Konstanze wollte von Sybille Ohning wissen, ob sie ganz alleine in ihrem großen Haus wohne. Daraufhin sagte diese: „Ja, es ist mein Elternhaus. Ich bin in diesem Haus geboren und aufgewachsen. Mein Vater war in seiner Berufszeit Chefarzt in einer Nürnberger Klinik. In Erwartung einer großen Familie haben meine Eltern sich nach ihrer Hochzeit diese alte Villa gekauft. Ihr Kinderwunsch hat sich leider nicht so erfüllt, wie sie es sich erhofft hatten. Ich bin das einzige Kind geblieben. Ich hatte eine wunderschöne Kindheit in diesen großen Räumen und in unserem großen, teilweise verwilderten Garten. Glücklicherweise wohnten meine Freunde nicht weit weg. Ich hatte immer Spielkameraden. Meine Eltern sind leider beide durch einen Unfall auf einer Reise durch Afrika ums Leben gekommen. Ich war damals schon achtundzwanzig Jahre alt. Seitdem lebe ich alleine hier und fühle mich dabei sehr wohl."

Konstanze fragte: „Seit wann kannten Sie Julius Berger und wo haben Sie sich kennengelernt?"

„Sie wissen, dass ich Journalistin beim Bayerischen Fernsehen bin. Einmal berichtete ich über eine ganz außerordentliche Vernissage in Ansbach. Ein bekannter Künstler hatte in den Räumen des Kunstvereins in der Reitbahn hinter dem Markgrafenschloss ausgestellt. Ein bedeutendes kulturelles Ereignis für die ganze Region. Während meiner Arbeit wurde ich von Julius Berger angesprochen. Er entpuppte sich als außerordentlich profunder Kenner der Kunstszene. Wir waren schnell miteinander im Gespräch, weil mich dieses Metier auch sehr interessiert. Er lud mich zum Essen ein und wir unterhielten uns dabei sehr gut. So verabredeten wir uns wieder und wieder zu allen möglichen gemeinsamen Unternehmungen und entdeckten dabei eines Tages unsere Liebe zueinander. Die Kultur war also quasi unsere Brücke."

Konstanze fragte neugierig weiter: „Herr Doktor Berger lebte, wenn sein Sohn in Erlangen oder an einem anderen Studienort war, allein in seiner großen Villa und Sie leben hier, wenn ich das recht beurteilen kann, in einem fast noch größeren Haus. Warum sind Sie eigentlich nicht zusammengezogen?"

Sybille lächelte still vor sich hin: „Das haben wir uns auch immer wieder gefragt: Warum ziehen wir nicht einfach zusammen? Wir fanden bis zuletzt immer wieder die Antwort, dass das für den derzeitigen Zeitpunkt unserer Partnerschaft die richtige Lebensform war. Ich arbeite, wie Sie wissen, als Redaktionsleiterin beim Bayerischen Rundfunk in Nürnberg. Das ist eine Tätigkeit, bei der es gut ist, immer möglichst schnell präsent zu sein und dennoch nicht unmittelbar neben dem Sender zu wohnen. Ansbach erschien mir dazu ein wenig zu weit weg von meinem Arbeitsplatz. In der Hinsicht ist mein Zuhause in Erlenstegen geradezu ideal. Aber das war nicht der eigentliche Grund für unser getrenntes Wohnen. Jeder von uns brauchte dieses Getrenntsein für sich immer wieder. Es war gut für unser Miteinander. Ich fühle mich in meinem Elternhaus auch sehr wohl und hätte Probleme damit, hier auszuziehen. Ich weiß nicht, ob Sie das verstehen können?“

„Doch, das kann ich gut verstehen“, bestätigte Konstanze.

„Außerdem waren wir beide oft unterwegs. Dann spielte es keine so große Rolle, wo wir uns anschließend trafen. Hauptsache war, dass wir wieder beisammen waren.“

Plötzlich läutete Sperbers Handy. Er erhob sich mit einer Entschuldigung und ging eilig noch einmal auf den Flur hinaus. Ein Oberkommissar Hinzmann von der Kripo in Nürnberg teilte ihm in knappen Worten mit, dass der Antiquitätenhändler Ruppert Sauerwein in einem Nebenraum seines Ladens Selbstmord verübt hatte. Polizisten hatten ihn aufgefunden, als sie ihn in der Mordsache Berger befragen wollten. Er hatte sich erschossen. Berger sagte dem Kollegen, dass er im Moment beschäftigt sei. Er würde sich bei ihm in der Sache melden, dann könne man in Ruhe darüber sprechen.

Wolfgang Sperber ging wieder in den Wohnraum zurück. Nach dem Telefonat wollte er das Gespräch mit Frau Ohning abschließen und sagte zu ihr: „Liebe Frau Ohning, wir gehen jetzt wieder. Vielen Dank für das offene Gespräch. Ich hoffe, dass uns Ihre Informationen jetzt schnell ein ganzes Stück weiter helfen."

Auch Konstanze verabschiedete sich von Sybille Ohning und hoffte insgeheim, dass sie sich zu einem Treffen mit dieser sympathischen Frau nach Abschluss des Falles auf privater Ebene einmal verabreden könnte. Bevor sie das Haus verließen, fragte Sybille Ohning: „Wann wird es für mich möglich sein, meinen Mann zu bestatten?"

„Ich bin überzeugt, dass er in zwei oder drei Tagen freigegeben wird", antwortete ihr Wolfgang Sperber.

Als sie vor das Haus traten, erwischte die beiden Polizisten eine eiskalte Windböe. Jetzt kurz nach vierzehn Uhr fing es an diesem grauen Novembertag schon zu dämmern an. Die Reporter waren von der Straße verschwunden. Selbst ihnen war es wohl bei dieser Witterung am Straßenrand zu ungemütlich geworden.

Im Auto unterrichtete Sperber seine Kollegin über den Selbstmord von Ruppert Sauerwein. „Das riecht verdammt nach einem Zusammenhang mit dem Mord!", meinte Konstanze.

Sperber überlegte eine Weile, dann sagte er: „Ich glaube, es wäre gut, wenn ich morgen nach Nürnberg fahre, um mir ein genaues Bild zu machen." Konstanze stimmte ihm zu. Dann kamen sie auf das eben geführte Gespräch. Die beiden Beamten bestätigten einander auf der Rückfahrt nach Ansbach, wie sehr sie Sybille Ohning beeindruckt hatte.

In der Zeit, die das Gespräch mit der Partnerin von Julius Berger gedauert hatte, war den beiden Beamten, unabhängig voneinander, klar geworden, dass sie mit dieser Frau eine intelligente, unglaublich starke Persönlichkeit vor sich hatten.

Es war bewundernswert, wie sie sich beherrschte und sich trotz ihres Schocks erfolgreich bemühte, sachlich zu bleiben. Natürlich war ihr trotzdem anzumerken gewesen, wie sehr sie innerlich litt. Ab und zu schien sie auch in ihren Gedanken verloren, dann verdunkelten sich ihre tiefblauen Augen und ihre Miene spiegelte ihre tiefe Trauer und Verwirrtheit. Wenn sie diesen Zustand überwunden hatte, berichtete sie offen und anschaulich von den Ereignissen, die sich kurz vor dem Mord ereignet hatten.

Beide hatten die Frau und damit auch ihre Körpersprache abwechselnd aufmerksam beobachtet, während der jeweils andere Gesprächspartner sich mehr auf das Gespräch konzentrierte. Sie waren zu dem Schluss gekommen, dass die Trauer von Sybille Ohning echt war und sie ganz offen mit ihnen gesprochen hatte. Als Täterin kam sie für die Polizisten zum gegenwärtigen Zeitpunkt nicht in Betracht. Sie schien ihnen eher die Hauptbetroffene der Tat zu sein.

Kurz vor der Autobahnausfahrt nach Neuendettelsau sagte Sperber zu Konstanze: „Bis zur Pressekonferenz ist es noch ziemlich lange hin. Ich habe Hunger. Wir könnten uns noch ein wenig Zeit gönnen. Ich schlage vor, wir essen etwas, bevor wir in Ansbach sind."

„Einverstanden Wolfgang, mein Magen hat sich auch schon gemeldet. Eine Pause tut uns jetzt gut. Wie wäre es in Neuendettelsau? Dort gibt es einige gute Gaststätten." Sie bogen in großem Einverständnis von der A 6 ab und fuhren ins Zentrum von Neuendettelsau.

Als sie auf dem Parkplatz eines Gasthofs angekommen waren, sagte Wolfgang Sperber zu Konstanze: „Ich möchte dich darum bitten, dass wir während des Essens nicht über diesen Fall sprechen. Nachher überschütten sie uns mit der Fülle der Informationen. Ich brauche jetzt erst einmal eine kurze Auszeit."

„Wolfgang, du sprichst mir aus dem Herzen!", seufzte Konstanze. „Ich fühle mich nach dem Gespräch und diesem bisherigen Tag bereits so ausgepowert, dass ich mir wünsche, nun nichts mehr denken zu müssen. Lass uns in Ruhe essen. In dieser Gaststätte lohnt es sich, sich auf das Essen zu konzentrieren."

Sie gingen in die einladenden Gasträume hinein und wurden gleich von einer aufmerksamen jungen Bedienung in Empfang genommen. Sie wies ihnen einen Platz in einer Nische an, von dem aus sie einen Teil der Gaststätte übersehen konnten, ohne jedoch selbst zu sehr im Mittelpunkt zu sitzen. Konstanze bestellte sich ein großes Mineralwasser, Wolfgang Sperber eine Apfelsaftschorle. In Ruhe wählten sie dann ihre Mahlzeit aus. Während Konstanze Lust auf einen großen Salatteller nach Art des Hauses hatte, entschied sich Sperber für zwei gebratene Bratwürste mit Kraut und Brot, dazu eine Portion Kren. „Eigentlich gehört dazu ein gutes Glas Bier", ließ sich Wolfgang vernehmen, als seine Bratwürste mit Kraut gebracht und dampfend vor ihn hingestellt wurden.

„Gerne!", antwortete die freundliche Bedienung. „Was darf's denn sein? Ein helles, dunkles, Märzen, Bock oder Weizenbier, hell oder dunkel?"

„Ach, das war jetzt nur so hingesagt", seufzte Wolfgang. „Leider kann ich es mir nicht leisten, jetzt ein Bier zu trinken. Ich habe bedauerlicherweise noch zu arbeiten." Seine Stimme war zum Schluss des Satzes immer mehr zu einem resignierten Murmeln abgesackt. Die Bedienung lächelte: „Wenn Sie noch einen Wunsch haben, sagen Sie mir bitte Bescheid."

Als sie gegangen war, legte Konstanze Wolfgang die Hand auf den Arm und sagte kopfschüttelnd und mit gespielter Dramatik in der Stimme: „Armer, armer Wolfgang! Bratwürste und Kraut ohne Bier. Manchmal ist das Leben schon recht hart, gell?"

Wolfgang entgegnete launig: „Da hast du recht. Wenigstens eine, die mein Leiden versteht. Aber heute, wenn ich heimkomme, freue ich mich auf ein großes Weizen. Da lebe ich jetzt drauf hin!"

Den Rest der Mahlzeit aßen sie schweigend. Es war ein beredtes Schweigen, das beiden vertraut war. Die Stille zwischen ihnen hatte etwas, das ihnen einen Raum der Geborgenheit schenkte. Sie konnten sich einer auf den anderen verlassen, diese Tatsache hatte sich schon unzählige Male bewährt.

Nachdem sie auf diese Weise wieder Kraft geschöpft hatten, stiegen sie in ihren Wagen und fuhren auf der Kreisstraße in Richtung Ansbach. Nach der Autobahnausfahrt bei Immeldorf zog die kleine Säule in einiger Entfernung ihre Blicke magisch an, aber keiner von ihnen sprach darüber. Schweigend setzten sie ihre Fahrt fort, bis sie auf dem Parkplatz der Inspektion am Karlsplatz anhielten.

Kurz nach sechzehn Uhr versammelten sich die leitenden Beamten der „Sonderkommission Mordfall Doktor Berger", an ihrer Spitze Staatsanwalt Doktor Sauber und Polizeidirektor Rudolf Dotzauer, im Konferenzraum der Inspektion zu einer umfassenden Informationsrunde.

Anwesend waren außerdem Wolfgang Sperber, Konstanze Grunwald und Karlo Grollmisch, die Gerichtsmedizinerin Frau Doktor Brigitte Renz, der Leiter des Erkennungsdienstes, Kriminaltechniker Gottfried Arpogaus, und die Sekretärin Barbara Robertazzi. Sie hatte alles vorbereitet und sollte das Protokoll dieser Besprechung schreiben. Barbara hatte auch eine den Anwesenden angemessene Anzahl von Bildern aufgelegt, die am Tatort gemacht worden waren.

Die Arbeitsatmosphäre war hoch konzentriert. Doktor Sauber begrüßte alle und bat darum, dass jeder seinen Bericht möglichst kurz und sachlich vortragen sollte. Dann übertrug er Wolfgang Sperber die Aufgabe, die Sitzung zu moderieren. Sperber erteilte zunächst der Gerichtsmedizinerin Frau Doktor Renz das Wort. Die Ärztin neigte sich über ihr Konzept und begann zu referieren: Sie legte sich zunächst mit dem Todeszeitpunkt von Berger auf die Zeit von zweiundzwanzig bis dreiundzwanzig Uhr am Abend des gestrigen Tages fest. Weiter berichtete sie, dass Julius Berger mit einem sehr scharfen Messer getötet wurde. Das bewiesen die Einstichwunden, die ganz glatte Ränder aufwiesen.

Die Zahl der neun Stiche, die schon am Fundort der Leiche gezählt worden waren, hatte sich bestätigt. Fünf davon hätten bereits zum Tod von Doktor Berger geführt. Zum schnellen Exitus kam es jedoch durch die Durchtrennung des Halses. Der Stichkanal des einzigen Einstichs am Rücken des Opfers deutet darauf hin, dass Berger von hinten, noch stehend, angegriffen worden sei. Davon ausgehend wurde die Größe des Täters auf etwa einen Meter siebzig angenommen. Der Täter sei mit größter Wahrscheinlichkeit Rechtshänder. Die weiteren Einstiche seien von vorne in die Brust des Opfers gesetzt worden. Der Täter hatte offenbar wahllos zugestochen. Die Stiche sind auf den ganzen Brustbereich verteilt, diese Tatsache spricht gegen einen professionellen Killer, der das Messer wahrscheinlich zielgerichteter gegen bestimmte Organe geführt hätte. Alle Messerstiche seien dem Opfer mit großer Wucht zugefügt worden. Der Hals wurde mit einem Schnitt durchtrennt.

Bei dem Täter oder der Täterin dürfte es sich um einen nicht sehr kräftigen Menschen gehandelt haben. Alles spricht nach Ansicht der Gerichtsmedizin daher für einen Akt in großer Wut oder in einem Blutrausch.

Anzeichen einer Gegenwehr gegen den Täter fanden sich nicht, Blutergüsse, die unmittelbar vor dem Tod entstanden sein müssten, fanden sich auf der Brust, dem Bauch und den Extremitäten ebenso wie Einwirkungen von Gewalt mit einem stumpfen Gegenstand oder mit den Füßen, die durch ihre Wucht mehrere Knochenbrüche im Brustbereich verursacht hätten. Spuren, die von einem gewaltsamen Festhalten zeugen könnten, fanden sich dagegen nicht. Es ist anzunehmen, dass das Opfer schon nach dem ersten Einstich zu Boden fiel und dann der Schnitt durch den Hals und alle anderen Einwirkungen gegen den auf dem Boden liegenden Mann ausgeübt wurden. Doktor Renz blickte kurz von ihrem Script auf und sah in die Runde: „Zu den inneren Organen: Alle Organe von Doktor Berger waren in einem altersgemäßen, sehr guten Zustand. Es gab keinerlei Anzeichen einer Erkrankung oder von Alkoholismus. Auch im Blut fand sich keine Spur von Alkohol oder eine sonstige Droge. Kein Hinweis auf eine sexuelle Betätigung. Der Mund- und Rachenraum des Toten ist durch den Knochen, der ihm wohl ziemlich heftig hineingestoßen wurde, nach seinem Tod innen an verschiedenen Stellen aufgerissen worden. Insgesamt lässt sich sagen, Berger hätte mit diesem Körper alt werden können." Damit beendete Doktor Renz ihren Bericht.

Sperber bedankte sich und gab das Wort an den Kriminaltechniker Gottfried Arpogaus weiter. Der begann sofort zu sprechen: „Am Tatort fanden sich eine große Blutlache und Anbringungen von Blutspritzern an der Bank neben dem Steinkreuz und am Steinkreuz selbst. Ebenso fand sich Blut unter und um die Leiche hinter der Bank und auf deren Kleidern. Das Blut stammt nach einer Laboruntersuchung der Spuren eindeutig allein von Doktor Berger. Fremdes Blut fand sich nirgends. Auf dem Weg fanden sich frische Abdrücke von drei unterschiedlichen Fußspuren, ein Paar davon gehörten Berger. Die anderen Spuren, Schuhgröße einundvierzig oder zweiundvierzig, haben wir gesichert. Einige der Abdrücke konnten wir einwandfrei Albert Scheuerlein zuordnen, der die Leiche gefunden hat. Unsere Annahme der Größe einer weiteren Person deckt sich mit der Erkenntnis der Gerichtsmedizin, also etwa ein Meter siebzig. Bei dem Täter, oder der Täterin, lässt sich auf Grund dieser Fußspuren auf eine Person mit eher leichtem Körperbau schließen. Gewicht etwa fünfzig bis höchstens siebzig Kilogramm. Wir fanden frische Spuren von zwei PKW. Jeweils welche von Bergers Wagen und von einem noch unbekannten Wagen. Das Profil würde gerade mit der Frage ausgewertet, von welcher Reifenmarke es stammt. An der Kleidung von Doktor Berger fanden sich Faserspuren fremder Kleidung, ebenso Abriebspuren von Schuhputzmittel, wahrscheinlich durch heftige Fußstöße gegen das Opfer. Auf dem Weg fanden sich Schleifspuren bis hinter die Bank, Indizien, die zusammen mit den Blutspuren eindeutig darauf hinweisen, dass Fundort und Tatort identisch sind. Die Taschen der Opferkleidung waren leer. Die Kleidung wird derzeit auf DNA-Spuren untersucht. Diese Untersuchung dauert, wie Sie wissen, eine gewisse Zeit. Darüber haben wir noch keine Erkenntnisse. Zu dem Knochen, der in seinem Mund steckte, ist zu sagen, dass es sich um den Schenkelknochen eines Schweins handelt. Auf der einen Seite ist davon die Kugel des Gelenkes abgesägt worden. Der abgesägte Teil steckte im Mund. Wir haben die Sägespuren mikroskopisch untersucht und fotografisch dokumentiert. Die Kleidung des Täters muss stark mit Bergers Blut verunreinigt sein. Im untersuchten Auto fanden wir aber keinerlei Antragungen dieses Blutes. Wir fanden Stofffasern, die mit denen an Bergers Kleidung identisch sind, und andere, die vielleicht zu der Kleidung eines anderen Menschen gehören. Fingerabdrücke waren, wie zu erwarten, nirgends zu finden. Haare und Hautschuppen werden noch untersucht. Das Tatmesser oder andere Gegenstände, die uns weiterhelfen könnten, wurden in der Umgebung leider nicht gefunden. Bei der Untersuchung von Bergers Haus haben wir seinen Computer, einige Notizbücher, aber keinen Kalender sichergestellt. Bisher ergaben sich daraus keine ordentlichen Hinweise auf den Täter. Ob irgendwelche Gegenstände im Haus fehlen, müssten die Angehörigen feststellen. Es war kein gewaltsames Eindringen festzustellen. So weit mein Bericht."

Sperber nickte ihm freundlich zu: „Danke Gottfried! Ich mache weiter: Ich habe heute während des Gespräches mit Frau Ohning per Telefon die Nachricht der Nürnberger Kollegen bekommen, dass der Antiquitätenhändler Ruppert Sauerwein in einem Nebenraum seines Geschäftes Suizid begangen hat. Es drängt sich natürlich gleich der Gedanke auf, dass diese Selbstmordhandlung etwas mit unserem Mordfall zu tun haben könnte. Bevor wir daraus Schlüsse ziehen können, brauchen wir das Untersuchungsergebnis unserer Kollegen in Nürnberg. Durch den Kollegen Merkner von der Kripo Erlangen bekam ich den Bericht über die Information von Bergers Sohn Moritz vom Tod seines Vaters. Merkner berichtete, dass Moritz Berger nach Empfang der Nachricht einen Zusammenbruch hatte. Sie haben den Kriseninterventionsdienst um Unterstützung gebeten. Morgen werden wir mit Bergers Sohn sprechen."

Wolfgang Sperber berichtete weiter vom Gespräch mit der Lebensgefährtin von Doktor Berger. Dann wandte er sich seiner Kollegin zu: „Konstanze, ich bitte um deinen Bericht."

„Ich bekam die Berichte über die Befragungen von Mitarbeitern in Bergers Firma. Diese decken sich im Wesentlichen mit der Meinung von Sybille Ohning. Er war als Chef und Fachmann von allen geschätzt. Besonders wegen seiner Fairness und dem Bemühen um ein gutes Betriebsklima. Die Überprüfung der geschäftlichen Unterlagen ist noch nicht abgeschlossen und wird noch einige Zeit dauern. Auf den ersten Blick brachte der Befund der damit befassten Fachleute nur Positives zutage. Die Firma scheint insgesamt gut dazustehen. Die genauen Berichte von allen mit der Firma befassten Kollegen wurden mir zugesagt. Inzwischen gingen die Identitätsmerkmale aller an der Sache beteiligten Personen durch den Polizeicomputer, einschließlich der Person des Opfers. Weder Berger noch seine Angehörigen sind bisher polizeiauffällig geworden. Das gilt auch für Bergers Putzfrau sowie den Finder der Leiche, Herrn Scheuerlein, und seine Schwester. Bei dem Antiquitätenhändler Ruppert Sauerwein sind wir allerdings fündig geworden. Er kam mit dem Gesetz zwei Mal wegen eines angeblichen Betruges in Konflikt. Nachdem ihm aber in beiden Fällen nichts nachzuweisen war, wurden die Anklagen niedergeschlagen. Was noch aussteht, ist eine umfassende Recherche von Bergers Bruder Klaus. Ein Kollege ist aber bereits damit befasst. Ich denke, wir werden vielleicht schon morgen von ihm Bescheid bekommen."

„Danke Konstanze! Karlo, bitte berichte uns kurz über die Ergebnisse der Einwohnerbefragungen in Immeldorf und Malmersdorf. Ist dort jemandem etwas Verdächtiges aufgefallen?"

Karlo schüttelte seinen Kopf: „Nein. Die Kollegen haben heute den ganzen Tag über nachgefragt. Niemand hat etwas Sachdienliches gesehen oder gehört. Kein verdächtiger Unbekannter, kein auffälliges Auto, einfach nichts. Wegen des Knochens wurde von den Kollegen damit begonnen, alle fleischverarbeitenden Betriebe zu kontaktieren. Sie sind dabei, Listen zu erstellen, welcher Betrieb Schweineschlegel mit Knochen verkauft hat. Natürlich kann der Knochen auch in einem Ort weit weg von hier besorgt worden sein."

„Das befürchte ich auch. Danke Karlo!" Sperber sah auf seine Uhr. Es war gerade fünfzehn Minuten vor achtzehn Uhr.

Doktor Sauber beendete den Informationsteil der Sitzung und schlug vor, den Medien eine leichte Kost zu verordnen, um die laufenden Ermittlungen nicht zu gefährden. „Wir werden erklären, dass wir bei der Ermordung von Doktor Berger von einem Raubmord ausgehen. Wir werden einfach sagen, er sei vermutlich erpresst worden und bei der Übergabe des erpressten Geldes mit dem Täter in Streit geraten und von diesem erstochen worden. Wir erklären, dass wir gewissen Hinweisen auf einen möglichen Täter nachgehen. Sind Sie alle mit dieser Version einverstanden?"

Alle, auch Polizeidirektor Rudolf Dotzauer, der während der ganzen Sitzung nur zugehört hatte, nickten zustimmend. „Gut, dann stellen wir uns, das heißt Polizeidirektor Dotzauer, Hauptkommissar Sperber und ich, der Meute! Vielen Dank Ihnen allen für die sehr sachlichen, erstaunlich knappen und doch sehr informativen Berichte! Danke auch Frau Robertazzi für Ihre Vorbereitungen und die Protokollführung." Er nickte in die Runde und erhob sich. Die anderen schlossen sich ihm an.

Sauber, Dotzauer und Sperber gingen in den großen Konferenzsaal der Inspektion hinüber, wo sie bereits von einer größeren Schar von Journalisten erwartet wurden, die ihre Laptops eingabebereit vor sich stehen hatten. Mit ihrem Eintreffen wurden die Kameras des Fernsehens auf sie ausgerichtet und deren Scheinwerfer eingeschaltet.

Der Pressetermin verlief ohne besondere Vorkommnisse. Die anwesenden Medienleute akzeptierten die von Doktor Sauber referierte Version eines Raubmordes, vielleicht nach vorhergehender Erpressung.

Selbst Herbert Mostrich, der Chefredakteur der „Ansbacher Rundschau", hielt sich mit seinen legendär bissigen Kommentaren und den oft im Brustton der moralischen Entrüstung vorgetragenen Fragen zurück. Das war keineswegs selbstverständlich, denn er hatte Polizeidirektor Rudolf Dotzauer seit Monaten als seinen Intimfeind auserkoren. Die beiden gehörten zwar derselben politischen Partei an, rangelten aber ständig um den besseren Listenplatz in ihrer Organisation für die nächste Wahl. Bei der letzten Landtagswahl hatten beide Rivalen den Wettlauf um Platz eins auf der Liste gegen den bisherigen Landtagsabgeordneten Friedhelm Gockel verloren. Der hatte durch seine bisherige Tätigkeit entweder das bessere Netzwerk aufgebaut oder er agierte einfach durchtriebener als seine Konkurrenten.

Wolfgang Sperber wurde aufmerksam, als eine Journalistin die Frage nach dem Ort des Verbrechens stellte. Sie fragte: „Warum geschah die Tat ausgerechnet bei diesem alten Steinkreuz?" Keiner der drei Vertreter von Recht und Gesetz konnte darauf eine verbindliche Antwort geben. Sperber nahm sich vor, endlich Erkundigungen in Bezug auf Steinkreuze und deren ursprünglichen Zweck und deren Bedeutung einholen zu lassen. Er notierte sich in Gedanken, dass Karlo sich gleich am nächsten Morgen einen Termin bei diesem Herrn Obenauf geben ließ, um sich umfassend über dieses Thema informieren zu lassen.

Weitere Fragen betrafen die Person des Täters, die Angehörigen von Doktor Berger, die Spurenlage, die bisherigen Erkenntnisse aus Befragungen in der Bevölkerung und in Bergers Betrieb.

Julius Berger als wohlhabender Fabrikbesitzer und sein Verhältnis zu Sybille Ohning waren für die Journalisten der Boulevardpresse von besonderem Interesse. Sie vermuteten, dass auch der noch unverheiratete Erbe,

Moritz Berger, Stoff für ihre Hintergrundstorys liefern könnte. Auf ihre bohrenden Fragen zum privaten Bereich in Bergers Leben antwortete Staatsanwalt Sauber süffisant lächelnd ebenso pauschal wie lakonisch: „Aber meine Herrschaften, wir wollen Ihnen doch nicht Ihre Arbeit wegnehmen. Sie ermitteln in Privatsachen doch bestimmt in Ihrer Art und Weise. Da können wir mit unseren spärlichen Erkenntnissen schließlich nicht mithalten."

Der auf eine halbe Stunde angesetzte Pressetermin endete pünktlich, als Sauber sich erhob und mit einem knappen: „Das war's erst einmal, meine Damen und Herren. Wir geben Ihnen wieder die Möglichkeit, weitere Informationen einzuholen, wenn wir mehr wissen. Danke für Ihre Aufmerksamkeit!", schloss.

Auch Rudolf Dotzauer und Wolfgang Sperber verließen daraufhin den Konferenzraum.

Kurz nach achtzehn Uhr dreißig betrat Sperber sein Büro. Ein Blick aus dem Fenster zeigte ihm, dass es draußen auf dem Karlsplatz inzwischen stockfinster geworden war. Im Licht der Straßenbeleuchtung sah er, dass es regnete. Der Regen schien mit nassem Schnee vermischt zu sein. Er nahm Mantel, Schal und Hut vom Garderobenhaken, zog sich die Handschuhe an und holte sich seinen Schirm aus dem Wandschrank. Als er wenig später vor dem Gebäude auf den Platz trat, fiel die kalte Nässe sofort über ihn her. Er steckte seinen Schal fester in den Mantel und ging, den Schirm etwas gegen den Wind geneigt und leicht gebeugt wie die anderen Passanten, die bei diesem Wetter unterwegs waren, mit raschen Schritten über die vor Nässe glitzernden Pflastersteine der noch sehr belebten Straßen.

Trotz der an diesem Abend herrschenden Unwirtlichkeit war dieser Weg zu seinem Haus für ihn auch an diesem Tag wichtig. Er konnte bei diesem Weggehen von seinem Büro eine Bilanz des Tages ziehen und dann Schritt für Schritt die Ereignisse innerlich zurücklassen und sich auf sein Zuhause einstellen.

Ihm war klar, dass er von den Eindrücken der hinter ihm liegenden Stunden auf diese Weise nicht davonlaufen konnte, aber er bekam, so mehr oder weniger zügig dahingehend, doch fast immer einen gewissen Abstand von ihnen.

Die moderne Brücke, die sich elegant über die Bundesstraße schwang, spielte dabei eine besondere Rolle. Sie erschien ihm jedes Mal wie der Übergang über einen Fluss auf die andere Seite des Ufers. Die Ablenkungen, die ihm beim Laufen über den breiten Steg geboten wurden, taten ihr Übriges, um ihn von seinen Tagesgeschäften abzulenken. Meistens saßen dunkelhäutige Bettler in Demutshaltung oder auf Rollstühlen am Rand und hielten den Vorübergehenden mit freundlicher oder leidvoller Miene irgendetwas murmelnd ein Behältnis entgegen, in der Hoffnung auf einen Groschen.

Sperber kannte einige davon. Sie hatten sich irgendwann auf der Inspektion einer Personenkontrolle unterziehen müssen.

Ihm und seinen Kollegen war klar, dass es sich um eine bandenmäßig aufgebaute östliche Organisation handelte, die diese Menschen in die Stadt brachte. Sie wurden dann nach Anweisung ihrer Anführer planmäßig auf Straßen und Plätzen verteilt. Die Organisatoren nahmen ihnen am Abend den größten Teil ihrer Tageseinnahme ab. Die einzelnen Bettler wurden in einer erbärmlichen Abhängigkeit gehalten.

Sperber war auch bekannt, dass die Organisatoren keineswegs vor Gewalt gegenüber ihren Arbeitern zurückschreckten. Selten war ihnen jedoch kriminelles Handeln nachzuweisen, weil sie sich im Schutz des angstvollen Schweigens wie hinter einer dicken Mauer verkrochen. Wie Leibeigene hatten sie die Hilflosen in ihrer Hand.

Die Brücke über die Straße bot auch oft Mitgliedern irgendwelcher religiöser Glaubensgemeinschaften ein Podium für ihre oft lautstarken Kundgebungen mit einer manchmal recht bizarren Botschaft.

Wolfgang Sperber widerte das süßliche Gesäusel „Jesus liebt auch dich" an. Aber er ärgerte sich besonders massiv über diejenigen unter diesen „Propheten", die mit Angstmache versuchten, Schäfchen für sich zu gewinnen. Mit Teufel, Dämonen und Höllenstrafe drohten sie, wenn man nicht zu ihnen käme und sich von seinem „ach so lasterhaften Leben" abwandte.

Für ihn als Kriminalbeamten, der seit Jahrzehnten mit den Abgründen der menschlichen Seele befasst war, sah die dunkle Seite der Menschen nicht so simpel aus: „Umkehr und dann ist alles in Ordnung." Er wusste, wie schnell ein Mensch, der bisher als ganz braver Bürger gelebt hatte, in Situationen geraten konnte, die ihn zu einer kriminellen Handlung veranlassten. Ihm war außerdem bewusst, dass niemand letztlich davor gefeit war, sich plötzlich in einer derartigen Lage zu befinden.

Sperber konnte die Motive der Täter oft nachvollziehen, manchmal auch verstehen. Es kam auch immer wieder dazu, dass er für einen abgestürzten Menschen aufrichtiges Mitleid empfand. Seiner Erfahrung nach war es besser, bei Vernehmungen aufmerksam hinzuhören und nach dem „Warum" zu fragen, als die harte Tour zu fahren, die einen Beschuldigten oft nur in eine Trotzhaltung drängte oder in eine panische Reaktion trieb.

Er sah sich nicht als Richter über Menschen, sondern als Ermittler, als einer von vielen Sammlern von Tatsachen, auf Grund derer ein Staatsanwalt Anklage erheben konnte und ein Richter zu einem Urteil fand, das dem

Beklagten angemessen war. Natürlich gab es immer wieder einmal Fehlurteile, über die er und seine Kollegen sich ärgerten.

Leid taten ihm meistens die Opfer der Kriminellen, die seiner Meinung nach oft mit ihrem erlittenen körperlichen, seelischen oder finanziellen Schaden letztlich alleine fertig werden mussten.

Ihm fiel dann immer dieses meist völlig missverstandene Wort aus der Bibel ein: „Auge um Auge, Zahn um Zahn." Das war ja keineswegs ein Racheschwur. Gemeint war damit vielmehr der Gedanke einer Bemühung um eine möglichst weit gehende Wiedergutmachung des angerichteten Schadens. „Wenn du mir ein Auge oder einen Zahn zerstört oder ausgeschlagen hast, musst du mir ein Auge sein" oder Ersatz für einen Verlust, der hier mit Auge oder Zahn nur symbolisch angedeutet ist. Das Leben eines Menschen war natürlich unersetzlich, aber diejenigen, die durch einen gewaltsamen Tod von einem geliebten Menschen getrennt worden waren, sollten doch zumindest vom Täter eine angemessene finanzielle Entschädigung erhalten.

„Warum ist dieser Gedanke eigentlich so unbefriedigend in unsere Gesetzgebung eingeflossen?", überlegte sich der Kriminaler.

So in Gedanken versunken, war Wolfgang Sperber schon über die heute nur von eiligen Menschen überquerte Brücke gegangen. Er ließ das hell erleuchtete und mit Wärme lockende Einkaufscenter links liegen und ging flott ausschreitend die Brauhausstraße hoch. Immer wieder trieb ihm der böige Wind von verschiedenen Seiten kalte Nässe ins Gesicht. Seine Kleidung war, trotz des vorgehaltenen Regenschirms, nass und schwer geworden.

Wolfgang Sperber atmete erleichtert auf, als er bei seinem Haus angelangt war. Beim Öffnen seiner Haustüre strömte ihm wohltuende Wärme entgegen. Seine Nase nahm einen köstlichen Duft wahr. Julia hatte offenbar ihrer Kochkunst gehuldigt. Sperber freute sich auf ein gutes zweites Abendessen. Er spürte schon wieder einen riesigen Appetit. Nachdem er seine nasse Kleidung abgelegt und seine Straßenschuhe gegen Hausschuhe getauscht hatte, wurde er von seiner Frau in der Küche mit einem liebevollen Kuss begrüßt. Julia strich ihm sanft über das kühle Gesicht und sagte zu ihm: „Liebster, das Essen ist bereits fertig. Du kannst dich gleich an den Tisch setzen und mir von deinem heutigen Tag berichten."

Wolfgang Sperber ging jedoch noch ins Badezimmer und wusch sich die Hände. Dann begab er sich in das Esszimmer, setzte sich an den großen, alten Familientisch, an dem er schon als Kind sein Essen eingenommen hatte, und genoss einfach die Wärme und die Vorfreude auf sein Abendessen.

Während sie miteinander genüsslich speisten, erzählten sie sich gegenseitig von den Ereignissen ihres jeweiligen Tages. Danach setzten sich beide in Begleitung einer Flasche Rotwein auf ihre Couch und redeten noch so lange miteinander, bis sie die richtige Bettschwere erreicht hatten und sich in der Flasche nur noch ein Rest Rotwein befand. Glücklich, einander zu haben, gingen sie dann miteinander zu Bett.

Tage vorher

Schon bei seinem Besuch in Nürnberg war sie Julius Berger wie ein Schatten gefolgt. Kein Problem, sich spielerisch leicht in diesen Straßen und Gassen zu bewegen. Sie war gebürtige Nürnbergerin, somit war ihr gerade die Innenstadt vertraut wie ihre Westentasche.

Getrieben von einem unstillbaren Rachedurst, war sie auf Schritt und Tritt hinter ihm her.

Sie hatte ihr Opfer tagelang belauert und ständig beobachtet, bevor sie zuschlug beziehungsweise zustach.

Den Antiquitätenhändler Ruppert Sauerwein hatte sie nebenher zu ihrem Mittelsmann erkoren. Sie kannte diesen Mann von Kindheit auf und wusste, dass er sie seit Jahren begehrte. Für sie kam der schmierige Kerl allerdings niemals als Liebhaber in Frage. Sie war sich ihrer Attraktivität bewusst und konnte sie überzeugend einsetzen, wenn es ihr danach war.

Sie fand, Sauerwein war in Bezug auf Frauen naiv. Bei ihrer Anwesenheit schienen seine Hormone jedes Mal verrückt zu spielen. Von daher war es leicht für sie, ihn zu umgarnen.

Vor lauter Verliebtheit versuchte er, ihr immer auf alle möglichen Weisen zu imponieren. Als sie ihn einige Tage nach Bergers Besuch wieder in seinem Laden aufsuchte, redete der verliebte Mann wie ein Wasserfall über seine guten Geschäfte. So erfuhr sie zu ihrer Überraschung, was Berger bei ihm kaufen wollte. Sie stellte sich erfreut, als ihr Sauerwein nicht lange danach von der Reliquie erzählte, die er für Berger suchen sollte. Offenbar überzeugend log sie dem Antiquitätenhändler vor, dass sie den derzeitigen Besitzer schon länger kennen würde. Er sei tatsächlich ein guter Bekannter von ihr, der ständig unter akuter Geldnot litt. Sie machte ein nachdenkliches Gesicht: „Ob er ein Spieler ist? Keine Ahnung und ist auch nicht wichtig!", beschied sie sich mit einer energischen Handbewegung. „Er hat aus seinem Kunstbestand bereits alles verkauft, was irgendwie von Wert war. Also, wenn dir jemand diesen Knochen besorgen kann, dann bin ich das!", verkündete sie Sauerwein.

Der Antiquitätenhändler kicherte vor sich hin und sagte: „Ich lebe davon, dass mir solche Leute ihre Sachen verkaufen, besonders auf ihre Gemälde bin ich zurzeit scharf. Manche verkaufen eines nach dem anderen, um sich über Wasser zu halten. Sie leben sozusagen von der Wand in den Mund." Er kicherte wieder etwas albern. „Wenn es dir gelingt, diesen Knochen zu beschaffen, soll das dein Schaden nicht sein. Wir teilen uns die Provision, das ist doch klar. Sieh nur zu, dass du das Ding so schnell wie möglich bekommst. Nicht dass es sich dieser Berger noch anders überlegt. Das wäre echt fatal!"

Sie beruhigte ihn und beteuerte, dass sie versuchen wollte, gleich am nächsten Tag mit dem Besitzer Kontakt aufzunehmen. „Du wirst sehen, der ist froh, dass er den Knochen los wird. Der liegt doch bei dem bloß rum. Wenn dieser Mann in seiner finanziellen Situation nur Geld riecht, tut er alles, das garantiere ich dir."

Das Problem für sie war nur, von irgendwoher ein Stück von einem sehr alten menschlichen Schädelknochen zu bekommen. Sie zerbrach sich den Kopf, bis ihr ein Schulfreund von früher einfiel, der als Arbeiter auf dem Johannisfriedhof in Nürnberg arbeitete. Sie war ihm einmal dort zufällig bei einer Beerdigung begegnet. Damals war sie entsetzt gewesen, dass der nach wie vor recht ansehnliche Mann nun dieser schauerlichen Arbeit nachging. Er hatte ihr den Grund seines Niedergangs ganz offen erzählt: „Ich war verheiratet und hatte eine gute Arbeit bei einer Nürnberger Bank. Dort habe ich eine attraktive Frau kennengelernt und mich in sie bis über die Ohren verknallt. Ich habe in diesem Zustand jede Vernunft fahren lassen und habe mich mit ihr öffentlich gezeigt. Daraufhin dauerte es nicht lange und jeder in der Bank wusste von unserem Verhältnis. Schließlich erfuhr es auch meine Frau. Sie fackelte nicht lange und reichte die Scheidung ein. Wir hatten zwei kleine Kinder. Sie wurde vom Richter bei der Scheidung zur alleinigen Erziehungsberechtigten erklärt. Meine Frau hat mir die Kinder dann konsequent entzogen. Mit meiner Flamme ging es leider auch nicht so weiter, wie gedacht. Sie verliebte sich in einen anderen und gab mir den Laufpass. Plötzlich war ich allein und mein Selbstbewusstsein war ungefähr auf Null. Abends ging ich von da an in die Kneipe. Zuerst aß ich dort nur. Dann trank ich jedoch mehr und mehr Alkohol. Meine Arbeit litt natürlich unter meiner Sauferei. Ich bekam den Ruf, unzuverlässig und nicht mehr vertrauenswürdig zu sein. Für einen Bankangestellten ist das tödlich. Schließlich kam die Entlassung. Gleichzeitig mit Beginn der Arbeitslosigkeit versuchte ich, mein Missgeschick zu ersäufen. Sobald ich nüchtern war, merkte ich, dass das Biest schwimmen konnte. Es war immer noch da und schien mir immer größer zu werden. Zu allem Unglück geriet ich im Vollrausch am Hauptbahnhof in Nürnberg in eine Schlägerei, bei der mein Kontrahent stolperte und so unglücklich fiel, dass er sich schwer verletzte. Ich kam vor Gericht und bekam zwei Jahre Gefängnis auf Bewährung wegen schwerer Körperverletzung, mit der Auflage, eine Entziehungskur zu machen. Ich habe die Kur durchgestanden und war wieder ‚trocken'. Aber ich fand trotzdem keine Anstellung mehr in meinem Beruf. Natürlich wollte mich keine Bank, wenn sie von meiner Geschichte Wind bekam. Schließlich bin ich hier gelandet. So schlimm, wie du dir das wahrscheinlich vorstellst, ist diese Arbeit nicht. Ich verdiene so viel, dass es mir zum Leben reicht. Eigentlich bin ich jetzt ganz zufrieden. Nur dass ich meinen

Kindern nicht begegnen kann, das macht mir schwer zu schaffen."

Sie hatten sich damals noch eine Weile unterhalten und sich gegenseitig an ihre gemeinsame Schulzeit in Nürnberg erinnert. Peter Schörk hieß der nun schon etwas ältere Knabe. Er wollte sie damals nach dem Gespräch auf dem Friedhof zum Essen einladen. Sie hatte jedoch mit dem Hinweis auf ihre feste Bindung an einen Mann freundlich, aber sehr klar abgelehnt. Daraufhin hatten sie sich kameradschaftlich voneinander verabschiedet.

Diesen Peter Schörk fand sie im Nürnberger Telefonbuch. Sie rief ihn gleich am Abend dieses Tages an. Er zeigte sich sehr erfreut, als er hörte, wer am Apparat war. Schörk meinte, das mit dem sehr alten Knochen wäre eine der leichtesten Übungen für ihn. Der Preis dafür wäre, dass er sie diesmal zu einem Abendessen einladen dürfte. Sie stimmte zu, betonte aber, dass der Schädelknochen sehr, sehr alt, also aus dem frühen Mittelalter, stammen müsste. „Kein Problem", schwor Peter Schörk. „Nirgends bekommst du so alte Knochen wie von hier. Der Johannisfriedhof ist eine sehr alte Begräbnisstätte. Bei jeder Beerdigung kommen mehr alte Knochen ans Licht, als du dir vorstellen kannst."

Bereits zwei Tage später rief Schörk bei ihr an und teilte ihr mit, dass er einen wunderbaren und sehr alten Schädelknochen für sie ausgegraben hätte. Sie verabredeten sich noch am gleichen Abend in einem Nürnberger Altstadtlokal, in dem Schörk einen Tisch in einer Nische reserviert hatte. Nach ihrer Essensbestellung zog er tatsächlich mit geheimnisvollem Getue ein in ein Tuch eingeschlagenes Stück eines verwitterten Schädelknochens eines Menschen aus einem mitgebrachten Plastikbeutel. „Der ist so alt, wie du ihn möchtest." Neugierig fragte er: „Willst du nicht verraten, wozu du dieses Ding brauchst?"

„Besser, du weißt es nicht, mein Lieber!", entgegnete sie ihm entschieden.

Nach dem Essen bummelten sie noch ein wenig durch die Stadt. Schörk fragte sie dabei, ob sie noch auf ein Glas Wein mit zu ihm kommen wollte. Sie hatte nichts dagegen. Es kam, wie es wohl kommen musste. Die beiden landeten schließlich in Peters Bett. Leider stellte es sich heraus, dass er impotent war. Schörk war verlegen und traurig. „Die verdammte Sauferei hat mir auch das kaputt gemacht. Ich habe gehofft, bei dir würde es diesmal klappen." Sie hatte ihn getröstet und sich ihren Ärger über die Enttäuschung nicht anmerken lassen. Wieder verabschiedeten sie sich kameradschaftlich voneinander.

Natürlich bedeutete es dann für sie keine Schwierigkeit, bei einem Antiquitätenhändler in Nürnberg einen schönen alten Metallkasten zu finden, den sie sorgfältig mit Samt auslegte und in dem sie das gute Stück schließlich, optisch ansprechend, platzierte und befestigte.

Sauerwein war schier aus dem Häuschen vor Freude und Aufregung, als sie mit dem Kasten bei ihm anrückte. Er informierte sofort Bernhard Nöthlein, Bergers Mittelsmann, dass die Reliquie bei ihm eingetroffen sei. Sauerwein vertraute seiner verehrten Freundin bedingungslos. Er traute ihr einfach nicht zu, dass sie ihm eine Fälschung unterjubeln würde.

Auf Bergers Bedingungen ging er von daher leichten Herzens ein. Als er dazu von Sybille Ohning später hörte, dass er und sein Geschäft im Rahmen einer Dokumentation über den Reliquienerwerb im Fernsehen gezeigt würden, fand er das natürlich besonders toll.

Als seine Freundin ihm zu seiner Verwunderung erklärte, dass es mit einer einfachen Überbringung der Reliquie so quasi von Haus zu Haus doch nicht getan sein konnte, war er ziemlich beunruhigt über diese skurrile Idee mit dem Steinkreuz bei Immeldorf. Er befürchtete, dass sein Kunde wegen dieser Zumutung einen Rückzieher machen könnte, aber sie machte ihm klar, dass sie sich das sehr wünschte. „Ein bisschen Mystik ist doch diesem seltenen Stück angemessen", meinte sie. Sein Kunde würde den Moment der Übergabe dann niemals in seinem Leben vergessen und sein Erlebnis überall herumerzählen. Das wäre gut für sein Image als Antiquitätenhändler bei den reichen Freunden von Berger.

Dieses Argument überzeugte den dauerverliebten Sauerwein. Er stimmte zu.

Sonntagabend und Sonntagnacht

Am Ziel ihrer Racheträume hatte sie Julius Berger dann in einem wahren Blutrausch vor dem Steinkreuz in Immeldorf umgebracht. Jahrelanges Training in Selbstverteidigung und systematisches Krafttraining hatten sie zu dem Schnitt und den heftigen Stichen und Tritten befähigt.

Ruppert Sauerwein, der schon am nächsten Tag davon erfahren hätte, konnte jedoch keine Schlüsse mehr ziehen, denn da war auch er, wenn alles klappen würde, schon nicht mehr unter den Lebenden.

Sie hatte nach der Tat zunächst die Leiche eilig hinter der Bank versteckt und ihr den Knochen in den Mund gerammt. Dann hatte sie Bergers Taschen gründlich ausgeräumt. Es sollte alles nach einem Raubmord durch einen etwas verrückten Täter aussehen.

Ihre Kleider waren bei der Tat völlig mit Blut bespritzt worden. Damit hatte sie natürlich von vornherein gerechnet. Sie hatte in ihrem Wagen Ersatzkleidung und zog sich schnell um. Die blutigen Klamotten packte sie in einen blauen Müllsack, den sie ebenfalls im Auto dabei hatte. Irgendwo auf einem Autobahnparkplatz zwischen Ansbach und Nürnberg würde sie den Sack in einen Abfallkübel werfen.

Gleich danach hatte sie Bergers Luxusschlitten über die Straße gefahren und auf dem Gelände mit den riesigen Lagerhallen zwischen anderen Fahrzeugen geparkt. An dem Auto hatte sie kein Interesse. Ihr ging es in erster Linie um die Befriedigung ihrer Rache. Das versteckte Auto würden sie schnell finden. Wahrscheinlich dachten sich die Polizisten, der Täter würde irgendwann zurückkommen und das teure Gefährt abholen wollen. Sie würden das Gelände von da an überwachen, aber natürlich ohne Erfolg.

Gleich nach diesen Aktionen jagte sie über die Autobahn nach Nürnberg zurück.

Sauerwein hatte sie in seiner Naivität bei Besuchen immer wieder stolz in seinem Laden herumgeführt und ihr seine besten Stücke gezeigt.

„Natürlich muss ich mich schützen, viele sind scharf auf solche einmaligen Kunstwerke", hatte er ihr mit einem etwas überheblichen Tonfall anvertraut und eine Schublade aufgezogen. Sie war erstaunt über die Pistole, die darin lag. Mit echtem Interesse hatte sie zugehört und sich von ihm ausführlich die Funktion der Waffe erklären lassen. Das steigerte seinen Stolz noch mehr.

Er hatte nicht ahnen können, dass sich dabei in ihrem Kopf der Plan zu formieren begann, wie sie ihn als lästigen Mitwisser so umbringen könnte, dass es nach einem Selbstmord aussehen würde.

Sie hatte sich recht problemlos sogenannte K.o.-Tropfen besorgen können, die dabei wirkungsvoll zum Einsatz kommen würden. Ihr nächster Schachzug bestand darin, sich eine Flasche sehr kräftigen Rotwein zu besorgen. Sie mischte die Tropfen in den Wein, indem sie das starke Mittel mit Hilfe einer Spritze durch den Korken hindurch in die Flüssigkeit füllte. Diese Flasche hatte sie auch bei sich, als sie in dieser Nacht nach Nürnberg zurückkehrte.

Unterwegs hatte sie die blutigen Kleider entsorgt. Dann war sie weitergefahren. Es war schon nach dreiundzwanzig Uhr, als Kirsten Sauerwein von einem Parkplatz aus kurz vor der Ausfahrt Nürnberg/Feucht angerufen hatte.

„Hallo mein Lieber! Ich bin kurz vor Nürnberg. In einer knappen Viertelstunde bin ich bei dir. Es hat alles perfekt geklappt. Ich habe das Geld bei mir. Wenn ich zu dir komme, bringe ich eine Überraschung mit. Ich möchte mit dir feiern. Ich habe eine gute Idee, wie wir das machen können. Du kannst dich einstweilen schon darauf freuen. Jetzt musst du mir aber versprechen, dass du trotz der späten Stunde in deinem Büro hinter dem Laden auf mich wartest. Ich möchte, dass du auf deinem Bürostuhl sitzt und dich von dort ab jetzt nicht wegrührst. Ich komme dann einfach zu dir hinein. Dieses Arrangement gehört zu meiner Überraschung. Versprich mir bitte, dass du dich an diese Anweisung hältst."

„Gut, ich verspreche es!", antwortete Sauerwein mit rauer Stimme. Er war wegen der positiven Nachricht hoch erfreut. Welche Überraschung würde Kirsten wohl mitbringen? Am liebsten wäre es ihm natürlich gewesen, sie würde den Anlass nutzen und seine Zuneigung erwidern.

Ruppert Sauerwein war seit langer Zeit in Kirsten Wallner verlieb. Sie hatten beide in Nürnberg jahrelang die gleiche Schule besucht.

Kirsten war seine Traumfrau. Sie war zwar immer freundlich zu ihm gewesen, hatte sich aber nie auf sein Werben eingelassen. Das Gefühl der Verliebtheit war ganz deutlich immer auf seiner Seite gewesen. Als sie dieser Tage wieder einmal in ihrer gemeinsamen Heimatstadt zu Besuch gewesen war, hatte er ihr voller Stolz sein Geschäft gezeigt.

Sauerwein hatte dabei etwas mit der Aussicht auf einen größeren Verkauf geprahlt. Ein reicher Ansbacher Kunde war an seinem alten Niederländer interessiert. Der Kunde hatte gerade das Geschäft verlassen gehabt, als seine Angebetete so unverhofft zu ihm hereinkam.

„Und heute Abend würde sie wieder zu ihm kommen", schwärmte er sich vor.

Nun schien sich das Blatt ihrer Beziehung wirklich zu wenden. In den letzten Tagen hatte Kirsten so etwas wie Zuneigung zu ihm gezeigt. Sie blickte ihn immer wieder tief in die Augen und lächelte ihn zärtlich an. Einmal hatte sie ihm sogar einen Kuss auf die Wange gegeben, als sie ihm offenbarte, wo die Reliquie des heiligen Gumbertus zu finden war. Der Wunsch zu dem Kuss war ihr wohl im Überschwang ihrer Begeisterung gekommen, als er ihr den Auftrag gab, mit dem Besitzer des Knochens zu verhandeln.

Kirsten Wallner hatte sich auch für sein Privatleben interessiert. Sie hatte ihn eindringlich gefragt, ob er persönlich irgendwie gebunden wäre. Das hatte er schnell verneint. Er war zwar in der Vergangenheit einige Freundschaften mit Frauen eingegangen, aber die hielten jeweils nicht sehr lange. Keine konnte Kirsten schließlich das Wasser reichen.

Die von ihm verehrte Frau hatte die Übergabe der Reliquie selbst besorgen wollen. Das hatte sie sich ausbedungen, bevor sie mit dem vorherigen Besitzer in Kontakt getreten war. Ihr Anruf, dass alles geklappt hatte und sie im Besitz des Geldes war, hatte sein Herz vor Freude einen Sprung machen lassen. Jetzt aber, als er so auf sie wartete, war ihm bewusst, wie heftig sein Herz aus Vorfreude auf diese attraktive Frau schlug. Vorfreude auf sie, sie und nur sie! Voller Spannung saß er da und malte sich aus, wie schön es wäre, diesen Abend und die Nacht mit Kirsten zu verbringen. Welche Überraschung sie wohl mitbrachte?

Um sich die Zeit zu vertreiben, versuchte er, sich mit Büroarbeit abzulenken. Es gelang ihm nicht. Immer wieder verlor er die Konzentration und lauschte, ob Kirsten nicht endlich kommen würde.

Plötzlich bewegte sich der Vorhang vor der Tür des Büros. Merkwürdig, er hatte nicht gehört, dass die Frau den Laden betreten hatte.

Kirsten schlug den Vorhang zurück und betrat das Büro mit einem strahlenden Lächeln. „Bleib bitte sitzen und sage gar nichts!“, mahnte sie ihn. Dann legte sie das Kuvert mit den Geldscheinen darin vor ihn auf den

Schreibtisch. „Hier, die zehntausend Euro. Aber meine Überraschung kommt auch noch."

Mit verheißungsvoller Miene zeigte sie ihm eine Flasche mit Rotwein, die sie bis dahin hinter ihrem Rücken versteckt hatte.

„Lieber Ruppert", sagte sie mit leiser Stimme und einem zärtlichen Lächeln, „ich denke, es ist an der Zeit, dass wir unsere langjährige Beziehung zueinander verändern. Ich möchte, dass wir von heute an ein richtiges Paar sind mit allem Drum und Dran. Wenn du das auch möchtest, dann sag nichts und bestätige meinen Wunsch nur mit einem Nicken."

Sauerwein nickte heftig. Seine Augen glänzten vor Glück, am liebsten hätte er laut ja geschrien.

Er brachte es aber fertig zu schweigen, weil er Kirstens Spiel nicht verderben wollte. Kirsten lächelte ihn verheißungsvoll an.

Geschickt zog sie mit einem mitgebrachten Korkenzieher den Korken aus der Rotweinflasche und schenkte zwei Gläser ein.

„Bevor du ganz sicher bist, auf was du dich mit mir einlässt, werde ich mich dir zeigen, so wie mich Gott geschaffen hat. Ich möchte, dass du dieses Glas Wein vollständig austrinkst, dann werde ich damit beginnen, mich ganz langsam vor dir auszuziehen. Anschließend werde ich Sachen mit dir machen, von denen du bisher nur geträumt hast. Vorerst ist es wichtig, dass du dein erstes Glas auf einmal austrinkst. Dann sollst du alles, was ich dir zeige, schweigend ansehen."

Ruppert Sauerwein war es bei diesen verheißungsvollen Worten im Moment ganz heiß geworden. Er wähnte sich nahe am Ziel seiner innigsten Wünsche.

Er hob sein volles Glas strahlend in ihre Richtung. Dann schloss er seine Augen und trank das Glas Rotwein in langen Zügen aus.

Kirsten hatte sich ebenfalls ein Glas eingeschenkt und tat so, als würde sie von ihrem Glas trinken. Sie stellte es jedoch geschickt hinter sich. Ruppert Sauerwein merkte den Trick nicht. Schnell schenkte sie ihm nach. „Trink, Liebster", hauchte sie dabei.

Das Getränk zeigte wohl bereits seine Wirkung auf den erwartungsvollen Mann. Er stierte sie mit glänzenden Augen an. Sein Mund zeigte ein Lächeln, das ihn etwas dämlich aussehen ließ. „Jetzt entspanne dich, schau mir zu und genieße einfach", schnurrte sie mit dunkler Stimme. Dann zog sie ganz langsam ihren Pullover über den Kopf und ließ ihn mit lasziven Bewegungen zu Boden fallen. Ihre Bluse folgte.

Sauerwein schien wie gebannt. Er starrte sie aus gläsrig glänzenden Augen an und verfolgte fasziniert jede ihrer Bewegungen. Zwischendurch trank er wie abwesend vom Wein.

Langsam öffnete sie ihren BH und kam ihm mit ihren nackten Brüsten, deren Knospen hoch aufgerichtet standen, ganz nahe. Er atmete ihren Geruch mit sichtbarem Genuss ein und versuchte, nach ihr zu haschen. Sie wich ihm jedoch mit einer raschen Bewegung aus. Das betäubende Getränk tat bereits seine Wirkung. Er griff ins Leere. Ihr Ausweichen erhöhte offenbar sein Verlangen. Er versuchte, sich von seinem Sessel zu erheben, aber auch das gelang ihm nicht mehr. Sie ließ ihre perfekten Brüste noch ein paar Mal seinem Gesicht ganz nahe kommen.

Sauerweins Blick verschwamm immer mehr.

Sie schickte sich gerade an, sich ganz langsam und mit aufreizenden Beckenbewegungen ihren Rock auszuziehen, als Sauerwein plötzlich ohne weitere Vorwarnung vornüber sank und in einen Schlaf fiel, der einer Bewusstlosigkeit glich.

Schnell zog sie sich wieder an und griff nach Sauerweins Pistole, die sie beim Hereinkommen in den Laden lautlos aus der Schublade geholt hatte. Dann drückte sie den Bewusstlosen zurück an die Rückenlehne seines Sessels. Mit Bedacht setzte sie die Pistole genau über der Nasenwurzel an die Stirn und drückte eiskalt ab. Es krachte ohrenbetäubend. Der Rückschlag der Waffe war stärker, als sie gedacht hatte, aber sie hatte erreicht, was sie wollte. Der Schuss hatte Sauerwein sofort getötet. Die Wand hinter ihm war voller Blutspritzer.

Der Schuss hatte seinen Kopf zunächst nach hinten gerissen, dann war er seitlich weggerutscht. Blut lief ihm über das Gesicht. Es gab nun keinen Zeugen ihres Mordes an Julius Berger mehr.

Kirsten Wallner wandte sich voller Ekel ab. Schnell ging sie dann zu einem Ausguss an der Wand des Raumes und schüttete den Wein aus ihrem Glas hinein. Sorgsam spülte sie danach Glas und Ausguss ab. Dann steckte sie ihr Glas in eine mitgebrachte Plastiktüte und legte es in ihre Handtasche. Aus der Tasche zog sie ein paar Handschuhe, die sie überstreifte. Nun reinigte sie die Weinflasche mit einem Tuch und drückte sie Sauerwein ein paar Mal in die Hand, um seine Abdrücke darauf zu verteilen. Auch die Pistole wischte sie sorgfältig mit einem Tuch ab. Als Nächstes nahm sie Sauerweins Arm und platzierte ihn so, dass die Pistole in seiner rechten Hand lag und nicht herunterfallen konnte. Sie bemerkte in ihrer Aufregung nicht, dass ihr bei diesen zur perfekten Vortäuschung eines Selbstmordes gedachten Maßnahmen gleich mehrere Fehler unterliefen.

Nachdem alles so hergerichtet war, wie sie es sich ausgedacht hatte, blickte sie sich noch einmal genauestens um. Alles entsprach ihren Vorstellungen.

Sie löschte mit ihren behandschuhten Händen alle Lichter, wischte vorsichtshalber Schalter und Türklinken sauber. Nachdem sie sich vergewissert hatte, dass sich niemand auf der nächtlichen Straße aufhielt, verließ sie den Laden. Als sie vor dem Laden stand, stieg in ihr plötzlich eine heftige Übelkeit auf. Sie merkte, wie der Adrenalinschub ihr Herz rasen ließ. Sie erbrach sich auf dem Gehsteig. Als es ihr wieder etwas besser ging, wollte sie zu ihrem Wagen eilen, doch ihre Knie versagten ihr den Dienst. Sie sank auf den eiskalten, nassen Gehsteig. Alles an ihr schien zu vibrieren. Mit Mühe gelang es ihr, aufzustehen und auf ihr Auto zuzulaufen. Als sie es erreicht hatte, öffnete sie es mit ihrem elektronischen Schlüssel. Trotz der Kälte lief ihr der Schweiß über das Gesicht. Auch ihr Körper fühlte sich schweißnass an. Mit zitternden Fingern brauchte sie viel Willenskraft, um den Schlüssel in das Zündschloss zu stecken und ihn umzudrehen. Der Wagen sprang sofort an. Als sie vor sich auf die Straße blickte, sah sie plötzlich alles verschwommen.

Kirsten ermahnte sich trotzdem, sofort loszufahren. Ganz konzentriert und um strikte Einhaltung aller Verkehrsregeln bemüht, gelang es ihr, auf fast leeren Straßen und auf der nur spärlich befahrenen Straße nach Ansbach zu kommen. Hinterher hätte sie nicht mehr beschreiben können, wie sie das geschafft hatte.

In ihrer Wohnung zog sie hastig ihre Kleider aus, ging kraftlos und leicht schwankend nackt in ihr Bad und stellte sich unter die Dusche. Sie duschte lange und sehr heiß, so als wollte sie das Geschehene von sich abwaschen. Dann holte sie sich eine starke Beruhigungstablette und eine Schlaftablette aus ihrem Badezimmerschrank und nahm beide mit einem großen Schluck Wasser aus ihrem Zahnputzglas ein.

Vom Badezimmer ging sie in ihre Küche, holte sich eine Flasche Bier aus dem Kühlschrank, öffnete sie und trank sie mit langen Schlucken aus. Dann nahm sie eine zweite Flasche mit in ihr Wohnzimmer, setzte sich in einen ihrer gemütlichen Sessel. Ihr gegenüber stand auf einem Sideboard das Bild einer hübschen jungen Frau.

„Ich habe es getan!", sagte sie mit schwacher Stimme zu dem Bild hin. „Ich räche dich!"

Immer noch vibrierte alles in ihr. Ihr war bewusst, dass sie unter einem Schock stand. So saß sie einfach nur da, sah das Bild mit großer Trauer im Herzen an. Tränen liefen ihr über die Wangen. Sie merkte es nicht. Schluckweise trank sie immer von der Bierflasche und wartete auf die Wirkung der Arzneimittel und des Alkohols.

Wie sie so dasaß, versuchte sie, jedes Zurückbesinnen aus ihrem Kopf zu verbannen. Sie wollte sich nur auf das Bild ihrer verstorbenen Tochter konzentrieren, aber die anderen Bilder, die Szenen der beiden Morde, die sie an diesem Abend und in der Nacht verübt hatte, wollten sich nicht vertreiben lassen.

Sie stemmte sich schließlich aus dem Sessel hoch und holte sich noch eine Flasche Bier aus dem Kühlschrank. Mit der Flasche in der Hand ging sie in ihr Schlafzimmer. Dort legte sie sich auf das Bett, trank und wartete. Die hässlichen Bilder auf ihrer inneren Leinwand verschwammen nach und nach. Sie wirbelten noch ein wenig darauf durcheinander, dann wurde die Projektionsfläche dunkel. Sie legte sich hin und war kurz darauf tief eingeschlafen.

Montagmorgen

Nach einer Nacht, mit schrecklichen Alpträumen, in der sie unruhig geschlafen hatte, erwachte Kirsten mit heftigen Kopfschmerzen. Sie öffnete die Augen und sah auf die Uhr auf dem Nachtkästchen.

Die Uhr zeigte bereits halb elf Uhr an. Sie fühlte sich schwach und war kaum im Stande aufzustehen, aber der Druck auf ihrer Blase war so stark, dass ihr keine Wahl blieb. Sie stand mühsam auf und wankte ins Badezimmer. Nachdem sie sich erleichtert hatte, sah sie ihr Bild im Badspiegel an. Eine Frau mit zerrauften, strähnigen Haaren, einem totenbleichen Gesicht und glanzloser Haut blickte ihr entgegen. Sie sah einfach schrecklich aus. Den Blick abwendend, griff sie nach dem Zahnputzglas, füllte es mit Leitungswasser und trank es leer.

Das Gefühl einer totalen Erschöpfung wich dadurch nicht ein bisschen.

Sie schlich zurück ins Schlafzimmer und verkroch sich in ihr Bett. Eine Zeitlang lag sie auf dem Rücken und sah mit halb geschlossenen Augen zur Decke hoch. In ihrem Kopf drehte sich das Karussell der Gedanken. Sie fand sich mit offenen Augen mitten in einem Alptraum, der nicht enden wollte. Sie empfand Trauer. Die kippte in Wut um. Schließlich wurde sie von den negativen Gefühlen erlöst. Eine tiefe Befriedigung über das Gelingen ihrer Rache erfasste sie und ließ sie grimmig lächeln. Diese euphorische Phase wurde aber jäh ausgelöscht, als sie an Ruppert Sauerwein dachte. Er war in sie verliebt gewesen. Sie konnte seine Liebe nicht erwidern, aber er war ihr auch nicht unsympathisch gewesen. Unter anderen Umständen hätte sich ihre Beziehung vielleicht doch noch irgendwie festigen können. Sie fühlte sich mit einem Mal sehr einsam und bedauerte, dass sie den Mann um der Rache willen umgebracht hatte.

Tränen der Trauer und des Zorns liefen ihr über das Gesicht. Dazu mischte sich jetzt die Angst vor Entdeckung durch die Polizei. Es war die Angst vor der öffentlichen Zurschaustellung vor Gericht und die Angst vor dem jahrelangen Eingesperrtsein in einer engen Zelle. Sie fühlte sich allen diesen heftigen Gefühlen, die sie überfielen, als sie so dalag, hilflos ausgeliefert.

Um dieser Situation zu entgehen, stand sie noch einmal mit schmerzendem Kopf auf, schluckte im Bad zwei Tabletten Aspirin und nahm eine der starken Beruhigungspillen. Dann legte sie sich wieder ins Bett und schlief nach einer Weile ein.

Als sie wieder erwachte, war es bereits achtzehn Uhr. Weil sie Hunger spürte, stand sie auf und ging in ihre Küche. Zuerst trank sie ein Glas Leitungswasser, dann öffnete sie den Kühlschrank und holte Käse und Wurst heraus, dazu eine Dose Bier. Vom inzwischen altbackenen Brot schnitt sie sich zwei Scheiben ab und bestrich sie mit Butter. Am Küchentisch sitzend riss sie die Bierdose auf und trank mit langen Schlucken direkt aus der Dose.

Nachdem sie zwei belegte Brote gegessen hatte, wurde sie wieder von einer großen Müdigkeit erfasst. Ihre Beine fühlten sich an, als wären sie aus Blei. Sie schleppte sich zu ihrem Bett, ließ sich hineinfallen und schlief gleich wieder ein.

In der folgenden Nacht schlief sie ruhiger und schöpfte neue Kraft, um ihren Rachefeldzug wieder aufzunehmen.

Dienstag sieben Uhr

Höchste Zeit aufzustehen. Kirsten trieb sich selbst resolut an und versuchte, jede Schwäche aus sich zu verbannen.

An diesem Morgen hatte sie sich vorgenommen, eine weitere Aufgabe auf dem Weg ihrer Rache zu erledigen.

Nachdem sie ihre Kaffeemaschine eingeschaltet hatte, ging sie ins Bad, wusch sich das Gesicht und kämmte ihr Haar. Anschließend wählte sie ein graues Kostüm in ihrem Kleiderschrank, zog sich an und betrachtete sich im Spiegel. Sie war mit ihrem Anblick zufrieden. Von ihr ging in dieser Aufmachung eine gewisse Seriosität aus, das war gut so, falls sie gezwungen sein würde, ihren Mantel auszuziehen.

Ihr Kaffee war inzwischen durchgelaufen. Sie schnitt sich eine Scheibe Brot ab und bestrich sie mit Butter, dann holte sie eine große Tasse aus dem Schrank und schenkte sich Kaffee ein. Hastig trank sie von dem heißen Getränk und verbrannte sich prompt die Zunge. Mit einem kleinen Schmerzensschrei setzte sie die Tasse ab und biss in das Butterbrot. Daraufhin nippte sie vorsichtiger an der Tasse.

Nachdem sie ihr Frühstück zu sich genommen hatte, ging sie zu ihrem Telefon und wählte Bergers Telefonnummer. Nach einiger Zeit meldete sich eine verschlafene männliche Stimme: „Hier Moritz Berger."

„Herr Berger, bitte entschuldigen Sie, dass ich Sie schon so früh am Morgen störe. Mein Name ist Rosemarie Fischer. Zunächst mein herzliches Beileid zum Tod Ihres Vaters. Ich rufe Sie im Auftrag von Ruppert Sauerwein wegen der Reliquien an, die Ihr Vater von Herrn Sauerwein gekauft hat. Herr Sauerwein hat mich beauftragt, Ihnen persönlich wichtige Dokumente in dieser Sache zu übergeben. Es tut ihm leid, Ihnen die Sachen nicht persönlich überbringen zu können. Er lässt Sie jedoch auch ganz herzlich grüßen."

„Danke", erwiderte Bergers Sohn. „Ich finde es dennoch merkwürdig, dass Sie nochmals wegen dieser Reliquie auf mich zukommen. Ich dachte, die ist nach dem Mordanschlag auf meinen Vater irgendwie verschwunden."

„Das stimmt schon", antwortete sie gedehnt, „aber Ihr Vater hat dafür schon eine Anzahlung geleistet. Außerdem lagen noch einige Expertisen bei uns vor, die Ihrem Vater zustehen. Herrn Sauerwein liegt daran, dass ich Ihnen das alles persönlich übergebe. Sind Sie jetzt zu Hause? Ich bin eben nach Ansbach gekommen und könnte Sie Ihnen vorbeibringen. Das geht ganz schnell."

„Ja, kommen Sie in Gottes Namen. Ich muss mich nur anziehen, ich habe nämlich noch geschlafen."

„Oh, entschuldigen Sie vielmals, das tut mir leid, dass ich Sie geweckt habe, aber ich bin auf dem Weg nach Nürnberg, weil ich dort um acht Uhr dreißig einen Termin habe. Ich störe Sie also wirklich nicht lange."

„Ist schon gut, ich kann jetzt sowieso nicht mehr schlafen. Kommen Sie vorbei."

„Danke, bis gleich!" Damit legte sie den Hörer auf und machte sich fertig, um die Wohnung zu verlassen. Vorher ging sie noch einmal in ihr Wohnzimmer und nahm das Bild der jungen Frau in die Hand. „Ich werde dich rächen, das verspreche ich dir. Alle, die uns das angetan haben, werde ich töten."

Sie drückte ihre Lippen auf das Bild, dann stellte sie es zurück und ging wieder in den Flur hinaus.

Als sie ihren Mantel angezogen und einen Regenhut mit breiter Krempe aufgesetzt hatte, griff sie im Gang nach einer Plastiktasche, in der sich Ersatzkleidung und ein großer, blauer Müllsack befanden.

An der Wohnungstüre hielt sie noch einmal inne und

warf einen prüfenden Blick in ihre große Handtasche. Ihr scharfes Messer, mit dem sie Julius Berger getötet hatte, war noch darin. Sie hatte es nach der Tat hektisch in eine Plastiktüte gesteckt. Es war noch voller Blut. Sie ging zurück in ihre Küche und spülte das Messer sorgfältig ab, dann steckte sie es wieder in ihre Tasche. Eine weitere unbenutzte Plastiktüte und einen größeren weißen Briefumschlag legte sie dazu.

Mit ihrem Auto fuhr sie in der Dämmerung dieses frühen Novembermorgens durch die Stadt. Die Straßenbeleuchtung brannte noch. Die ersten Schulkinder waren jedoch schon auf dem Weg zur Schule unterwegs und der Berufsverkehr war ebenfalls schon in vollem Gange. Auch auf den Straßen des Ansbacher Weinbergs war bereits einiges los, deshalb stellte sie ihren Wagen ein ganzes Stück vor Bergers Haus ab und ging zu Fuß weiter.

Als sie vor dem Haus stand, drückte sie auf den Klingelknopf und stellte sich lächelnd vor das darüber angebrachte Kameraauge.

Der Lautsprecher am Tor knackte, dann sagte eine männliche Stimme: „Sind Sie Frau Fischer, mit der ich gerade telefoniert habe?"

„Ja, das bin ich", antwortete sie. Der elektrische Türöffner surrte. Sie drückte das Tor auf und ging zum Haus. An der Haustüre erwartete sie ein hochgewachsener schlanker Mann mit vollem dunklem Haar und einem gut geschnittenen, sehr bleichem Gesicht. Er trug Jeans und über einem karierten Hemd einen lässig weiten blauen Pullover. Seine Augen waren verquollen.

Sie zog den Briefumschlag aus ihrer Tasche und ging auf Moritz Berger zu. „Hier sind Ihre Unterlagen. Das Geld, ich meine die zehntausend Euro Ihres Vaters, habe ich in meiner Tasche. Kann ich hereinkommen, dann kann ich es Ihnen vorzählen. Sie müssten mir dann bitte noch eine Quittung unterschreiben."

Moritz Berger schüttelte den Kopf: „Du meine Güte, wer trägt denn heutzutage noch so viel Geld mit sich herum. Eine Überweisung wäre doch einfacher gewesen.“

„Ich handle als Angestellte nur auf Anweisung“, beteuerte sie lächelnd.

„Also, dann kommen Sie bitte herein, dass wir das hinter uns bringen.“

Er drehte sich um und ging ihr voraus in das Esszimmer. Kaum hatte er es betreten, hörte er die Stimme der Frau hinter sich: „Herr Berger, sehen Sie mich an!“

Er wandte sich erstaunt um. Jedes Lächeln war aus dem Gesicht der Frau, die eigentümlich nahe vor ihm stand, verschwunden. Ihre Augen schienen zu glühen und ihr Mund war zu einem grausamen Grinsen verzogen. „Du bist der Sohn und Erbe dieses Monsters. Du sollst so sterben wie dein Vater. Ich räche meine Tochter, die ihr getötet habt“, fuhr sie ihn an.

Moritz sah entsetzt, wie sie ein Messer aus ihrer Handtasche holte. Instinktiv machte er eine Abwehrbewegung und schrie: „Nein, bitte nicht!“

Die Frau überraschte ihn jedoch mit einem gezielten Fußtritt zwischen seine Beine. Er krümmte sich zusammen. Im gleichen Moment stieß sie mit dem Messer zu. Er fiel zusammengekrümmt auf die Knie. Sofort quoll Blut aus der Wunde und durchtränkte seinen Pullover, als sie das Messer wieder aus seiner Seite zog. Dann fing der junge Mann an, laut um Hilfe zu schreien. Mit einem heftigen Fußtritt an den Kopf brachte ihn Kirsten Wallner zum Schweigen. Er sank ohne einen weiteren Laut bewusstlos auf den Boden.

Kirsten hob das Messer an, um weiter auf ihn einzustechen, aber plötzlich überkam sie eine große Schwäche. Es war, als wäre alle Energie in ihr plötzlich erloschen. Ihre Beine fingen an zu zittern. Sie musste sich am Türrahmen festhalten, weil ihr plötzlich schwindlig geworden war.

Ihre Wut hatte sich plötzlich in eine überwältigende Trauer gewandelt.

Mit einem Mal kam ihr die ganze Sinnlosigkeit ihres Tuns ins Bewusstsein. Was sie getan hatte, würde ihre Tochter nicht mehr lebendig machen. Diese Erkenntnis traf sie wie ein Schlag. Sie musste mit ihrem Verlust und mit der schrecklichen Trauer leben. Nichts und niemand konnte ihr dieses Leid abnehmen.

Sie sank auf die Knie und weinte bitterlich. Nach einiger Zeit fand sie die Kraft, sich wieder hochzurappeln. Mit zitternden Fingern steckte sie das blutige Messer in den Plastikbeutel in ihrer Tasche.

Dann floh sie aus dem Haus, in der Überzeugung, Moritz Berger, der reglos am Boden lag, getötet zu haben. Draußen zog sie die Hutkrempe vor ihr Gesicht und lief zu ihrem Auto. Hinter dem Steuer sitzend brach sie noch einmal weinend zusammen. Schließlich fasste sie sich und holte ein Päckchen Papiertaschentücher aus dem Handschuhfach, zog eines heraus und schnäuzte sich. Mit einem anderen wischte sie sich die Tränen aus dem Gesicht.

Nach einem Moment des Überlegens wusste sie, was sie nun tun müsste. Entschlossen nahm sie ihr Handy aus ihrer Tasche und wählte.

Dienstag acht Uhr

Pünktlich um acht Uhr trafen sich Sperber, Konstanze Grunwald und Karlo Grollmisch an diesem Dienstag in der Inspektion, um „die Morgenlage", wie sie ihre tägliche Morgenbesprechung genannt hatten, vorzunehmen.

Sperber teilte nach einer kurzen Begrüßung jedem die vorläufigen Tagesaufgaben zu. „Konstanze, im Anschluss an unsere Besprechung möchte ich zusammen mit dir Bergers Sohn sprechen und ihn gründlich unter die Lupe nehmen. Barbara hat uns gestern bereits für heute früh bei ihm angemeldet. Er ist den ganzen Morgen zu Hause. Vorher muss ich allerdings noch schnell meine Mutter anrufen."

Zu Karlo gewandt: „Lieber Karlo, ich will mehr über diese Steinkreuze wissen. Bitte geh zu diesem Herrn Obenauf und lass dich von ihm über diese Denkmäler unterrichten. Wenn du das hinter dich gebracht hast, erkundige dich bitte nach den Ergebnissen der Überprüfung der Geschäftsbücher von Bergers Firma Sanaplant. Außerdem brauche ich die Kontostände aller seiner Geschäfts- und Privatkonten. Erkundige dich bitte auch, wann Bergers Leiche zur Bestattung freigegeben wird, und teile das Datum Sybille Ohning schonend mit." Karlo hatte sich zu den Aufträgen Notizen gemacht und nickte zustimmend.

„Wir besprechen unsere Ergebnisse heute um sechzehn Uhr hier im Büro. Also dann an die Arbeit. Ich wünsche uns viel Erfolg!"

Als beide Kommissare den Raum verlassen hatten, griff Sperber nach seinem Telefonhörer und rief seine Mutter in dem Wohnstift an, in dem sie seit etwa zwei Jahren lebte.

Nachdem es einige Male angeläutet hatte, meldete

sich eine resolute Stimme: „Hier Hermine Sperber! Wer spricht?“

„Liebe Mutter, hier ist Wolfgang. Julia hat mir gesagt, du willst mich wegen einer wichtigen Sache sprechen?“

„Also Wolfi, ich habe schon nicht mehr gedacht, dass du noch mal anrufst!“, tönte es vorwurfsvoll aus dem Hörer. „Ich sitze hier und zerbreche mir den Kopf und du rührst dich nicht. Sag mal, was tust du eigentlich die ganze Zeit?“

„Mutter, tut mir leid, aber wir haben einen Mordfall zu bearbeiten. Vielleicht hast du heute Morgen darüber in deiner Zeitung gelesen?“

„Stimmt, der Raubmord an Doktor Berger. Du, den habe ich sogar gekannt! Einmal habe ich nach dem Gottesdienst in Sankt Gumbertus das Thema ‚Eschatologie‘ mit ihm durchdiskutiert. Ein feiner Herr und sehr gebildet. Er muss auch ungeheuer betucht gewesen sein.“

Sie seufzte: „Na ja, die Reichen haben auch ihre Sorgen, das sage ich zu Frau Doktor Wasmeier auch immer. Du weißt schon, deren Sohn der Chefarzt auf der inneren Station vom Nordklinikum ist.“ Wolfgang Sperber bekam es mit der Angst zu tun, das Gespräch würde nun so weitergehen. „Mutter, ich möchte dich morgen um vierzehn Uhr auf eine halbe Stunde besuchen. Ist dir das recht?“

„Morgen ist besser als heute. Ich muss nachher zur Gymnastik. Um elf Uhr haben wir unseren Literaturkreis. Wir lesen gerade Kafka. Am Nachmittag muss ich unbedingt einen Geburtstagsbesuch machen. Am Abend findet ein Kammerkonzert hier im Haus statt, das ich nicht versäumen möchte. Aber morgen um vierzehn Uhr ist mir gar nicht recht, Wolfi. Du weißt doch, da habe ich meine Singstunde. Komm doch kurz nach fünfzehn Uhr. Um sechzehn Uhr bin ich zum Tee bei Frau Doktor Wasmeier eingeladen. Sie hat noch zwei sehr nette Damen dazugeladen. Ich bin schon gespannt, was die so erzählen.“ Nachdenklich murmelte Hermine Sperber vor sich hin: „Was bringe ich nur mit?“

Wolfgang unterbrach ihr Grübeln: „Mutter, ich habe jetzt nur wenig Zeit. Ich komme also um fünfzehn Uhr. Sag mir nur noch schnell: Was ist Eschatologie?“

„Also Wolfi, das weiß man doch als Mensch mit einer gewissen Bildung! Eschatologie ist die Lehre von den Letzten Dingen.“

„Von den Letzten Dingen? Was soll das nun wieder bedeuten?“

„Also Wolfi, bitte sag niemand, dass du das nicht weißt! Du bist doch Kriminalhauptkommissar. Da lachen doch die Hühner und deine Untergebenen schauen auf dich herab!“

„Jetzt sag schon, was das ist. So viel Zeit habe ich nicht. Ich muss jetzt gleich mit Konstanze Grunwald zu einer Zeugenbefragung.“

„Immer hast du keine Zeit! Und ich arme alte Frau sitze in meinem Zimmer und blicke trübe durchs Fenster in die Gegend hinaus. Also, die Letzten Dinge in der Theologie sind unter anderem die Wiederkunft Christi auf Erden. Bitte merke dir das jetzt!“

„Gut, ich merke es mir, aber das mit dem einsam und trüb zum Fenster hinausschauen nehme ich dir nicht ab. Ich glaube eher, du hast manchmal mehr Stress als ich. Außerdem, Frau Doktor Wasmeier hat keinen Doktortitel. Ihr Sohn ist Doktor, nicht sie.“

„Wolfi, siehst du, wie kleinlich du bist! Frau Wasmeier könnte schließlich einen Doktortitel haben. Sie ist sehr belesen und überhaupt! Ich habe den Eindruck, je älter du wirst, desto mehr wirst du zu einem Erbsenzähler. Du musst in dieser Hinsicht besonders auf dich aufpassen.“

„Also Mutter, jetzt muss ich unser Gespräch beenden. Wir können morgen am Nachmittag weiterreden.

Bis dahin einen schönen Tag." „Dir auch Wolfi, fahr morgen vorsichtig!"

Nachdem Sperber den Hörer aufgelegt hatte, atmete er ein paar Mal tief und ruhig ein und aus. Dann rief er bei der Kriminalpolizei in Nürnberg an und fragte, ob er jemanden sprechen könne, der mit dem Selbstmord von Ruppert Sauerwein befasst war. Nach einer kleinen Runde in der Warteschleife meldete sich eine sonore Stimme: „Hier Hinzmann!"

„Grüß Gott, Herr Hinzmann. Mein Name ist Sperber von der Kripo in Ansbach. Ich möchte mit Ihnen über den Fall Sauerwein sprechen. Kann ich morgen Vormittag so gegen zehn Uhr zu Ihnen kommen?"

„Ja, das ist möglich, Herr Kollege. Ich richte die Unterlagen einstweilen für Sie her. Allerdings habe ich nur eine halbe Stunde Zeit für Sie. Bei mir türmt sich die Arbeit."

„Schön, dann sehen wir uns morgen. Auf Wiederhören."

Sperber ging ins Büro der Sekretärin: „Barbara, Konstanze und ich sind dann mal bei einer Zeugenbefragung. Gibt es etwas Neues?"

„Ja, die Kollegen, die sich mit den Büchern von Bergers Firma beschäftigt haben, haben dir einen vorläufigen Bericht gemailt. Sie seien noch lange nicht am Ende mit ihrer Untersuchung, teilten sie mir telefonisch mit." Sie reichte ihm einige Blätter bedruckten Papiers.

Damit ging er ins Büro von Konstanze und sagte ihr, dass er zur Abfahrt zu Moritz Berger fertig war.

„Ist recht, ich ziehe mir nur etwas drüber", stimmte Konstanze zu. „In zehn Minuten bin ich unten beim Auto."

Hastig fing Sperber an, sich in die Nachricht der Beamten zu vertiefen, die mit der Untersuchung der Firma beschäftigt waren.

„Mit der Firma scheint alles in Ordnung zu sein", brummte er nach der Lektüre. „Aber die sind noch am Arbeiten. Da kann durchaus noch etwas auftauchen, was mit unserem Fall zu tun hat."

Dienstag acht Uhr dreißig

Als er bei ihrem Dienstwagen ankam, stand Konstanze schon davor. Sie hatte sich in ihren Mantel gekuschelt und schnatterte demonstrativ mit den Zähnen. „Buh, ist das kalt geworden! Bestimmt hat es jetzt unter null Grad." Und mit einem skeptischen Blick zum Himmel: „Gleich fängt es an zu schneien!"

„Mal mir nur nicht den Teufel an die Wand", rief ihr Sperber zu, während er den elektronischen Türöffner des Wagens drückte. „Morgen kann ich auf meiner Fahrt nach Nürnberg keinen Schnee gebrauchen."

Beide Beamten stiegen in ihr Fahrzeug, fuhren über die Promenade an der Residenz vorbei und überquerten die Kreuzung der Bundesstraße. Über die Brauhausstraße und die Rügländer Straße erreichten sie den oberen Weinberg. Nach einigen hundert Metern parkten sie ihren Wagen vor einer großen Doppelgarage. Neben der Garage befand sich ein Tor, das ein wenig offen stand. Konstanze und Sperber stiegen aus und liefen zu dem Tor hin. Überall bemerkten sie Kameras und Bewegungsmelder. Berger hatte sein Haus wirklich sehr gut gesichert.

Vom Haus hinter der Garage war von der Straße aus nichts zu sehen.

Berger drückte auf den Klingelknopf neben dem Tor, bereit, seinen Ausweis vor das Kameraauge zu halten. Nichts rührte sich. „Gehen wir rein", sagte Sperber und hatte plötzlich ein mulmiges Gefühl im Bauch. Sie öffneten das Tor ganz. Vor ihnen lag ein längerer, mit farbigen Steinplatten belegter Weg, links und rechts von Mauern gesäumt. Auf der linken Seite, hinter der hohen Mauer, war ein großer Garten zu vermuten. Hinter der rechten Mauer begann offenbar das Nachbargrundstück. Das dazugehörige Haus stand ein ganzes Stück von der Mauer entfernt.

Vor dem Hauseingang, dessen Überdachung auf zwei Säulen ruhte, blieben sie stehen, in Erwartung, von Berger begrüßt zu werden.

Sie bemerkten, dass die Haustüre einen Spalt offen stand. Ob Moritz Berger sie schon entdeckt und auf geheimnisvolle Weise beide Türen für sie geöffnet hatte?

Sperber klopfte an die Haustüre und rief laut: „Herr Berger, sind Sie da?“ Niemand antwortete. „Komm, wir gehen rein, mir ist kalt“, quengelte Konstanze hinter ihm. Berger öffnete die Türe ganz. Sie betraten eine große Diele, die schachbrettartig mit schwarzweißen Fliesen belegt war. Tageslicht fiel durch ein Fenster über der Eingangstüre, das bis zum ersten Stock hinaufreichte. Vor ihnen zog sich ein Stockwerk höher eine Balustrade hin, die über eine breite, geschwungene Treppe mit kunstvoll geschmiedetem Geländer vom Erdgeschoss aus zu erreichen war.

Wieder rief Sperber laut und bekam keine Antwort. Er drehte sich zu Konstanze um: „Du, das kommt mir hier komisch vor. Wir werden doch erwartet und niemand ist da. Sehen wir uns um. Irgendwo muss Moritz Berger sein. Er lässt doch sicher sein Haus nicht einfach so offen stehen.“

Die beiden Polizisten gingen auf eine Türe zu, die auch ein wenig offen stand. Als sie die Türe ganz öffneten, zog Sperber erschrocken die Luft ein. Vor ihm lag ein Mann auf dem hellbeigen Veloursteppich in sich verkrümmt auf dem Boden, die Hände auf den Bauch gedrückt. Der Teppich war blutgetränkt. Hinter sich hörte er Konstanzes Schreckensschrei. Sperber wandte sich zu ihr um. Konstanze war schreckensbleich geworden: „Das ist bestimmt Moritz Berger. Es scheint, als wäre er überfallen worden. Ruf den Notarzt und die Kollegen!“

Während Konstanze hektisch ihr Handy bediente, bückte sich Sperber zu dem auf dem Boden Liegenden und fühlte seinen Puls. „Er lebt noch. Ich hoffe, der Notarzt kommt schnell. Vielleicht ist er noch zu retten."

Konstanze hatte die Anrufe beendet: „Lass uns das Haus durchsuchen, vielleicht ist der Täter noch da", stieß sie hastig hervor. Beide zogen ihre Dienstpistolen und entsicherten sie. Sperber durchzuckte jedoch ein anderer Gedanke: „Ich denke, es ist besser, wir warten mit der Durchsuchung, bis die Kollegen da sind. Gehen wir wieder vor das Haus, damit er uns nicht durch ein Fenster entkommt. Hier links im Wintergarten ist eine Gartentüre. Bewache die Rückseite des Hauses. Ich bleibe vorne, um den Arzt und die Kollegen einzuweisen." Konstanze nickte zustimmend, lief durch den Wintergarten, öffnete die Gartentüre und rannte in den Garten.

Von ferne waren jetzt mehrere Martinshörner zu vernehmen. Die Fahrzeuge näherten sich schnell. Zunächst preschten zwei Funkstreifenwagen heran. Die uniformierten Polizisten stiegen rasch aus und rannten auf das Haus zu. Sperber informierte sie über ihre Aufgaben. Einer von ihnen nahm seinen Platz ein. Mit den drei anderen ging Sperber hinein. Systematisch begannen sie, das Haus zu durchsuchen. Draußen waren inzwischen Notarzt und Rettungswagen eingetroffen. Der Polizist am Eingang sagte ihnen, wo der Verletzte zu finden war. Mit ihren Koffern in den Händen rannten die Helfer in das Haus. Vor dem Haus waren inzwischen zwei weitere Polizeiautos eingetroffen. Ein Polizist sicherte das Haus von außen gegen eventuelle Gaffer und die Medienvertreter, die bestimmt durch das Abhören des Polizeifunks schon Wind von der Tat bekommen hatten. Drei gingen in das Haus, um bei der Durchsuchung zu helfen.

Schon nach kurzer Zeit stellte sich heraus, dass der Täter das Haus bereits verlassen hatte. Sperber schickte einen Polizisten hinaus. Er sollte Konstanze hinter dem Haus ablösen und dort weiter Wache halten. Zwei andere würden ihre Kollegen vor dem Haus unterstützen. Die anderen wurden von ihm in die umliegenden Häuser der Straße geschickt, um die Anwohner zu fragen, ob sie etwas oder jemanden beobachtet hatten, der mit der Tat in Zusammenhang stehen konnte.

Inzwischen waren auch zwei Kastenwagen des Erkennungsdienstes angekommen, an der Spitze Gottfried Arpogaus, der Chef der „Spusi“, der seinen Leuten, die sich ihre Schutzanzüge anlegten, vorauslief. Beim Betreten des Hauses erblickte er Sperber, warf die Hände hoch und rief: „Allmächt, ist das hier ein Tatort oder ein Truppenübungsplatz!? Wie sollen wir hier noch Spuren sichern, wenn ihr in dem Haus wie die Irren herumtobt?“

„Bitte beruhige dich, Gottfried!“, besänftigte Sperber ihn. „Es war zu vermuten, dass der Täter noch im Haus ist. Wir mussten es schnell durchsuchen. Im Esszimmer sind der Notarzt und die Sanitäter bei dem Verletzten.“ In dem Augenblick wurde die Türe zum Esszimmer geöffnet. Sanitäter trugen den Verletzten heraus. Einer von ihnen lief neben der Trage her und hielt eine Infusionsflasche, die durch einen Schlauch mit dem Arm von Moritz Berger verbunden war. Der Notarzt folgte ihnen. Im Vorbeigehen sagte er hastig zu Sperber: „Er hat einen tiefen Messerstich abbekommen und eine Menge Blut verloren. Wir müssen ihn sofort operieren. Ich hoffe, er hält bis dahin durch. Wir bringen ihn so schnell als möglich in das Ansbacher Krankenhaus. Ein Operationssaal ist schon bereit für eine Notoperation.“

Nachdem der Arzt das gesagt hatte, lief er eilig hinter den Sanitätern her, die mit dem Verletzten bereits das Rettungsfahrzeug erreicht hatten.

Wolfgang Sperber wandte sich an Konstanze, die auf ihn mit hochgezogenen Schultern zukam und sagte: „Wir haben im Haus bisher keinerlei Spuren eines Einbruchs oder eines Kampfes entdecken können. Ich vermute, der

Täter hat unter einem Vorwand bei Berger geläutet. Vielleicht hat Moritz Berger die Person gekannt und arglos ins Haus gelassen. Der Täter hat dann wahrscheinlich eine gute Gelegenheit gefunden und Berger das Messer in den Leib gestoßen."

Dienstag acht Uhr dreißig

Karlo Grollmisch hatte sich an diesem Morgen etwas missmutig auf den Weg gemacht, um Hubert Obenauf, den Ansbacher Kreisheimatpfleger, wegen der Steinkreuze zu befragen. Er war nicht besonders scharf auf irgendeinen heimatkundlichen Unterricht. Lieber hatte er Einsätze, bei denen es so richtig zur Sache ging. Seine bislang ungebremste Abenteuerlust hatte ihn eigentlich auf den Gedanken gebracht, sich bei der Polizei zu bewerben. Schnell waren seinen Vorgesetzten seine ausgeprägte Kombinationsgabe und sein Sinn für Organisation und Teamarbeit aufgefallen. Er wurde zu speziellen Fortbildungen geschickt und landete schließlich bei der Kriminalpolizei Ansbach in Sperbers Team. Für Karlo war seine Berufslaufbahn bisher ein Wechselbad der Gefühle gewesen. Neben manchen aufregenden Aktivitäten litt er immer wieder unter der Mühsal der Ermittlungsarbeit, bei der kleinste Puzzlesteine zusammengetragen wurden, um schließlich in Gemeinschaftsarbeit ein Gesamtbild zu gestalten, das zu einer hieb- und stichfesten Anklageschrift verhalf, die bei Gericht gegen einen Angeklagten vorgelegt werden konnte.

Elisabeth Augentaler, genannt Lissi, Karlos Freundin, musste immer wieder als Klagemauer herhalten, wenn der junge Kommissar diese Seite seines Berufes schwerfiel. Die beiden hatten sich im Lieblingscafé von Wolfgang Sperber kennen- und lieben gelernt. Lissi war nach wie vor Karlos große Liebe. Sie arbeitete immer noch als Bedienung, allerdings seit einem halben Jahr in einem anderen Lokal, so konnte Karlo sie leicht tagsüber an ihrem Arbeitsplatz besuchen. Auch an diesem Morgen hatte er das Bedürfnis, erst einmal einen Kaffee zu trinken, bevor er sich mit der – wie er vermutete – todlangweiligen Geschichte von Steinkreuzen zu befassen hatte.

Er ging vom Büro aus durch die um diese Zeit bereits recht belebte Innenstadt. Wenn er nach oben sah, erblickte er die schmalen Ausschnitte des Himmels über den Straßenschluchten. Der war auch an diesem Tag wieder grau in grau. Ein nasskalter Wind fegte durch die Stadt. Karlo schlug den Kragen seiner Jacke hoch und sehnte sich nach einer heißen Tasse Kaffee und noch mehr nach Lissi und nach Wärme.

Das kleine Café, direkt bei der früheren Markgrafenresidenz, war um diese Uhrzeit fast leer. Nur zwei Männer, förmlich mit Anzug, weißem Hemd und Krawatte bekleidet, nahmen an einem der Tische ihr opulentes Frühstück ein. Dabei diskutierten sie lautstark über ihre Aufstiegsmöglichkeiten und wer ihnen dabei im Wege stand. Offensichtlich und unüberhörbar waren das Beamte, die bei der Regierung von Mittelfranken im nahen Schloss arbeiteten.

Lissi begrüßte Karlo mit einem Kuss und sagte: „Mein Liebster, du machst ein Gesicht, als hätte man dich zu einer Recherche geschickt, zu der du eigentlich keine Lust hast. Habe ich recht?"

„Lissi, manchmal denke ich, du solltest unter die Hellseher gehen, anstatt Kaffee und Tee unter die Menschheit zu bringen. Ich bin auf dem Weg zu einem Kreisheimatpfleger und soll mir etwas über Steinkreuze sagen lassen. Bitte gib mir einen starken Kaffee, damit ich nicht schon nach drei Minuten dabei einschlafe."

„Ja Karlo, du kannst nicht den ganzen Tag mit der Pistole in der Hand hinter Verbrechern herjagen. Gott sei Dank, sage ich. Ich bin sowieso die meiste Zeit in Angst um dich, mein Held. Du solltest froh sein, auf diese Weise die zwar für dich etwas unaufgeregten, dafür auch ungefährlichen Dienstaufträge zu erledigen. Jetzt setz dich erst einmal hin. Ich bringe dir gleich einen Kaffee, wie du ihn magst."

Lissi schwirrte Richtung Theke ab. Karlo blickte ihr nach und genoss ihre geschmeidigen Bewegungen. Der Blick auf ihre schlanken Beine und den verlockenden Hintern brachte ihn auf schöne Gedanken. Plötzlich fühlte er sich gar nicht mehr so müde. Er setzte sich hin und versuchte, das Lamento der beiden frustrierten Beamten am Nebentisch zu überhören. Lissi kam schnell wieder mit einer Tasse Kaffee zurück und setzte sich zu ihm. Während er trank, sah er ihr immer wieder in ihre schönen grünen Augen, die ihn verheißungsvoll anblitzten. Karlo wäre am liebsten den ganzen Morgen so vor ihr sitzen geblieben. Auch Lissi schien die Anwesenheit ihres Freundes zu genießen. Als er ihr Koseworte zuflüsterte, hätte nicht mehr viel gefehlt und sie hätte angefangen zu schnurren wie eine zufriedene Katze.

Die traute Zweisamkeit währte jedoch nicht lange. Zwei junge Frauen hatten das Café betreten und setzten sich lebhaft plaudernd an einen Zweiertisch in der Nähe. Lissi entschuldigte sich bei Karlo, erhob sich und fragte die beiden nach ihren Wünschen.

Karlo war klar, dass er um seinen Auftrag nicht herumkommen würde. Außerdem war die Zeit schon fortgeschritten. Er musste sich beeilen, um noch rechtzeitig zu Obenauf zu kommen. So gab er sich einen inneren Ruck und trank seine Tasse leer. Dann ging er zu Lissi an die Theke und bezahlte. Seine reizvolle Freundin umarmte ihn kurz und gab ihm einen Kuss auf die Wange. „Pass auf dich auf, Liebster, ich brauche dich ganz dringend", hauchte sie ihm ins Ohr.

Karlo flüsterte ihr zu: „Ich liebe dich und freue mich auf heute Abend." Dann ging er entschlossen durch das Lokal nach draußen.

Nun fühlte er sich in mancher Hinsicht gestärkt, um der Geschichtsstunde entgegentreten zu können.

Als er wenig später in der Eichendorffstraße an einem

niedrigen Haus läutete, wurde die Türe von einem kleinen, weißhaarigen Mann mit einer randlosen Brille auf der Nase geöffnet. Karlo schätzte ihn auf ein Alter von siebzig bis achtzig Jahren. Er war sehr sorgfältig ganz formell mit Jackett, weißem Hemd und Krawatte gekleidet. Hinter den blanken Brillengläsern blitzten Karlo ein paar aufmerksame Äuglein an. Obenauf lächelte ihn freundlich an und fing gleich an zu reden: „Sie sind bestimmt Herr Kommissar Grollmisch von der hohen Polizei. Kommen Sie nur herein. Ich habe mich schon für eines meiner Lieblingsthemen präpariert. Steinkreuze sind faszinierend. Das werden Sie gleich selbst so empfinden, nehme ich an."

Karlo war sich dessen gar nicht so sicher. Am liebsten wäre er bei der Aussicht auf eine lange Belehrung gleich wieder weggelaufen, aber das war ja nun nicht möglich. Er sagte schnell: „Lieber Herr Obenauf, ich muss Ihnen vorweg sagen, dass ich nur eine halbe Stunde Zeit für dieses sicher sehr umfangreiche Thema erübrigen kann. Wir stecken momentan mitten in einer Ermittlung, müssen Sie wissen."

Obenauf schien ein wenig enttäuscht, fing sich aber gleich wieder: „Sehr schade, aber Sie können ja bestimmt einmal wiederkommen."

Karlo gelang gerade noch ein verbindliches Lächeln. Zustimmen wollte er diesem Angebot nicht.

Der freundliche Herr führte ihn, weiter ständig redend, in einen Raum, an dessen Wänden sich Bücherregale entlangzogen, die vom Boden bis zur Decke reichten und über und über mit Büchern und Zeitschriften vollgestopft waren. In der Mitte des Zimmers stand ein Schreibtisch, der ebenfalls so mit Literatur belegt war, dass man an keiner Stelle etwas von der Tischplatte sehen konnte.

„Bitte räumen Sie den Stuhl dort in der Ecke frei, darauf können Sie Platz nehmen", wies ihn Obenauf an. „Legen Sie die Sachen ruhig auf den Boden. Sie sehen ja, ich bin mitten in der Arbeit."

Karlo bemühte sich, den hohen Stapel aus Büchern und Zeitschriften sorgfältig hochzuheben. Bevor er sich damit jedoch bis zum Fußboden hinabbücken konnte, war hinter ihm der Literaturturm ins Rutschen geraten. Einige Bücher fielen laut polternd hinab. Einige beschriebene Blätter segelten mehr oder weniger elegant in den Raum. Karlo bekam einen roten Kopf vor Verlegenheit. Obenauf winkte nur greisenhaft kichernd mit der Hand ab: „Nun ja, wo gehobelt wird, da fallen Späne. In meinem Fall sind es Bücher und Sonstiges."

Der Kommissar bückte sich und sammelte Bücher und Schriften wieder auf einen Haufen. Immer noch verlegen, rückte er den Stuhl zu dem wuchtigen Schreibtisch hin, zog einen Notizblock und einen Stift aus der Tasche und bemühte sich um eine erwartungsvolle Miene.

Hubert Obenauf blickte kurz zur Decke, legte dann die Hände zusammen, als wollte er beten, und sagte entschlossen: „Also, ich gehe gleich in medias res. Diese Steinkreuze, nicht zu verwechseln mit Kreuzsteinen, sind oft ihres Alters wegen sehr verwittert oder beschädigt. Sie kennen bereits das Kreuz in Immeldorf, dem im Laufe der vielen Jahre die Arme abhanden gekommen sind. Aber vielleicht hatte es niemals welche und war nur als Pfahl aufgerichtet worden – wer weiß das schon genau? In manche der Steinmale sind Zeichen eingeritzt, seltener Inschriften. Schon immer haben diese Kreuze die Fantasie der Menschen beflügelt. Die alteingesessene Bevölkerung weiß zu den meisten der Flurdenkmäler schauerliche Geschichten oder Sagen zu erzählen. Der wahre Aufstellungsgrund ist nur von den wenigsten Steinkreuzen bekannt. Sicher ist nur, dass ein Großteil zwischen dem dreizehnten Jahrhundert und der Zeit um

1530 aufgestellt wurde. Die meisten von ihnen stehen im Zusammenhang mit Totschlagsdelikten. Oftmals sind Waffen in den Stein geritzt, die als Mordwerkzeuge gedeutet werden. Wurde jemand im Streit oder anderweitig ohne Absicht getötet, musste der Schuldige mit der Familie des Opfers einig werden. Es wurden zwischen den Parteien privatrechtliche Sühneverträge abgeschlossen."

Obenauf hielt einen Moment inne, sah den jungen Beamten fragend an: „Möchten Sie zu dem bisher Gesagten noch etwas wissen oder anmerken?" Karlo schüttelte ein wenig erschrocken den Kopf.

Der Mittelalterkundige legte gleich wieder los: „Dann sage ich noch etwas zum sogenannten Sühnevertrag: Der Sühnevertrag ist ein Begriff aus der Rechtsgeschichte. Es handelt sich dabei um eine Vereinbarung zwischen einem Straftäter und der Opferseite. Im Sühnevertrag wird der Opferseite vom Täter eine Wiedergutmachung für die begangene Tat zugesagt. Die Seite des Opfers verpflichtet sich im Gegenzug darin, auf ein gerichtliches Verfahren zu verzichten. Ein Gerichtsverfahren mit einer ‚peinlichen Bestrafung' wurde von der Opferseite in der Regel nur dann angestrebt, wenn kein Sühnevertrag zustande kam. In früherer Zeit ging dem Sühnevertrag oft eine Fehde voraus, die von den Geschädigten gegen den Täter angezettelt wurde."

Der alte Mann hatte sich in seinem Stuhl etwas zurückgelehnt und sah sinnierend zur Zimmerdecke hoch. Dann blickte er Karlo mit seinen wachsam blitzenden Augen an und fragte: „Haben Sie dem Gesagten etwas hinzuzufügen?"

Der junge Polizist schüttelte wieder etwas verlegen den Kopf und verneinte.

„Nun, dann komme ich, in aller Kürze, zum Inhalt der Sühneverträge." Obenauf atmete ein paar Mal tief durch, blickte wieder intensiv zur Zimmerdecke hoch, als könnte er dort seinen Text ablesen, und schien dann aufs Neue gesammelt.

„So, dann also zum Inhalt: Inhalt des Sühnevertrages war zumeist die Zusage des Täters, einen Teil des angerichteten Schadens durch die Zahlung festgelegter Geldsummen wiedergutzumachen. Zudem verpflichtete sich der Täter, Maßnahmen zu Gunsten des Seelenheils des Verstorbenen zu ergreifen. Er verpflichtete sich zum Beispiel zu einigen Wallfahrten und zu von ihm finanzierten Bußgottesdiensten, zu Kerzenstiftungen und eben zur Aufrichtung eines Sühnekreuzes in der Nähe des Tatortes. Das Opfer war ja ohne Sterbesakramente gestorben. Die Fürbitten waren also nötig, um seine Seele aus dem Fegefeuer oder aus noch schlimmeren Orten zu erlösen. Überdies war in der Bevölkerung noch immer der alte Glaube vorhanden, dass das Sühnekreuz ein Ruhestein für die unerlöst umherirrende Seele des Verstorbenen war. Dieses Zeichen sollte auch der Dämonenabwehr dienen und den Wiedergänger, dessen ruhelose Seele am Totschlagsort weilte, daran hindern, die Hinterbliebenen zu ängstigen und zu schrecken. Heute noch gibt es Menschen, die in der Dunkelheit ungern an einem alten Steinkreuz vorübergehen und lieber einen Umweg machen, um nach Hause zu kommen."

Mit erhobener Stimme fuhr Hubert Obenauf nun mit pathetisch-theatralischer Betonung fort: „Unser Dichterfürst Johann Wolfgang von Goethe hat diese auch zu seiner Zeit lebendige Gespensterfurcht bekanntlich in seinem ‚Faust' festgehalten:

Mephistopheles:

... und die Gefahr, der du dich aussetztest?

Wisse, noch liegt auf der Stadt Blutschuld von deiner Hand.

Über des Erschlagenen Stätte schweben rächende Geister und lauern auf den wiederkehrenden Mörder.

Seiner ‚Margarethe' lässt er darin sagen:

Ach! Wären wir nur am Berg vorbei! Da sitzt meine Mutter auf einem Stein. Es fasst mich kalt beim Schopfe! Da sitzt meine Mutter auf einem Stein und wackelt mit dem Kopfe."

Lächelnd setzte er seine Rede einen Augenblick aus und beobachtete die Wirkung der Zitate auf Karlo. Dieser verzog sein Gesicht zu einer etwas schmerzlichen Grimasse, die wohl ein Lächeln andeuten sollte.

Davon anscheinend unbeeindruckt, redete Obenauf im Ton eines Lehrers weiter: „Das Sühnekreuz sollte alle Passanten, die daran vorübergingen, zu einem Gebet für den Verstorbenen bewegen, damit dieser seine Ruhe finden konnte. Ab 1530 gibt es in evangelischen Gegenden mit einem Schlag keine Steinkreuzsetzungen mehr. Die evangelische Lehre lehnte den religiösen Hintergrund der Steinkreuze ab. Ab 1532 wurde jedoch durch Kaiser Karl V. die ‚Peinliche Halsgerichtsordnung', die sogenannte ‚Carolina', eingeführt. Darin wurden die privatrechtlichen Sühneverträge durch landesherrliches Gerichtswesen abgelöst. In evangelischen Gebieten handelte sich nun bei den Steinkreuzen um einfache Gedenksteine, die aber wesentlich seltener gesetzt wurden als früher."

Karlo, der während des Referats eifrig mitgeschrieben hatte, fand die Sache mit den Steinkreuzen mit einem Mal gar nicht mehr so langweilig. Er setzte seinen Stift ab und überlegte einen Moment, dann fragte er Obenauf: „Wie ist das mit den Geschichten und Sagen, die sich um diese Kreuze ranken?"

Sichtlich erfreut widmete sich der Heimatpfleger diesem Thema: „Die meisten volkstümlichen Überlieferungen zu den Steinkreuzen berichten über den gewaltsamen Tod eines oder mehrerer Menschen, zu deren Andenken das Kreuz an der Stelle gesetzt worden war, an der sie zu Tode gekommen waren. Ein Teil der Berichte fügt hinzu, dass die Umgekommenen auch an Ort und

Stelle begraben seien. Entweder werden die Beteiligten gar nicht näher bestimmt oder es wird nur ganz allgemein eine Zahl genannt, zum Beispiel: zwei Männer, Frauen, Mädchen. Oft werden Beruf und Stand der Todeskämpfer mitgeteilt: zwei Handwerksburschen, zwei Metzger, Schäfer, Bauern, Offiziere, Soldaten, Ritter, Bäcker, manchmal auch ‚Zwei Brüder' und so weiter. Nicht immer entstammen die Zweikämpfer dem gleichen Beruf oder Stand. Fast ebenso häufig ist überliefert: ‚Müller und Bauer', ‚Schäfer und Schuster', ‚Metzger und Jud'. Ein Teil der Berichte belässt es nicht bei zwei sich Tötenden, sondern stürzt mehrere Menschen in das Gemetzel. Es ging bei den Streitigkeiten um Ackergrenzen, Raubüberfall, Eifersucht. Gemordet wurde natürlich auch im Krieg oder in einer besonderen Notzeit."

Obenauf breitete seine bisher gefalteten Hände aus und sagte verschmitzt lächelnd: „Ich glaube, damit wollen wir es für heute belassen. Die Informationen werden Ihnen wohl vorläufig genügen, um nun ein wenig mehr über die Steinkreuze zu wissen. Ich hoffe, mit meinen sehr knappen Informationen Ihrer Arbeit gedient zu haben."

Damit erhob er sich, verneigte sich ein wenig, wie ein Vortragskünstler, der den Beifall seines Publikums erwartet. Karlo war ebenfalls von seinem Stuhl aufgestanden und bedankte sich. Obenauf begleitete ihn bis zur Haustüre, dort verabschiedeten sich beide und schüttelten sich die Hände.

Während Karlo sich auf den Rückweg zum Karlsplatz machte, schwirrten die vielen Informationen in seinem Kopf herum. Er versuchte, sie nach einem gewissen Schema zu ordnen, um herauszufinden, was der Fundort der Leiche beim Immeldorfer Steinkreuz vor dem Hintergrund all dieser Informationen aussagen könnte. Er kam einfach nicht darauf.

Nach dieser ausführlichen Belehrung durch Obenauf fühlte er sich etwas ausgelaugt, deshalb beschloss er, beim ampelbewehrten Übergang über die Bundesstraße noch einmal bei Lissi einzukehren und sich mit einer Käsebrezel und einer weiteren Tasse Kaffee zu stärken. Ein Satz des Dichters Goethe hatte sich in seinem Kopf festgesetzt und obwohl er ihn immer wieder verdrängen wollte, kam er zu ihm zurück wie ein treuer Hund:

„Über des Erschlagenen Stätte schweben rächende Geister und lauern auf den wiederkehrenden Mörder."

Karlo lächelte vor sich hin, während er über die Reitbahn im kalten Schneeregen lief: „Ganz schön geil diese Vorstellung, dass böse Geister um das Steinkreuz schwebten und auf den Mörder lauerten. Wenn es uns nicht gelingt, ihn zu fassen, gelingt es denen vielleicht."

Dienstag am Vormittag

Maria Sebald ging es an diesem Morgen etwas besser, aber sie fühlte sich immer noch fiebrig und matt. Auch das Ziehen in ihren Gliedern hatte sich nach dem Erwachen wieder gemeldet. „Ich brauche noch ein wenig Zeit für mich", dachte sie sich, als sie an diesem Morgen vom Bett aufstand. Sie ging ins Bad, um zu duschen, und machte sich dann in der Küche Frühstück. Sie fühlte sich zwar immer noch schwach auf den Beinen, aber der Ruhetag und eine gute Nacht hatten ihr doch etwas Kraft gegeben. Ihr Appetit war allerdings noch nicht wieder zurückgekommen.

In der Küche kochte sie sich einen Kräutertee. Dann setzte sie sich an ihren Küchentisch und schenkte sich eine Tasse davon ein. Dazu aß sie ein Stück von einem Apfel.

Als sie ihre Küche danach wieder verließ, um sich im Wohnzimmer noch ein wenig auf die Couch zu legen, fühlte sie sich etwas schwindlig. Gerade als sie auf dem Flur war, läutete das Telefon. Harro war am Apparat.

Gut gelaunt wünschte er ihr einen guten Morgen und erkundigte sich nach ihrem Befinden. „Es geht mir heute Morgen schon ein wenig besser, aber ich fühle mich noch schwach. Die Aussicht darauf, dass mein Geliebter heute zu mir zurückkommt, lässt es mir noch besser gehen."

„Ja, Liebste, ich komme heute so um vierzehn Uhr in Ansbach an. Sobald ich zurück bin, komme ich zu dir. Ich freue mich auf dich!"

„Und ich mich auf dich!", antwortete Maria. „Pass auf der Rückfahrt auf dich auf. Ich brauche dich nämlich noch!"

„Dann werde ich mein Möglichstes tun, um gut bei dir anzukommen", versprach Harro.

Sie verabschiedeten sich. Maria atmete erleichtert auf.

Sie legte den Hörer auf. Sofort läutete ihr Telefon wieder. Sie hob den Hörer ab und meldete sich. Eine Frauenstimme sagte: „Frau Pfarrerin, Sie kennen mich vielleicht nicht, aber ich kenne Sie. Ich habe große Probleme. Ich muss mit jemandem darüber sprechen. Kann ich zu Ihnen kommen, wenn es geht jetzt gleich?"

„Ich bin zwar nicht so recht gesund, aber wenn es so dringend ist, dann kommen Sie eben zu mir. Ich nehme mir eine Dreiviertelstunde Zeit für Sie", antwortete Maria Sebald. „Bitte kommen Sie in einer halben Stunde in das evangelische Pfarramt, Gumbertusplatz eins. Ich erwarte Sie dort."

„Ich möchte nicht gesehen werden. Wäre es nicht möglich, dass ich zu Ihnen in die Wohnung komme?"

„Doch, das ist auch möglich." Maria nannte ihr die Adresse ihrer Wohnung.

„Vielen herzlichen Dank! Ich komme gleich zu Ihnen."

Maria ging in ihr Wohnzimmer, öffnete ein Fenster, ließ frische Luft herein und räumte ein wenig auf. Sie war kaum damit fertig, läutete es auch schon an der Haustüre. Sie fragte über das Haustelefon nach, wer da ist. Sie hörte dieselbe Stimme wie am Telefon. Maria betätigte den elektrischen Türöffner und ging vor ihre Wohnungstüre hinaus, gespannt darauf, wer zu ihr kommen würde. Auf der Treppe klangen von unten schnelle, leichte Schritte. Es dauerte nicht lange, dann stand eine schlanke, sehr gut aussehende, ihr unbekannte Frau vor ihr. Sie schätzte ihr Alter auf etwa vierzig Jahre. Die Frau trug einen gerade geschnittenen schwarzen Mantel. Um den Hals hatte sie ein gelbes Tuch geschlungen. Ein breitkrempiger Regenhut bedeckte ihre kurz geschnittenen schwarzen Haare. Ihr Gesicht hätte wirklich sehr schön aussehen können, wenn ihre dunkelbraunen Augen nicht so stark verquollen gewesen wären. Offenbar hatte sie geweint.

Auch ihre Wangen waren gerötet. Um den Mund hatte sie einen verkrampften Zug. In der Hand trug sie eine große Einkaufstasche mit offensichtlich schwerem Inhalt.

„Grüß Gott, mein Name ist Kirsten Wallner. Ich wohne hier in Ansbach. Ich kenne Sie von einigen Beerdigungen, die ich besucht habe. Ich möchte gerne mit Ihnen sprechen, weil ich den Eindruck habe, dass Sie eine Frau sind, der man vertrauen kann."

„Bitte kommen Sie doch herein Frau Wallner. Sie können Ihren Mantel an die Garderobe hängen."

Die Frau folgte ihr in die Wohnung. Sie legte ihren Hut auf die Hutablage und hängte Mantel und Schal an einen Garderobenhaken. Unter dem Mantel kam ein förmliches graues Kostüm zum Vorschein, darunter eine weiße Bluse. Man hätte sie für eine höhere Angestellte halten können. Maria fielen ihre außerordentlich geschmeidigen Bewegungen auf, die nicht zu der steif wirkenden Aufmachung passen wollten. Mit der geräumigen Tasche in der Hand folgte sie Maria in deren Wohnzimmer. Die Pfarrerin lud sie ein, auf ihrer Couch Platz zu nehmen. Sie setzte sich ihr gegenüber auf einen Sessel.

„Frau Wallner, was führt Sie zu mir?"

Die Frau sah sie sehr eindringlich an: „Bevor ich Ihnen das sage, möchte ich Sie fragen, ob unser Gespräch unter das sogenannte Beichtgeheimnis fällt. Das heißt, ob Sie verpflichtet sind, das, was ich Ihnen sage, unter allen Umständen für sich zu behalten?"

„Ja, das ist so. Was Sie mir im Vertrauen sagen, bleibt unter uns. Ich bin als Pfarrerin zum Schweigen verpflichtet. Auch meinem Kollegen werde ich nichts darüber sagen, obwohl auch der das Seelsorgegeheimnis wahren muss."

Frau Wallner blickte zu Boden: „Es fällt mir nicht leicht, darüber zu reden, aber ich muss mit jemandem sprechen, sonst werde ich noch ganz verrückt."

Sie breitete die Hände aus und redete weiter: „Ich muss leider ein wenig ausholen. Alles Unglück begann damit, dass meine Tochter Jasmin, die damals in Erlangen studierte, sich etwas Geld verdienen wollte. Sie hatte an einer Pinnwand in der Uni die Annonce der Pharmafirma Sanaplant in Nürnberg gelesen, dass man Testpersonen zur Erprobung eines neuen Medikamentes suchte. Darunter stand eine Nürnberger Rufnummer. Jasmin fand das irgendwie spannend und erhoffte sich ein gutes Honorar, wenn sie den Test mitmachen würde. Sie hat mir in einem Telefongespräch von ihrem Vorhaben berichtet. Ich habe ihr abgeraten, aber sie wollte davon nichts hören, weil sie der Meinung war, eine große Pharmafirma könnte es sich nicht erlauben, Menschen etwas zu verabreichen, was die gefährden könnte. Außerdem wollte sie in den Semesterferien mit einer Freundin in die USA reisen, dazu brauchte sie Geld. Mit einem Wort gesagt, sie hörte einfach nicht auf mich und ließ sich auf das Experiment ein. Leiter des Tests war Doktor Klaus Berger, Julius Bergers Bruder. Den Probanden wurden im Rahmen der Studie starke Medikamente verabreicht. Es gab drei Gruppen, bei denen die Dosierung unterschiedlich hoch war. Meine Tochter war ausgerechnet in der Gruppe mit der höchsten Dosierung. Schon nach der ersten Medikamentengabe fühlte sie sich schlecht. Als ihr die dritte Dosis verabreicht wurde, bekam sie einen Schock. Man brachte sie ins Krankenhaus. Ihr ganzer Körper hatte sich verkrampft. Sie muss dabei entsetzliche Schmerzen gelitten haben. Die Ärzte in der Uni-Klinik in Erlangen taten zwar, was sie konnten, aber Jasmin starb unter fürchterlichen Qualen. Ich nahm mir einen Rechtsanwalt und klagte gegen die Firma Sanaplant. Es kam zu einem Prozess, bei dem mehrere Gutachter eingeschaltet waren. Um es kurz zu machen: Den Pharmazeuten war kein fehlerhaftes Verhalten nachzuweisen. Mehr noch:

Meiner Tochter wurde die Schuld für ihren Tod selbst zugeschoben, denn sie hatte am Abend vor der dritten Hormongabe mit Kommilitonen einen Geburtstag gefeiert und dabei einige Gläser Wein getrunken. Alkohol war ihr aber verboten, während das Experiment lief. So wurde die Pharmafirma von jeder Schuld freigesprochen. Doktor Klaus Berger, der eigentliche Verursacher ihres Todes, blieb ein freier Mann. Er hat sich wegen dieser Angelegenheit allerdings mit seinem Bruder Julius Berger überworfen, der angeblich von dem Experiment nichts gewusst haben soll. Doktor Julius Berger war aber der Chef der Firma."

Frau Wallner wurde nun immer erregter und sprach die folgenden Sätze laut und in höherer Stimmlage aus: „Dieser Versuch geschah in seiner Firma. Er hätte sich über das Tun seines Bruders besser informieren müssen. Ob er nun etwas davon wusste oder nicht. Er war jedenfalls für alles mitverantwortlich! Sie können sich vielleicht denken, wie es mir ging. Ich wusste vor Trauer nicht mehr aus noch ein. Dazu kam eine wahnsinnige Wut auf die, die mein Kind getötet hatten."

Sie holte ein Taschentuch aus ihrer Tasche und schnäuzte sich. Tränen liefen aus ihren Augen und sie brauchte eine gewisse Zeit, bis sie wieder ruhig sprechen konnte:

„Mein Mann und ich waren nur kurz verheiratet. Er starb anderthalb Jahre nach Jasmins Geburt sehr schnell an Krebs. Ich habe meine Tochter als alleinerziehende Mutter aufgezogen. Wir waren sehr miteinander verbunden. Mit meinem Beruf als Lehrerin für Sport und Deutsch an einem Ansbacher Gymnasium hatten wir zwar genug Geld zur Verfügung, aber es war für mich trotzdem jahrelang ein fast täglicher Balanceakt zwischen Beruf und Kind zu vollführen. Die Zeit der Pubertät war besonders schwer. Wir beide hatten aber letztlich alles gut geschafft. Jasmin hatte auf dem Gymnasium immer gute Noten und auch im Studium lief alles perfekt. Ich war so stolz auf sie!"

An dieser Stelle barg Kirsten Wallner ihre Hände in ihr Gesicht und fing an zu weinen. Ihre Schultern zuckten und sie schluchzte laut. Maria, die Frau Wallner bis dahin mit wachsender Anteilnahme und großer Aufmerksamkeit zugehört hatte, beugte sich zu ihr und legte ihr die Hand tröstend auf den Arm.

Nachdem sie sich wieder etwas beruhigt hatte, nahm Kirsten Wallner ihr Taschentuch zur Hand und schnäuzte sich noch einmal.

Dann wischte sie sich mit der Hand die Tränen aus dem Gesicht. Maria reichte ihr ein Päckchen Papiertaschentücher, das sie dankend entgegennahm. Sie nahm ein Tuch heraus und trocknete den Rest der Tränen damit ab.

„Bitte entschuldigen Sie", sagte sie dann ein wenig verlegen. „Ich bin mit den Nerven am Ende. Dass ich eben mit meiner Geschichte so weit ausgeholt habe, könnte vielleicht bei Ihnen ein klein wenig Verständnis wecken für das, was ich Ihnen jetzt beichten werde. Aber vorher muss ich Ihnen etwas übergeben."

Sie bückte sich zu ihrer Tasche, die vor ihr auf dem Boden stand, und entnahm ihr eine metallene Kassette. „Hier, das ist für Sie. Der Kasten enthält eine Reliquie. Doktor Julius Berger hat diesen Schädelknochen von dem Antiquitätenhändler Ruppert Sauerwein als eine Reliquie des heiligen Gumbertus von Ansbach gekauft."

Sie stellte den Metallkasten auf den Couchtisch, öffnete seinen Deckel und zeigte Maria das alte Knochenstück, das sorgsam befestigt und schön trapiert auf dem roten Samt lag. Maria schaute den Knochen völlig überrascht und ein wenig verständnislos an: „Was soll damit nun geschehen? Ich denke, Julius Berger hat diese Reliquie bezahlt. Wem gehört sie nun? Seinem Sohn Moritz? Oder Bergers Bruder, Klaus? Wahrscheinlich gehört er jetzt doch einem von beiden?"

„Nein, denen soll er auf keinen Fall gehören!", antwortete Kirsten Wallner entschieden. Berger wollte, dass die Reliquie wieder ihren ursprünglichen Platz in der Sankt-Gumbertus-Kirche bekommt. Er hat sie als Geschenk für seine Gemeinde gekauft. Seine Lebensgefährtin, Frau Ohning, hat darüber einen Dokumentarfilm gedreht. Ruppert Sauerwein hat mir das alles genauestens erzählt. Berger hat dafür zwanzigtausend Euro bezahlt. Das heißt, er hat Sauerwein zehntausend Euro in bar bezahlt. Sie befinden sich im Safe in Sauerweins Geschäft. Die anderen zehntausend Euro habe ich ihm abgenommen."

Sie holte ein großes Kuvert aus ihrer Tasche und legte es vor Maria auf den Couchtisch. Die Pfarrerin schüttelte ungläubig den Kopf: „Das kann ich kaum glauben. Zwanzigtausend Euro für diesen alten Knochen? Bei allem Verständnis für Antiquitäten, meine ich, wir hätten dieses Geld für sinnvollere Projekte brauchen können."

Kirsten Wallner wischte diesen Einwand mit einer Handbewegung weg. „Das interessiert mich nicht. Ich bin vielmehr der Ansicht, Sie sollten das gute Stück wieder an seinem ursprünglichen Ort im Erker der Schwanenritterkapelle deponieren."

„So einfach wird das alles nicht vonstatten gehen, befürchte ich. Zum einen gibt es sicher noch den Besitzer, der Anspruch auf die Bezahlung hat. Ihm wird man entweder Knochen oder Geld geben müssen."

„Das ist nicht so schwierig, wie Sie denken", erklärte Frau Wallner, nun zum ersten Mal leicht lächelnd. „Ich habe diesen Knochen besorgt. Woher, sage ich nicht. Er gehört jetzt eigentlich mir. Ich schenke ihn Ihrer Gemeinde. Das Geld können Sie meinetwegen verwenden, wofür Sie wollen."

Von einer schrecklichen Ahnung befallen, fragte Maria fast atemlos: „Was haben Sie eigentlich mit der Sache zu tun und wie kommen Sie zu diesem Geld?"

Frau Wallner tat die Frage mit einer Handbewegung ab: „Ich werde Ihnen gleich alles erklären."

Maria starrte die Kassette ratlos und mit einem ganz miesen Gefühl an. Sie fühlte sich in ihrem immer noch schlechten Zustand gerade überfordert, Entscheidungen zu treffen. Ihr Kopf schien wie in Watte gepackt. Alles an ihr fühlte sich fiebrig an. Am liebsten hätte sie das Gespräch sofort abgebrochen und sich hingelegt. Ein wenig resigniert zuckte sie stattdessen mit den Schultern: „Lassen Sie mir die Reliquie einfach da. Ich werde mit meinem Kollegen über all das reden, dann melden wir uns bei Ihnen."

Kirsten Wallner ließ ihr keine Zeit zu weiteren Äußerungen. Sie richtete sich plötzlich auf und setzte sich gerade hin. Maria fest anblickend, sagte sie mit völlig starren Gesichtszügen, glasigen Augen und einem verkniffenen Zug um den Mund, in ganz sachlichem Ton: „Ich gestehe Ihnen, dass ich seit letztem Sonntag drei Menschen getötet habe."

Maria glaubte, in dem Moment ihren Ohren nicht trauen zu können. „Ist das ein Fiebertraum?", schoss es ihr durch den Kopf. „Nein, das ist Wirklichkeit!"

Dann kam ihr ein fürchterlicher Verdacht. Sie fühlte sich mit einem Mal wie gebannt und starrte Kirsten Wallner mit aufgerissenen Augen und offenem Mund an.

„Ja, Sie haben leider richtig gehört", sagte Frau Wallner weiterhin in sachlichem Ton, als würde sie einen Text von einem Blatt ablesen. „Ich habe zuerst einen getötet, der zumindest mitschuldig war. Am Sonntagabend habe ich Doktor Julius Berger bei einem Steinkreuz in der Nähe von Immeldorf umgebracht. Im Mittelalter sollen sich an der Stelle, an der das Steinkreuz steht, ein paar

Metzgerburschen nach Streitigkeiten gegenseitig erstochen haben. An der Stelle habe ich Berger geschlachtet wie ein Schwein. Ich habe ihn mit meinem scharfen Küchenmesser die Kehle durchgeschnitten. Weil er und sein Bruder sich wie Schweine gegenüber meiner Tochter betragen haben, habe ich ihm einen Schweineknochen in den Mund gesteckt. Danach bin ich nach Nürnberg gefahren und habe den Antiquitätenhändler Ruppert Sauerwein erschossen. Er hätte mich als Täterin verraten können, weil ich Berger an diesem Abend in seinem Auftrag eine Reliquie übergeben sollte. Heute Morgen habe ich den Sohn von Doktor Berger in seiner Villa ‚Am oberen Weinberg' niedergestochen und getötet. Er sollte der Erbe der Firma werden, die meine Tochter umgebracht hat. Nur Doktor Klaus Berger, der Hauptschuldige, ist noch am Leben. Er wäre es nicht mehr, wenn er in meiner unmittelbaren Reichweite statt in Hamburg leben würde. Außerdem war er in den letzten Wochen verreist und ist erst am Sonntag wieder zurückgekommen."

„Um Gottes willen!", stieß Maria fast atemlos hervor. „Sie waren das!" Nun war es an ihr, die Hände vor das Gesicht zu schlagen, als könnte sie damit erreichen, das schreckliche Geständnis auszublenden. Dann hielt sie es nicht mehr in ihrem Sessel aus. Sie sprang auf, lief erregt im Zimmer hin und her und rang um Fassung. Plötzlich spürte sie eine ungeheure Wut in sich aufsteigen. Mit wutverzerrtem Gesicht wandte sie sich Kirsten Wallner zu und schrie sie an: „Sie sind eine hundsgemeine Mörderin! Ein Monster sind Sie! Sie wissen nicht, was Sie getan haben! Sie haben Julius Berger und seinen Sohn umgebracht wie eine wilde Bestie! Diese beiden Menschen waren mir wichtig und sie waren vielen Menschen wichtig! Woher nahmen Sie sich das Recht, anderen Menschen das Leben zu nehmen? Und jetzt kommen Sie zu mir und wollen auf die Schnelle eine Absolution für Ihre Verbrechen? Die werde ich Ihnen nicht geben! Sie sind eine gemeine Mörderin! Möge Gott Ihnen verzeihen. Ich kann es jedenfalls nicht! Andere müssen auch mit dem Tod eines lieben Angehörigen leben und können dafür nicht einfach Menschen umbringen, die sie als daran schuldig betrachten! Ich sage Ihnen eines: Sie wollten sich bisher einfach Ihrer Trauer nicht stellen. Aber trotz Ihrer Taten werden Sie mit dem Verlust Ihrer Tochter leben müssen. Die drei Opfer waren unnötig und völlig unsinnig. Jetzt müssen Sie neben Ihrer Trauer auch noch mit Ihrer großen Schuld leben. Auch wenn Sie dafür lebenslang ins Gefängnis kommen, werden diese wertvollen Menschen nicht mehr lebendig!"

Maria hatte ihre Wut und die Gedanken, die ihr dabei in den Sinn kamen, einfach laut herausgeschrien. Fassungslos und erschöpft ließ sie sich in den Sessel fallen. Sie schlug die Hände wieder vor ihr Gesicht und wippte vor und zurück. Kirsten Wallner saß während des Ausbruchs der Pfarrerin einfach mit hängenden Schultern und ausdruckslosem, trauervollem Gesicht da. Nun sagte sie mit matter Stimme: „Sie haben völlig recht mit dem, was Sie gesagt haben. Es war alles sinnlos. Dazu habe ich den eigentlich Schuldigen noch gar nicht bestraft. Meine Trauer ist bei all dem nicht ein bisschen kleiner geworden. Ich sehe mich jetzt selbst so, wie Sie mich beschrieben haben. Ich bin eine Mörderin, mehr noch ein Monster, eine Bestie. Ich will von Ihnen keine Absolution. Ich wollte nur mit einem Menschen über meine Taten reden. Ich habe mich in Ihnen nicht getäuscht. Sie sind ein ehrlicher Mensch, der mir keinen falschen Trost spendet. Dafür danke ich Ihnen."

Maria schüttelte, immer noch schwer geschockt, ihren Kopf, als wollte sie die Last abschütteln, die ihr von dieser Frau aufgeladen wurde. Dann blickte sie Kirsten Wallner fest an und sagte: „Was wollen Sie jetzt tun?"

Frau Wallner hob mit verzweifeltem Gesicht die Hände, als wollte sie nach etwas greifen, was nicht zu fassen war: „Das weiß ich nicht. In mir streiten so viele Gedanken und Gefühle, das können Sie sich wahrscheinlich nicht vorstellen."

„Ob ich mir das vorstelle oder nicht, ist doch völlig nebensächlich. Es geht um Sie und um das, was Sie getan haben. Und es geht darum, was Sie möglicherweise noch vorhaben!", sagte Maria heftig. „Sie sollten so schnell wie möglich zur Polizei gehen und alles gestehen. Wenn Sie das hinter sich gebracht haben, können Sie sich in der Zeit, die Ihnen bleibt, Ihrer Trauer und der Schuld stellen. Das ist vielleicht ein Weg für Sie, damit Ihre Seele wieder gesund wird."

Mit glühenden Augen entgegnete ihr Kirsten Wallner: „Aber ich bin noch so voller innerer Wut. Ich weiß nicht wohin damit! Es ist doch immer das selbe. Die einen bringen jemanden um und kommen ungeschoren davon, weil sie irgendwelche unsinnigen Argumente auf ihrer Seite haben, denen sich scheinbar nichts entgegensetzen lässt. Auf der ganzen Welt ist das so. Hunderttausende verhungern und einige ziehen aus dem Zustand ihren Nutzen und machen ihre großen Geschäfte mit dem Tod unschuldiger Menschen. Dagegenschlagen wollte ich gegen dieses Unrecht und habe es getan. Wenn wir gegen die wahren Mörder auf dieser Welt aufstehen würden und sie zur Rechenschaft zögen, könnte sich dadurch der Weg zu einer Gesundung der Menschheit öffnen. Davon bin ich nach wie vor überzeugt. Können Sie sich denn nicht wenigstens diese Gedanken von mir verstehen?"

Kirsten Wallners Stimme hatte sich zu Beginn dieser Rede vor Wut schier überschlagen, nun sprach sie plötzlich leiser. Schließlich stellte sie ihre Frage an die Pfarrerin in fast flehentlichem Ton.

Maria versuchte, sich zu sammeln, und antwortete

dann: „Doch, das verstehe ich, denn solche Gedanken habe ich auch schon oft hin und her bewegt und mit meinem Partner und übrigens auch mit Julius Berger diskutiert, aber ich bin überzeugt davon, dass die Menschheit diesen Weg möglichst ohne Blutvergießen gehen muss, um das Unglück nicht noch mehr zu vergrößern."

In harschem Ton sagte sie dann: „Frau Wallner, flüchten Sie sich jetzt nicht in solche allgemeinen Wahrheiten. Es geht um Sie und um das, was Sie angerichtet haben! Sie haben Ihre Rache mit schrecklichen Gewalttaten ausgeübt. Das ist nicht besser als das, was alle Gewalttäter dieser Erde tun. Wir stehen hier vor dem Scherbenhaufen, den Sie angerichtet haben. Das Unglück, das Ihnen widerfahren ist, wurde dadurch nicht kleiner. Es ist für alle, aber besonders für die Angehörigen, zu einer Katastrophe geworden. Können Sie das sehen?"

Kirsten Wallner schlug die Augen vor dem sehr eindringlichen Blick der Pfarrerin nieder. „Ja, das sehe ich, aber etwas in mir schreit ganz laut nach Sühne. Vielleicht ist es das Blut meiner Tochter?"

„Frau Wallner, unterdrücken Sie doch diese Gedanken!", flehte Maria. „Gehen Sie sofort zur Polizei und stellen Sie sich! Versprechen Sie mir, bevor Sie dorthin gehen, niemand mehr an Leib und Leben zu schädigen. Bitte tun Sie das jetzt!"

Kirsten Wallners Gesichtszüge verhärteten sich schlagartig. Sie keuchte, dann sagte sie gepresst: „Nein, dann müsste ich Ihnen etwas vorlügen und das kann und will ich nicht. Dieses Versprechen kann ich Ihnen nicht geben."

Ernst blickte die Pfarrerin Kirsten Wallner in die Augen: „Ich denke, damit ist vorläufig alles gesagt. Ich bitte Sie noch einmal, jetzt nichts Unüberlegtes mehr zu tun. Das Beste wäre, Sie würden sich sofort der Polizei stellen. Ich bin überzeugt davon, dass der persönliche Hintergrund Ihrer Taten und ein umfassendes Geständnis vor einer Anklage durch die Staatsanwaltschaft große Vorteile für Sie bringen könnten. Bitte überlegen Sie sich das. Ich bin jederzeit da, wenn ich Ihnen in dieser Hinsicht beistehen kann. Wenn Sie möchten, kann ich für Sie die Polizei anrufen, damit Sie abgeholt werden und auf der Inspektion Ihre Aussage machen können."

Kirsten Wallner sah sich plötzlich eingesperrt in einer kleinen Zelle mit einem hoch angesetzten Fenster, durch das lediglich der Himmel zu sehen war. Von einem Moment zum anderen wurde sie von einer schrecklichen Panik erfasst. Ihre Angst wandelte sich sofort in eine große Wut. Ihr Gesicht verzerrte sich zu einer scheußlichen Fratze.

„Sie wollen mich der Polizei ausliefern!", schrie sie die Pfarrerin an. „Sie stehen natürlich auf der Seite dieser Mörder. Ich hätte es mir denken können. Ich bin ja so dumm, dass ich Ihnen alles gestanden habe. Aber Sie werden mich nicht daran hindern, mein Werk zu vollenden! Ich lasse mich nicht einfach einsperren, nur weil ich diese Verbrecher ihrer gerechten Strafe zuführe! Niemand wird mich fangen! Es wird keine Zeugen gegen mich geben!"

Mit einer schnellen Bewegung griff sie wieder zu ihrer Tasche, holte eine Pistole heraus und richtete sie auf Maria.

„Ich muss Sie mitnehmen, damit Sie mich nicht verraten", sagte sie entschlossen. „Wenn Sie sich wehren, um Hilfe rufen oder zu fliehen versuchen, werde ich Sie erschießen. Ich werde keinen Moment zögern, darauf können Sie sich verlassen."

Maria blickte in die Mündung der Waffe und dann ins Gesicht der Frau, deren Augen sie nun starr anblickten. Angst stieg in ihr auf. „Bitte nicht schießen! Ich tue, was Sie sagen."

„Das will ich Ihnen auch geraten haben!“

Kirsten Wallner stand auf und machte einen knappen Wink mit der Pistole zur Türe hin. „Ziehen Sie sich an und kommen Sie mit mir. Wir gehen zu meinem Auto. Auch wenn Sie meine Pistole nicht mehr sehen, können Sie mir glauben, dass sie auf Sie gerichtet ist. Mein Finger liegt am Abzug. Los, kommen Sie – und keine Mätzchen!“

Maria folgte diesem Befehl sofort. Sie ging vor Kirsten Wallner in den Flur, zog sich Stiefel an und schlüpfte in ihren Mantel. „Sie brauchen Ihre Türe nicht zuzusperren. Vielleicht brauchen Sie all das da drinnen ja gar nicht mehr“, sagte Frau Wallner hinter ihr in höhnischem Ton. Dann spürte Maria, wie sich ein harter Gegenstand in ihren Rücken bohrte. „Los, zu meinem Auto!“, herrschte die Täterin sie an.

Wie in Trance ging die Pfarrerin die Treppe hinab. „Das kann doch gar nicht sein. Bin ich in einem Alptraum?“ Maria war so geschockt, dass sie meinte, gar nicht mehr richtig denken zu können. Ihr Kopf tat ihr außerdem schrecklich weh und sie fühlte sich wieder entsetzlich schwach und elend.

Als sie aus der Haustüre trat, sah sie auf der gegenüberliegenden Seite des Platzes Frau Schuster, eine betagte Gemeindehelferin, laufen. Sofort hörte sie es hinter sich zischen: „Keinen Ton und keine Mätzchen, sonst drücke ich ab. Die alte Frau erschieße ich gleich mit!“ Frau Schuster grüßte herüber. Maria nickte nur schwach in ihre Richtung. Die Frau machte angesichts dieser schwachen Reaktion ein irritiertes Gesicht und wandte sich schnell ab. Als sie um die Ecke verschwunden war, drängte Kirsten Wallner Maria zu ihrem Auto und sperrte es auf: „Brav sitzen bleiben und kein Laut, sonst kracht es!“

Schnell ging sie um den Wagen herum, stieg auf der

Fahrerseite ein und startete sofort. Die Pistole hatte sie auf ihrem Schoß liegen. „Wenn Sie versuchen sollten, an meine Waffe zu kommen, werde ich schneller sein!", drohte sie. „Am besten, Sie fügen sich meinen Anweisungen, dann passiert Ihnen nichts."

Kirsten Wallner stoppte das Auto erst, als sie vor ihrem Haus angekommen war. „Aussteigen und zur Haustüre gehen!", befahl sie knapp. Maria gehorchte. Während sie hinter sich die Wagentüre zuschlagen hörte, wäre sie am liebsten davongelaufen, aber sie traute der offenbar verrückten Frau zu, dass sie in diesem Fall sofort das Feuer auf sie eröffnen würde. Ihr war klar, dass sie keine Chance hatte zu entkommen. Kirsten Wallner hielt an. Mit einer Hand die Pistole auf sie gerichtet, mit der anderen angelte sie einen Schlüsselbund aus ihrem Mantel und sperrte auf. Im Haus dirigierte sie Maria zur Kellertüre. Als sie die Türe öffnete, kam ein dunkler Gang zum Vorschein, von dem drei Türen abgingen. Kirsten Wallner machte Licht. Dann schubste sie Maria vor sich her zu einer der Türen, schloss diese auf und gab Maria einen harten Stoß, sodass sie in einen Raum hineintaumelte. Hinter ihr betätigte Frau Wallner den Lichtschalter. Maria sah sich schnell um. In einer Ecke des Raumes lag ein Haufen Gerümpel, sonst war er leer. Er hatte kein Fenster. Die Luft war kalt, feucht und modrig. „Ich lasse das Licht an und bringe Ihnen ein paar Decken. Sie werden einige Zeit hier verbringen müssen. Essen und Trinken bringe ich Ihnen. Ich möchte aber kein Geschrei hören, sonst sorge ich für Ruhe, das können Sie mir glauben."

Maria lief es bei dieser neuerlichen Drohung eiskalt den Rücken hinab. Sie öffnete ihren Mund und wollte verhandeln. Kirsten Wallner ließ es nicht dazu kommen. Sie gab ihr einen heftigen Stoß, sodass sie gegen die Wand flog. Dann verließ sie schnell den Raum und verschloss energisch die Türe von außen.

Maria hörte, wie sich der Schlüssel im Schloss drehte. Sofort ging sie zur Türe und drückte die Klinke herunter. Sie war eingesperrt in dieses feuchtkalte Kellerloch. Einen Moment musste sie sich bei dieser schrecklichen Erkenntnis an der Türklinke festhalten. Ein Schwindel hatte sie erfasst. Sie fühlte sich verzweifelt, krank und elend. Das Gefühl von Verlassenheit und Schwäche wollte sie übermannen. „Wenigstens das Licht hat sie angelassen." Maria wandte sich um und blickte auf den Haufen Gerümpel in der Ecke. Sie ging hin und sah, dass unter Kartons verborgen ein alter Stuhl stand. Sie wollte ihn hervorholen, aber als sie einen schweren Karton hochheben wollte, überfiel sie plötzlich wieder ein heftiger Schwindel. Alles drehte sich um sie. Maria ließ den Karton fallen. Ihr wurde schwarz vor Augen und sie stürzte ohnmächtig zu Boden.

Kirsten Wallner war, nachdem sie Maria Sebald eingesperrt hatte, in ihre Wohnung gegangen, um etwas Essen und eine Flasche Wasser zu holen, die sie ihrer Gefangenen bringen wollte. „Einen Eimer braucht sie auch, sonst muss ich nachher die Bescherung vom Boden aufwischen", kam ihr in den Sinn. Sie brachte alles in den Keller.

Als sie unten die Türe aufgesperrt hatte und vorsichtig den Raum betrat, erschrak sie heftig. Maria Sebald lag bewusstlos vor ihr auf dem Boden. Schnell stellte sie das Mitgebrachte ab und eilte, nachdem sie die Kellertüre sorgsam abgesperrt hatte, wieder in ihre Wohnung hinauf.

Aus dem Doppelbett in ihrem Schlafzimmer hob sie mit einiger Mühe eine Matratze heraus und schleppte sie in den Keller. Schnell ging sie in ihre Wohnung zurück und holte noch zwei warme Decken. Wieder im Kellerraum legte sie alles auf den Boden. Marias zierliche Gestalt wurde von ihr auf die Matratze gelegt und zugedeckt. „Sie muss hohes Fieber haben!", erkannte Kirsten an den roten Wangen und der glühend heißen Stirn der jungen Frau. Sie besann sich, dass sie Aspirin und von ihrer letzten Erkrankung noch eine Schachtel mit einem Breitbandantibiotikum in ihrem Badezimmerschrank aufbewahrte.

Sie ging noch einmal in ihre Wohnung, holte beides und legte die Schachteln neben die Kranke hin.

Als Maria wieder erwachte, fand sie sich auf einer Matratze liegend. Zwei Decken waren über sie gebreitet. Offenbar hatte Kirsten Wallner sie gefunden und auf die Matratze gelegt. Mühsam richtete sich Maria ein wenig auf. Immer noch drehte sich alles um sie. „Bestimmt habe ich hohes Fieber!"

Neben ihrer Unterlage entdeckte sie eine Flasche Mineralwasser. Auf einem Teller daneben lagen einige belegte Brote. Neben dem Teller fand sie eine Schachtel Aspirin und daneben ein Medikament, das sie als ein Antibiotikum erkannte, das ihr ein Arzt bei einer früheren Infektion verordnet hatte. Dankbar nahm sie eine Tablette aus jeder Schachtel, öffnete die Mineralwasserflasche und schluckte die Pillen.

Sie empfand großen Durst. Ohne die Flasche abzusetzen, trank sie in großen Zügen. Dabei wanderten ihre Augen im Raum herum. Jetzt sah sie, dass die Täterin auch einen Eimer, offenbar für ihre Notdurft, in ihre Nähe gestellt hatte.

Erschrocken setzte sie die Flasche ab: „Ich darf nicht so viel aus der Flasche trinken. Wer weiß, wann diese Frau wieder kommt!"

Völlig erschöpft legte sie sich wieder hin und versuchte, über ihre Situation nachzudenken. „Mein gesundheitlicher Zustand hat sich sehr verschlechtert.

Ich fühle mich ganz schwach. Wenn ich aufstehen will, dreht sich alles um mich. Bestimmt habe ich hohes Fieber. Ich bin hier eingesperrt. Niemand weiß, wo ich bin. Wer weiß, wie lange mich Frau Wallner hier gefangen halten will. Offenbar ist sie geistig gestört." Eine schreckliche Erkenntnis jagte ihr plötzlich einen kalten Schauer über den Rücken: „Für diese verrückte Frau bin ich eine Mitwisserin. Sie hat ganz klar gesagt, es wird keine Zeugen geben. Sie wird mich umbringen!" Diese Gedanken hatten Maria augenblicklich innerlich erstarren lassen. Sie versuchte, ihre aufkommende Panik zu beherrschen, und sah sich wieder Hilfe suchend um. Nirgendwo sah sie eine Möglichkeit, ihrem Gefängnis zu entkommen. Ihr vom Fieber getrübter Geist suchte hektisch nach Auswegen, aber er fand keinen einzigen.

„Jetzt will sie bestimmt erst ihren total irren Rachefeldzug zu Ende führen", fiel ihr ein, „Sybille Ohning und Klaus Berger sind in höchster Gefahr!"

Unwillkürlich hatte sie die beiden Decken Schutz suchend über ihr Gesicht gezogen. Sie fühlte sich dieser Verrückten vollkommen ausgeliefert. Ihr derzeitiger Gesundheitszustand war nicht gerade der beste Ausgangspunkt für eine Befreiungsaktion. Außerdem war Frau Wallner bewaffnet. Die Kranke fasste den Entschluss, alles zu versuchen, um zu entkommen. Sie richtete sich vorsichtig auf. Inzwischen fühlte sie sich jedoch so schwach, dass ihre Beine ihren Dienst versagen wollten. Nur mit großer Mühe schaffte sie es, sich hinzustellen. Schwankend ging sie dann auf die Türe zu und untersuchte sie. Wieder rüttelte sie an der Klinke und musste einsehen, dass sie hier nicht herauskommen würde. „Vielleicht liegt unter dem Gerümpel eine Art Werkzeug, mit dem ich die Türe aufhebeln könnte?" Maria schleppte sich zu der Ecke des Raumes. Sie zog die Kartons auseinander und untersuchte dabei deren Inhalt. Aller möglicher Krimskrams fand sich darin, aber kein vernünftiger Hebel. Der fensterlose Kellerraum war ein sicheres Gefängnis. Sinnlos, wenn sie um Hilfe rief. Und wer sollte schon in den Keller kommen? Anscheinend lebte Frau Wallner allein in diesem Haus.

Resigniert ging sie zu ihrer Matratze zurück. Kaum hatte sie sich daraufgelegt, schlief sie auch, völlig ermattet, tief ein.

Dienstag nachmittags

Wolfgang Sperber war eben von seiner Berichterstattung bei Staatsanwalt Doktor Sauber und seinem Chef, Rudolf Dotzauer, zurückgekehrt. Sauber hatte ihm mitgeteilt, dass Julius Bergers Leiche zur Beisetzung freigegeben worden war.

Er hatte sich gerade an seinen Schreibtisch gesetzt, um Frau Ohning mitzuteilen, dass sie alles zur Bestattung ihres Lebensgefährten in die Wege leiten konnte, als der Anruf von Sperbers Ansbacher Kollegen, Kriminalkommissar Walter Schaffer, eintraf. Der war mit anderen Polizisten immer noch mit Ermittlungen in der Firma Sanaplant in Nürnberg beschäftigt.

„Wolfgang, wir sind hier in Bergers Firma auf einen merkwürdigen Vorfall gestoßen. Im vorletzten Jahr wurde die Firma Sanaplant angeklagt, eine Testreihe mit Hormonpräparaten durchgeführt zu haben, bei der eine junge Frau gestorben ist. Aus der Akte ist zu entnehmen, dass die Firma von jeder Schuld an diesem Tod freigesprochen wurde. Die Begründung für den Freispruch lautet: Die Frau habe ihren Tod selbst verschuldet. Sie wurde von Klaus Berger, der die Testreihe durchführte, bei einem Vorgespräch darauf hingewiesen, dass sie während des Tests keinen Alkohol oder andere Drogen zu sich nehmen darf. Die junge Frau, sie hieß Jasmin Wallner, eine Studentin, wohnhaft in Erlangen, hat diese Bedingung auch unterschrieben. Frau Wallner hat am Abend vor der dritten und stärksten Hormongabe jedoch Wein zu sich genommen. Es kam zu einer Komplikation und die Frau starb. Das gerichtsmedizinische Gutachten war eindeutig. Die Mediziner legten sich darauf fest, dass der Alkohol schuld an der tödlich verlaufenen Komplikation war. Durch dieses Gutachten war die Firma Sanaplant aus dem Schneider. Sie wurde von dem

Vorwurf der schweren Körperverletzung mit Todesfolge vom Gericht freigesprochen. Bei uns haben einige Glocken angefangen zu läuten, als wir sahen, dass Jasmin Wallner ursprünglich aus Ansbach stammt. Ihre Mutter ist in der Akte als wohnhaft im Schellingweg in Ansbach angegeben."

Er nannte ihm die genaue Adresse. „Ich denke, ihr solltet sie in der Sache befragen. Eine vage Hoffnung, aber wir klammern uns doch im Moment an jeden Strohhalm. Übrigens wurde uns auf unsere Nachfrage vom derzeitigen Geschäftsführer von Sanaplant mitgeteilt, dass sich die Brüder Julius und Klaus Berger nach diesem Vorfall geschäftlich getrennt haben. Angeblich hat Julius Berger von der Testreihe nichts gewusst. Sein Bruder Klaus scheint damit eigene Wege gegangen zu sein. Klaus Berger verließ die Firma und hat seitdem einen eigenen Betrieb in Hamburg, den er von einem Pharmazeuten übernahm, der in den Ruhestand ging."

Wolfgang Sperbers Interesse war nach dieser Nachricht sofort geweckt. „Die Sache mit der Anklage ist uns bereits von Frau Ohning berichtet worden. Jetzt erscheint mir ein Nachhaken in dieser Richtung noch dringlicher. Das könnte eine Spur sein. Wir müssen Frau Wallner unbedingt sofort befragen. Danke Walter. Konstanze ist im Moment noch im Krankenhaus Ansbach, wo sie sich nach Bergers verletztem Sohn erkundigt hat. Vielleicht erwische ich sie noch per Telefon, dass sie gleich zu Frau Wallner fährt." Er legte den Hörer auf und dachte kurz nach.

„Die Art und Weise, wie die Morde und der Anschlag auf Moritz Berger verübt wurden, deuten doch auf einen Mann als Täter hin", überlegte er, „wenn Moritz Berger aus dem Koma erwacht war, würden sie vermutlich schnell erfahren, wer der Mörder war. Aber jetzt war es wichtig, jede Spur zu verfolgen."

Er wollte Konstanze sofort beauftragen. Bevor er jedoch dazu kam, Konstanzes Nummer in sein Telefon einzutippen, läutete der Apparat. Harro von Weinheim war am anderen Ende.

Seine Stimme klang sehr aufgeregt, als er sagte: „Herr Sperber, ich bin ratlos und sehr besorgt. Meine Kollegin und Freundin Maria Sebald ist verschwunden. Ich bin heute Nachmittag von einer Fortbildung heimgekommen und wollte sie besuchen, aber sie war nicht in ihrer Wohnung. Die Wohnungstüre war nur zugezogen und nicht versperrt. Sie hat keine Nachricht hinterlassen, obwohl sie wusste, dass ich heute wieder nach Hause komme. Sie hat offenbar ihre Stiefel und ihren schwarzen Mantel angezogen. Ich habe alle Leute angerufen, bei denen sie sein könnte, aber niemand hat sie heute gesehen. Merkwürdigerweise stand auf dem Wohnzimmertisch ein Metallkasten mit einem Knochen darin. Maria muss irgendwie an die Reliquie gekommen sein. Ich befürchte, der Täter hat sie ihr gebracht. Vielleicht war der Knochen das Lockmittel, um Maria zu entführen? Bestimmt ist sie in großer Gefahr. Außerdem entspricht es einfach nicht Marias Art, einfach so wegzugehen, wenn sie weiß, dass ich nach längerem Wegsein wieder nach Hause komme. Wir gehören zu den Freunden von Julius Berger. Herr Hauptkommissar, ich habe große Angst, dass ihr etwas zugestoßen ist."

Sperber nahm das Gehörte äußerst ernst. Er fragte: „Wann hatten Sie zuletzt mit ihr Kontakt?"

„Ich habe heute Morgen telefonisch mit ihr gesprochen. Wir hatten ausgemacht, dass ich gegen vierzehn Uhr zu ihr komme. Sie hat sich auf mein Kommen gefreut und gesagt, sie würde mich erwarten."

„Überlegen wir vorsichtshalber andere Möglichkeiten ihrer Abwesenheit: Kann sie nicht plötzlich zu einem Mitglied ihrer Gemeinde gerufen worden sein?"

„Dann hätte sie bestimmt eine Nachricht hinterlassen. Sie fühlte sich heute früh immer noch krank. Ich glaube nicht, dass sie in diesem Zustand auf Spaziergänge Lust hatte."

„Könnte sie vielleicht beim Einkaufen sein?"

„Nein, wenn sie etwas gebraucht hätte, hätte sie auf mich gewartet. Ich wäre für sie einkaufen gegangen. Außerdem bin ich jetzt schon längere Zeit in ihrer Wohnung. Sie weiß, dass ich hier bin. Bestimmt hätte sie mich schon längst mit ihrem Handy angerufen, wenn sie verhindert wäre. Außerdem war ihre Wohnungstüre nicht abgesperrt, sondern lediglich zugezogen. Maria ist aber immer bedacht darauf abzusperren. Schon aus Versicherungsgründen, wie sie immer meint."

Sperber empfand ein flaues Gefühl im Magen. Ihm erschien es durchaus wahrscheinlich, dass der unberechenbare Täter Maria den Knochen angeboten und die Pfarrerin mitgenommen hatte. Vielleicht nutzte er sie als Geisel? Er würde sofort eine Fahndung nach ihr veranlassen.

„Herr von Weinheim, normalerweise warten wir zumindest den nächsten Tag ab, bevor wir eine Fahndung herausgeben. Zu oft ist ein gesuchter Mensch schon am nächsten Tag wieder putzmunter aufgetaucht und war nur bei Freunden oder sonstwo ausnahmsweise über Nacht versumpft, aber im Fall von Frau Sebald nehme ich ihr Verschwinden ganz ernst. Ich verspreche Ihnen, ich werde mich sofort persönlich darum kümmern, dass nach ihr gesucht wird. Ich möchte auch eine Meldung an die Presse geben; dazu brauche ich ein aktuelles Foto von Frau Sebald."

Harro versprach, ein entsprechendes Foto gleich selbst in die Inspektion zu bringen.

„Bitte sagen Sie mir sofort Bescheid, wenn Frau Sebald doch nach Hause kommen sollte."

Harro versprach das und bedankte sich bei dem Polizisten.

„Ich stelle mein Haustelefon jetzt auf Rufumleitung ein, dann bin unter dieser Telefonnummer auf meinem Handy ständig zu erreichen, auch wenn ich unterwegs bin.“

Wolfgang Sperber kam für sich zu dem Schluss, dass er den Pfarrer auf dem neuesten Stand der Ereignisse halten sollte. Er sagte: „Leider muss ich Ihnen mitteilen, dass auf Bergers Sohn Moritz heute Morgen in seinem Haus ein Mordanschlag verübt worden ist. Moritz Berger wurde, wie sein Vater, mit einem Messer niedergestochen und schwer verletzt. Er hat den Angriff jedoch glücklicherweise überlebt. Der Täter hat nur einmal zugestochen und keine lebenswichtigen Organe zerstört. Darüber, warum er nicht, wie bei Julius Berger, mehrfach zustach und sein Opfer damit zuverlässig tötete, können wir derzeit nur rätseln. Meine Kollegin, Oberkommissarin Grunwald, ist gerade im Krankenhaus Ansbach. Sie hat mir eben mitgeteilt, dass eine dort vorgenommene Notoperation, nach Auskunft der Ärzte, gut verlaufen ist. Das Leben von Moritz Berger scheint nicht mehr in Gefahr zu sein. Er wurde auf die Intensivstation verlegt. Man hat ihn in ein künstliches Koma versetzt, um seinem Organismus die Möglichkeit zu geben, sich in Ruhe zu regenerieren.“

„Gott sei Dank! Moritz ist noch am Leben!“ Harro hatte hörbar aufgeatmet.

Er hatte nach diesem Gespräch eine Nachricht für Maria in der Wohnung hinterlassen, dass sie sich gleich bei ihm melden sollte, wenn sie heimkam. Dann suchte und fand er schnell ein Foto von seiner Freundin und eilte damit zur Polizeiinspektion am Karlsplatz, dort wurde es von einem Beamten entgegengenommen. Dann lief er zum Pfarramt und sagte Frau Besendörfer, dass er ab jetzt in der Stadt unterwegs sein würde, um Maria Sebald zu suchen.

„Obber des hot doch kann Wert!", antwortete die Sekretärin, die vor lauter Mitgefühl in ihren fränkischen Dialekt verfallen war. „Wenn Sie allein do rumsuchn, ist des wie bei der berühmten Nodl im Heihaufm. Ich ruf noch einige Leit zam, die ich kenn. Vielleicht können mir an Suchdrubb aufstelln. Wos manas dazu?"

„Dafür wäre ich sehr dankbar!", seufzte Harro. „Ich gehe jetzt zuerst zur Rezat und suche den Fluss entlang dem Parkplatz ab. In einer halben Stunde bin ich am Fußgängerüberweg zur Fischstraße."

Frau Besendörfer nickte und hatte bereits den Telefonhörer in der Hand. Harro verließ eilig das Pfarramt und lief über die Reitbahn zum Rezatufer hinunter. Eine halbe Stunde lang kämpfte er sich durch das Gestrüpp mit ständigem Blick auf beide Ufer und das rasch fließende Gewässer. Als er bei der Überführung zur B 14 ankam, sah er auf der Rezatbrücke eine Gruppe Menschen stehen, die ihm zuwinkten.

Harro stieg schnell nach oben. Neben einigen bekannten Gesichtern erblickte er unter den Versammelten auch Personen, die ihm unbekannt waren. In vorderster Reihe stand der Mesner Alexander Weber mit seiner wuchtigen Gestalt. Alle drängten sich sofort um ihn.

Weber erbot sich mit lauter Stimme, zusammen mit Marias Freundin und Kollegin, Marianne Kraus, alle kirchlichen Gebäude genauestens abzusuchen. Die Pfarrerin nickte eifrig dazu und bekräftigte, dass sie das ganz gründlich tun würden. Harro war gerührt. „Danke euch beiden! Macht euch bitte gleich auf den Weg."

Dann sagte er zu allen anderen: „Herzlichen Dank, dass Sie mich unterstützen wollen, Maria Sebald zu finden. Ich denke, es ist am besten, wir teilen uns in Gruppen auf und durchsuchen bestimmte Gebiete am Fluss entlang und in der Stadt." Schnell hatten sich kleine Gruppen gefunden, die für sich jeweils einen gewissen Abschnitt durchkämmen wollten. Die Stelle, an der die Ergebnisse zusammenlaufen sollten, war das Pfarramt. Heidi Besendörfer hatte sich erboten, dort den ganzen Tag die Stellung zu halten.

Gleich nachdem er das Gespräch mit Harro von Weinheim beendet hatte, rief Sperber die Einsatzzentrale an. Er gab den Beamten eine Personenbeschreibung von Maria Sebald und ordnete eine Fahndung nach ihr an. Das Bild von ihr gab er an die Streifen und an die Pressestelle der Polizei weiter.

Dann tippte er Konstanzes Handynummer ins Telefon. Sie meldete sich sofort. „Hallo Wolfgang, was ist?"

„Wo bist du gerade?"

„Auf dem Weg in die Inspektion. Ich bin gleich da."

Wolfgang Sperber berichtete ihr in kurzen Worten, was er eben von Walter Schaffer mitgeteilt bekommen hatte.

„Kehr wieder um und besuche Frau Wallner. Ihre Wohnung liegt auf deinem Weg. Befrage sie wegen des Todesfalls ihrer Tochter und achte auf ihre Reaktionen. Vergiss nicht, dich nach ihrem Alibi zur Tatzeit zu erkundigen. Und noch etwas Wichtiges: Die junge Pfarrerin, Frau Sebald, ist seit heute Vormittag verschwunden. Ihr Kollege und Freund Harro von Weinheim hat mich deswegen eben tief besorgt angerufen. Ich habe ihn erst mal beruhigt und gesagt, dass noch zu wenig Zeit vergangen ist, um Schlimmeres zu befürchten. Dennoch nehme ich ihr Verschwinden ganz ernst. Immerhin gehört sie auch zum Kreis um Julius Berger. Bitte sieh dich bei Frau Wallner um, ob du irgendwelche Hinweise auf Maria Sebald entdeckst. Man kann nie wissen."

„Ich habe verstanden, Wolfgang. Ich habe schon gewendet und bin kurz vor der angegebenen Adresse. Ich versuche mein Bestes." Damit legte sie auf.

Endlich kam Sperber dazu, Frau Ohning anzurufen, um ihr mitzuteilen, dass sie, beziehungsweise Klaus Berger, in Bezug auf die Bestattung von Julius Berger alles in die Wege leiten konnte.

Hörbar erleichtert bedankte sich Sybille Ohning für die Nachricht wegen der Beisetzung.

Wenig später kam Konstanze in die Inspektion und berichtete, dass sie Frau Wallner nicht angetroffen hatte. Sie hatte ihr aber eine Nachricht hinterlassen, dass sie sich so bald wie möglich bei ihr auf der Inspektion melden sollte.

Inzwischen war auch Karlo wieder auf der Dienststelle eingetroffen.

Die zwei Kommissare Grunwald und Grollmisch trafen sich kurz darauf mit Sperber zu einer Lagebesprechung.

Sperber war beunruhigt wegen des Verschwindens von Maria Sebald.

„Vielleicht solltest du unter diesen Umständen bei der Staatsanwaltschaft eine Hausdurchsuchung bei Frau Wallner beantragen", gab Konstanze zu bedenken.

„Das werde ich auch sofort tun!" Sperber griff zum Telefonhörer und wählte. Er bekam Staatsanwalt Sauber an den Apparat und konnte ihm seinen Wunsch vortragen.

Sauber reagierte höchst ärgerlich: „Was wollen Sie dieser armen Frau denn noch alles antun?!", sagte er vorwurfsvoll. „Reicht es nicht, dass sie ihre Tochter verloren hat? Nein, Sie können keine Hausdurchsuchung bei ihr machen. Ich erlaube das nicht!"

Enttäuscht beendete Sperber das Gespräch.

Karlo Grollmisch unterrichtete seine Kollegen darüber, was er von Hubert Obenauf über Steinkreuze erfahren hatte. Diese Information brachte sie immerhin insofern weiter, dass sich das Motiv Rache durch die den Mord umgebende Symbolik immer schärfer abzuzeichnen begann.

Karlo stellte seine persönliche Erkenntnis den beiden anderen vor Augen:

Metzger waren am früheren Aufstellungsort des Steinkreuzes von Metzgern umgebracht worden. Metzger schlachteten unter anderem Schweine. Der Schweineknochen im Mund von Berger deutete ja offensichtlich an, er war in moralischer Hinsicht für den Mörder ein Schwein. Er hat ihn deshalb wie ein Schwein geschlachtet.

„Ich glaube, das hast du richtig kombiniert", stimmte ihm Sperber zu.

Konstanze überlegte laut: „Ich sehe das ähnlich wie Karlo. Es sieht alles so aus, als bräuchte der Mörder diese ganze Staffage, um seine Rache richtig ausleben zu können. Ich werde den Verdacht nicht los, dass die Übergabe der von Julius Berger so heiß ersehnten Reliquie an diesem Ort kein Zufallsprodukt war. Es hat zu der ganzen Inszenierung wunderbar gepasst. Dem Mörder war überhaupt nicht daran gelegen, den alten Knochen zu übergeben, sondern Berger damit zu ködern, an den vorgesehenen Ort der Tat zu kommen." Sie seufzte: „Wäre er nur nicht hingefahren!"

„Dann hätte ihn der Täter bestimmt in seinem Haus umgebracht. Das wäre zwar nicht ganz so melodramatisch herausgekommen, aber die Rache wäre eben dann auf diese Weise befriedigt gewesen", gab Sperber zu bedenken.

Die drei Kommissare beratschlagten daraufhin, wie sie weiter verfahren wollten.

„Wichtig scheint mir, was die Hamburger Kollegen bei der Befragung von Klaus Berger herausgebracht haben. Ich werde sie nachher gleich anrufen", sagte Sperber: „Die Spur zu Frau Wallner sollten wir unbedingt schnell nachverfolgen. Konstanze, rufe sie bitte nachher noch einmal an; und wenn sie zu Hause ist, fahrt ihr beide gleich hin und befragt sie eingehend."

Konstanze und Karlo nickten zustimmend.

„Ich selbst werde mich anschließend bei Arpogaus erkundigen, was bei der Durchsuchung von Bergers Haus herausgekommen ist. Ich werde mich auch gleich beim Friedhofsamt nach dem Termin der Beerdigung von Julius Berger erkundigen. Ich denke, der Täter wird sich die Gelegenheit nicht entgehen lassen, die Frucht seiner Tat bis zum Schluss zu genießen. Es wird sicher eine Beerdigung geben, zu der viele Menschen kommen. Der Mörder kann sich gut in der Menge verstecken. Wir sollten deshalb unbedingt auch dabei sein, um den Angehörigen Personenschutz zu gewähren. Es ist anzunehmen, dass der Täter noch einmal zuschlägt. Er könnte Klaus Berger und Sybille Ohning noch auf seiner Liste haben. Wer weiß? Ich werde Sauber und Dotzauer vom Stand der Dinge berichten und dann unserem Pressereferenten Bescheid geben, was er den Medien mitteilen darf. Ich glaube, nun haben wir alle zu tun. Wir treffen uns am Nachmittag wieder, wenn sich etwas Neues ergeben sollte. Ansonsten ist, bedingt durch die Mordermittlungen, auch bei euch sicher einiges liegen geblieben, was aufzuarbeiten ist."

Karlo und Konstanze nickten zustimmend, standen auf, verabschiedeten sich und verließen Sperbers Büro.

Kirsten Wallner hatte nach dem Gespräch mit Maria Sebald lange mit sich gerungen. Die Worte der Pfarrerin klangen noch in ihren Ohren. Sie war überrascht gewesen, wie heftig die Geistliche auf ihre Mordbeichte reagiert hatte.

„Sie hat sich ihre jetzige Situation selbst herbeigeredet", rechtfertigte sich Kirsten Wallner.

„Merkwürdig war ihr heftiger Ausbruch schon, denn eigentlich sind diese Pfarrer doch immer so softig und reden ständig von Vergebung, Barmherzigkeit und Nächstenliebe", dachte sie sich voller Sarkasmus. „Die Haltung der jungen Frau ihrem Geständnis gegenüber war jedoch völlig eindeutig. Sie verurteilte das, was sie getan hatte, aufs Schärfste. Der einzige Weg, den sie ihr gezeigt hatte, war der Gang zur Polizei."

„Natürlich, die war mit Berger so gut wie befreundet, daher diese Reaktion. Sie hat sich nicht im Geringsten in meine Situation hineinfühlen wollen. Diese Geschäftsleute und die von der Kirche stecken doch alle unter einer Decke. Hinter dem ganzen System in unserem Land verbirgt sich das Netzwerk derer, die Einfluss und Macht haben. Ein Menschenleben zählt für die nichts."

Diese Gedanken weckten in Kirsten Wallner Trotz und einen heißen Zorn. Ihre anfängliche Dankbarkeit für das Gespräch mit der Pfarrerin und jede Erinnerung an ihre eigene Selbsterkenntnis verblassten völlig hinter diesen starken Gefühlen. „Ich werde meine Tochter rächen. Der Hauptschuldige an ihrem Tod lebt noch herrlich und in Freuden in Hamburg. Aber nicht mehr lange, dann kommst du nach Ansbach. Es wird deine letzte Reise gewesen sein, Klaus Berger, vor dem großen Aufbruch ins Jenseits!"

Den Mord an Julius Bergers Bruder hatte sie schon lange geplant. Jetzt war sie fest dazu entschlossen. Sie würde ihn bei der Beerdigung seines Bruders auf dem Friedhof erschießen.

Kirsten Wallners verstorbener Mann hatte eine große Passion. Er war ein begeisterter Jäger. Seine zwei Gewehre einschließlich Munition standen noch in einem stets verschlossenen Gewehrschrank in ihrer Wohnung. Die geladene Pistole ihres Mannes, mit der sie die Pfarrerin bedroht hatte, lag immer noch in ihrer großen Tasche.

Kirsten hatte es noch nicht über sich gebracht, die wertvollen Gewehre zu verkaufen. Auch die Jagdbekleidung hing noch so im Kleiderschrank ihres Mannes, wie er sie nach seinem letzten Jagdausflug hineingehängt hatte.

Nun ging sie mit entschlossenen Schritten zu ihrem Schreibtisch, schloss eine bestimmte Schublade auf und entnahm ihr die Schlüssel des Gewehrschranks. Als sie ihn öffnete, sah sie die zwei Gewehre ihres Mannes ordentlich vor sich in ihrer jeweiligen Befestigung. Jetzt wurde ihr aber bewusst, dass sie im Grunde keine Ahnung von der Bedienung eines Gewehres hatte.

In dem Gewehrschrank gab es auch eine Schublade. Sie zog die Schublade auf und sah hinein. Vor ihr lagen mehrere Schachteln mit Munition. Daran würde es also nicht fehlen. Eigentlich war ihr Verständnis für diese Liebhaberei ihres Mannes recht beschränkt gewesen. Sein frühes Aufstehen, um auf den Hochsitz im Wald zu kommen, war ihr immer lästig. Sie hatte den Eindruck, dass diese ganze Jägerei ihr Ehe- und Familienleben störte. Das Wildfleisch, das ihr Mann oft mit nach Hause brachte, hing ihr manchmal regelrecht zum Hals heraus.

Ihr war klar, dass nun aber der Moment gekommen war, sich mit dem Jagdwerkzeug zu befassen. Etwas zögerlich nahm sie eines der Gewehre aus seiner Halterung und betrachtete es. Es wog ziemlich schwer in ihrer Hand. Sie nahm es hoch und legte es an die Schulter. Dann sah sie durch das aufgesetzte Zielfernrohr durch das Fenster. Die Häuser auf der anderen Straßenseite waren darin ganz nahe. Sie konnte kleinste Details erkennen. Als ein Mann aus der Haustüre trat, nahm sie ihn in das Fadenkreuz und verfolgte ihn mit dem Gewehrlauf ein Stück seines Weges, den Finger am Abzug. In Gedanken zog sie ihn durch. Es war anscheinend nicht so schwer, einen Menschen damit zu treffen, besonders wenn der schön still stand, wie Klaus Berger bestimmt am Grab seines Bruders einen Augenblick innehalten würde.

Vorsichtig untersuchte sie das Gewehr und bedachte seine Funktionen. Dann holte sie eine Munitionsschachtel heraus und überlegte, wie die Patronen einzusetzen waren. Nach und nach kam sie darauf, wie das Gewehr schussbereit zu machen war. „Ich muss das Schießen üben!", dachte sie energisch.

Sorgsam wickelte sie das Gewehr in eine Decke und legte die Munitionsschachtel in ihre Tasche zu der geladenen Pistole.

Dann zog sie ihre hohen Stiefel an, zog sich eine warme Jacke über und legte sich einen Schal um den Hals. Ihren Kopf schützte sie mit einer warmen Wollmütze. Anschließend verließ sie das Haus, packte das Gewehr in ihr Auto und fuhr aus der Stadt den Rügländer Berg hinauf in die waldreiche Gegend des Umlandes. Eine ganze Weile suchte sie ein Waldstück, das weit genug vom nächsten Dorf entfernt war. Die Schüsse könnten Aufmerksamkeit erregen, das wollte sie auf jeden Fall vermeiden. Sie vergewisserte sich, dass weit und breit kein anderes Auto zu sehen war. Schließlich sollte ihr kein Bauer, Förster oder Waldarbeiter in die Quere kommen. Sie stellte ihren Wagen hinter dichtem Gebüsch ab, sodass er von der Straße aus nicht gesehen werden konnte. Dann nahm sie das Gewehr aus seiner Umhüllung und lud es. Als Ziel wählte sie einen mittelstarken Baum in einiger Entfernung. Sie legte an, nahm den Baum ins Fadenkreuz und drückte ab. Nach ihrer Erfahrung mit Sauerweins Pistole hatte sie sich auf den Rückschlag der Waffe eingestellt. Der laute Knall des Schusses erschreckte sie. Daran würde sie sich gewöhnen. Rasch lief sie zu dem Baum und fand das Einschussloch. Die Entdeckung ließ sie innerlich jubeln. Sie konnte es schaffen, Klaus Berger auf diese Weise zu erledigen.

Kirsten übte weiter, einmal mit dem Gewehr, dann mit der Pistole. Nach einiger Zeit war sie sich ihrer Schießkünste sicher. Morgen würde sie an einem anderen Ort weitertrainieren.

Als ihr trotz der warmen Kleidung kalt wurde, verpackte sie das Gewehr wieder sorgfältig und vergewisserte sich, dass noch genügend Munition für Übungsschüsse am nächsten Tag und natürlich für das Attentat vorhanden war.

Dann fuhr sie nach Neustadt an der Aisch und suchte sich eine gemütliche Wirtschaft, in der sie sich aufwärmte und in aller Ruhe aß.

Den restlichen Tag würde sie sich frei geben. Nach dem Essen wollte sie nach Nürnberg fahren und dort einen ausgiebigen Bummel unternehmen. Später, wenn sie heimkam, würde sie sich nach ihrer Gefangenen umsehen. Die war von ihr mit dem Notwendigsten versorgt worden und würde bis zum Abend gut durchhalten. Was mit ihr geschehen würde, wenn sie Klaus Berger erledigt hatte, wusste sie genau. Wenn sie die Pfarrerin freiließ, hatte sie eine Zeugin, die über alles Bescheid wusste. Am besten, sie würde sie töten und ihre Leiche zuverlässig entsorgen. Zunächst aber wollte sie sich vollkommen der Aufgabe widmen, die sie sich vorgenommen hatte.

Erschöpft und resigniert hatte der Suchtrupp gegen sechzehn Uhr seine Arbeit aufgegeben. Harro bedankte sich bei allen. Die meisten von ihnen versprachen, am nächsten Tag weiterzusuchen.

Später, um achtzehn Uhr, trafen Sybille Ohning und Klaus Berger bei Harro zum Beerdigungsgespräch ein. Sybille trug unter ihrem Mantel ein schlichtes anthrazitfarbenes Kleid. Um den Hals hatte sie ein schwarzes

Seidentuch geschlungen. Ihr Gesicht wirkte sehr blass. Ihre Augen blickten stumpf und waren gerötet. Um ihren Mund hatte sich eine scharfe Falte eingegraben. Sie wirkte auf Harro sehr zerbrechlich und um Jahre gealtert. Er hätte sie am liebsten in den Arm genommen. Seine Aufmerksamkeit wurde aber fast gleichzeitig von seinem zweiten Besucher abgelenkt.

Klaus Berger, Julius' jüngerer Bruder, hängte ebenfalls seinen kamelhaarfarbenen Mantel an die Garderobe und legte seinen schwarzen, breitkrempigen Hut auf die Ablage. Harro hatte ihn vorher noch nie gesehen. Er sah seinem Bruder in keiner Weise ähnlich. Im Gegensatz zu Julius, der hochgewachsen und schlank war, wirkte er untersetzt und füllig. Sein schwarzes, nach hinten gebürstetes Haar glänzte. Er hatte offenbar Gel verwendet. Klaus Berger sah Harro mit einem Blick an, der etwas Verschlagenes hatte. Er empfand ihn irgendwie schmierig und zog seine Hand schnell aus der seines Gegenübers.

Mit einer Geste wies der Pfarrer auf die Türe seines Büroraumes, in dem, neben dem Schreibtisch, einem großen Schrank und einigen Bücherregalen, eine einladende Sitzgruppe stand: „Bitte kommen Sie mit in mein Büro." Seine Gesprächspartner nahmen auf seine Bitte hin darin Platz.

Harro nahm sich Block und Kugelschreiber und setzte sich den beiden gegenüber.

„Wenn es Ihnen recht ist, besprechen wir zunächst den Ablauf der Trauerfeier." Die beiden nickten. Klaus Berger sagte mit seinem sarkastischen Lächeln: „Sagen Sie uns einfach, wie das Ganze abläuft. Sie machen das sicher nicht zum ersten Mal, oder? Obwohl Sie noch so jung aussehen. Man könnte Sie für einen Studenten halten."

Harro vernahm den abschätzigen Ton hinter dem

Gesagten. Am liebsten hätte er ihm eine scharfe Antwort hingefahren, aber er wollte das Gespräch nicht gleich zu Anfang entgleisen lassen und zwang sich zur Sachlichkeit.

„Mein Aussehen spielt nun keine Rolle", entgegnete er ruhig. „Sie haben recht, Herr Berger, ich habe schon einige Trauerfeiern gehalten. Allerdings muss ich sagen, ganz selten hat mich ein Todesfall so sehr innerlich berührt wie der Mord an Ihrem Bruder. Ich habe ihn gekannt und sehr geschätzt. Damit spreche ich auch im Namen meiner Kollegin Maria Sebald. Wir bedauern unendlich, dass ausgerechnet dieser wunderbare Mensch auf eine so schreckliche Weise ums Leben kommen musste. Wir haben mit seinem Tod nicht nur ein sehr aufgeschlossenes und engagiertes Gemeindeglied verloren, sondern einen uns ganz persönlich wichtigen Menschen."

Mit zu Schlitzen verengten Augen und leicht verkniffenem Mund sagte Klaus Berger: „Julius hat sich auch sicher Ihnen und Ihrer Gemeinde gegenüber immer wieder recht großzügig gezeigt?" Sybille Ohning atmete scharf ein und schüttelte empört ihren Kopf. Harro konterte sofort, mit einer gewissen Schärfe: „Wissen Sie, es liegt nicht immer nur am Geld und an Geschenken, die ein Mensch verteilt. In dieser Hinsicht haben wir einige Gemeindeglieder, die ihrer Gemeinde etwas zuwenden. Das eigentlich Wichtige im Miteinander liegt doch auf einer ganz anderen Ebene. Ich weiß nicht, ob ich mich deutlich genug ausgedrückt habe?"

Dann konnte er es sich nicht verkneifen zu sagen: „Ich glaube aber, Sie haben mich schon verstanden, oder?"

Berger antwortete nicht, sondern nickte stumm. Um seinen Mund spielte wieder dieses maliziöse Lächeln, für das allein er schon eine Ohrfeige verdient hätte, fand zumindest Harro.

Für Sybille Ohning war es an der Zeit, sich in den

verbalen Schlagabtausch einzumischen. Mit warmer Stimme sagte sie zu Harro: „Ich danke Ihnen für Ihre Worte, lieber Harro. Ich weiß, dass Sie und Maria Sebald meinem geliebten Mann zwei wichtige Freunde und gute Gesprächspartner waren. Er hat das immer wieder betont. Sie haben sehr entscheidend dazu beigetragen, dass er sich in Ansbach und besonders in der Gemeinde Sankt Gumbertus zu Hause gefühlt hat. Dafür bin ich Ihnen beiden sehr dankbar. Ich weiß, dass Sie mit uns trauern. Es tut mir wohl, Sie in diesen Tagen an meiner Seite zu haben. Bitte lassen Sie uns jetzt zum Ablauf der Trauerfeier kommen."

Harro sah sie dankbar an und umriss in kurzen Zügen, wie die Feier ablaufen konnte. Die beiden Angehörigen zeigten sich damit einverstanden. Auch Klaus Berger verzichtete auf einen Kommentar. „Welche Musik wünschen Sie sich dabei?", wollte er abschließend wissen.

„Julius hat die Werke von Johann Sebastian Bach sehr geliebt", antwortete Sybille Ohning. „Ich habe an drei Musikstücke von Bach gedacht. Zum Eingang ‚Jesu bleibet meine Freude'. Nach Ihrer Ansprache ein Largo, das ‚Konzert für zwei Violinen', und am Schluss Bachs wunderschönes ‚Arioso'. Wären Sie damit einverstanden?"

Harro, der diese Werke Bachs ebenfalls liebte, bejahte die Frage eifrig: „Wir könnten beim Ansbacher Kammerorchester anfragen, ob sie bereit wären, die Stücke zu spielen. Ich kenne einen wirklich guten Trompeter, der bestimmt auch mitspielen würde."

„Es würde mich freuen, wenn es uns gelänge, diese Musiker für die Feier zu gewinnen", sagte Sybille, dann schluckte sie schwer. Tränen liefen ihr die Wangen herab und ihre Schultern zuckten im vergeblichen Bemühen, ihre Gefühle zu beherrschen. Harro reichte ihr ein Päckchen Papiertaschentücher, die auf dem Tisch lagen. Sie nahm eines davon heraus, mit dem sie sich die Tränen abwischte. Harro konnte in dem Moment nicht verhindern, dass auch ihm die Tränen in die Augen schossen.

Klaus Berger blickte etwas verlegen drein und sagte: „Herr Pfarrer, Sie möchten sicher noch einiges über das Leben meines Bruders für Ihre Ansprache wissen?"

Harro wischte sich mit einer schnellen Bewegung über die Augen und nickte: „Ja, es ist gut, wenn wir uns sein Leben noch einmal vergegenwärtigen. Wie ist dieses Leben aus Ihrer Sicht abgelaufen?"

Klaus Berger erzählte nun ganz locker von der gemeinsamen Vergangenheit mit seinem Bruder. Er strich dabei die Rolle, die er dabei spielte, auffällig heraus. Als er schließlich bei der Zusammenarbeit von ihm und Julius Berger bei Sanaplant angelangt war, unterbrach der Pfarrer seinen Redefluss resolut, indem er sagte: „Ich habe von Testreihen in Ihrer Firma gehört, die zum Tod einer jungen Frau geführt haben. Ihre Firma wurde vor Gericht vom Vorwurf der Fahrlässigkeit in dieser Sache freigesprochen, aber Sie verließen dann Sanaplant?"

Absichtlich ließ er den letzten Satz als eine Frage im Raum stehen, die auf eine unumgängliche Antwort wartete.

Berger breitete entschuldigend die Hände aus: „Mein guter Herr Pfarrer, was Sie hier ansprechen, ist schon eine ganze Weile her. Ich möchte fast sagen, das ist schon fast nicht mehr wahr. Sie haben richtig gehört: Wir wurden damals vor Gericht freigesprochen."

Dann fuhr er mit zusammengekniffenen Augen und einem falschen Lächeln fort: „Sie müssen wissen, mein Bruder war eine Seele von Mensch. Er hat sich damals bittere Vorwürfe gemacht, dass dieser Unfall geschehen konnte. Aber hätte sich diese Frau an unsere Anweisungen gehalten, sie würde heute noch leben. Ich möchte wahrhaftig nichts Schlechtes über Julius sagen, aber er war manchmal für unseren Beruf einfach zu sensibel.

Wir betreiben schließlich Pharmaunternehmen und keine Wohltätigkeitsinstitute. Wir sind Kaufleute. Unsere Firmen müssen Gewinne abwerfen. Es geht schließlich um eine Menge Arbeitsplätze, um Familien, die von unserem Geschick, eine Firma wirtschaftlich zu führen, abhängig sind. Die Zeiten sind auch für uns nicht rosig, das können Sie mir glauben. Julius hat mir damals Vorwürfe gemacht, ich hätte zu eigenständig gehandelt. Na gut, aber meine Position in unserer Firma war so, dass ich ihn auch nicht wegen allem und jeden um Zustimmung bitten musste." Wieder hob er die Schultern: „Ich gebe zu, wir haben uns damals gezankt. Ich sah mich von Julius in meiner Handlungsweise eingeengt und habe die Firma verlassen. Jetzt bin ich ein freier Unternehmer und kann tun und lassen, was ich will. Natürlich im Rahmen der gesetzlichen Vorgaben. Im Grunde arbeiten wir doch für die Gesundheit unserer Mitmenschen."

Wieder dieses geradezu sardonische Grinsen. Harro wandte angewidert den Blick von ihm ab und kniff seine Lippen zusammen, um sich nicht zu einer scharfen Erwiderung verleiten zu lassen. Sybille Ohning hatte bei der Rede von Klaus Berger ihren starren Blick auf den Boden gerichtet. Jetzt sah sie Harro an und wirkte dabei sehr verletzlich: „Alles reden nützt jetzt nichts mehr. Es macht Julius nicht mehr lebendig. Er fehlt mir so sehr! Daneben steht das Bewusstsein, dass auf Moritz auch noch ein Mordanschlag verübt wurde und er jetzt schwer verletzt auf der Intensivstation des Krankenhauses im Koma liegt, das alles macht mich noch ganz fertig."

Harro beschloss, an dieser Stelle eine deutliche Warnung in das Gespräch einfließen zu lassen: „Haben Sie beide eigentlich keine Angst, dass der Täter auch Ihnen etwas antun könnte?"

Klaus Berger lachte kurz auf: „Warum sollte er das? Es ist doch ganz eindeutig, dass es dieser Verbrecher nur auf das Geld von Julius abgesehen hatte. Wissen Sie, wir sind in unserer gesellschaftlichen Position von vielen Neidern umgeben. Diese Neiddebatten im Fernsehen und in der Presse sind typisch deutsch! Wir haben in Deutschland doch wirklich sehr gute Manager in den Betrieben, die wahrlich für ihre Leistung nicht hoch bezahlt sind – da braucht man nur ins Ausland zu schauen, was dort so jemand verdient!" Er sah Harro bei diesen Worten mit einem scharfen Blick an, der keinen Widerspruch zulassen wollte.

„Ich möchte von diesem Thema, das nichts mit der Bestattung Ihres Bruders zu tun hat, wieder zum Leben von Julius Berger zurückkommen", lenkte Harro das Gespräch von diesem heiklen Punkt weg. „Wenn Sie, liebe Frau Ohning, noch ein wenig von Ihrem gemeinsamen Weg berichten wollen?"

Sybille erzählte die Geschichte ihres Kennenlernens, davon, wie ihre Liebe wuchs und was sie miteinander erlebt hatten. Immer wieder musste sie dabei innehalten und um Fassung ringen.

Nach etwa anderthalb Stunden kamen die drei mit ihrem Gespräch zu einem Ende. Harro hatte sich immer wieder unauffällig Notizen auf seinem Block gemacht und nachgefragt, wenn er meinte, etwas nicht gut genug verstanden zu haben.

Nachdem sie darin übereinstimmten, dass nun alles Nötige besprochen war, verabschiedete Harro beide und ging zurück in sein Büro. Dort stellte er sich ans Fenster und blickte hinaus, ohne wirklich auf das zu achten, was er sah. In seinem Kopf wirbelten die vielen Eindrücke aus der Begegnung mit diesen beiden Menschen.

„Wie unterschiedlich doch Geschwister sein können!", ging es ihm durch den Kopf, als er mit einem gewissen Schaudern an Klaus Berger dachte und an seine Einstellung gegenüber seinem Beruf.

Langsam begannen sich aber in ihm auch schon Gedanken zu einer Ansprache zu formen. Er setzte sich an den Computer und fing an zu schreiben.

Mittwoch acht Uhr

Sperbers Team hatte sich wie üblich pünktlich um acht Uhr zur Besprechung der Morgenlage in seinem Büro getroffen.

Nachdem es Karlo und Konstanze, trotz mehrerer Versuche, nicht gelungen war, Kirsten Wallner in ihrer Wohnung zu besuchen, hatten sie gestern ihre restliche Arbeitszeit darauf verwendet, angefallene Büroarbeiten zu erledigen. Heute wollten sie noch einmal versuchen, die Frau zu sprechen.

Sperber sagte: „Ich selbst möchte heute früh mit den Kollegen in Nürnberg reden, um Näheres über den Tod von Ruppert Sauerwein zu erfahren. Ich werde das Gefühl nicht los, dass sein Tod etwas mit unserem Fall zu tun hat. Dazu werde ich jetzt direkt nach Nürnberg fahren."

Er sprach auch die gut platzierte Suchmeldung in der Zeitung an. Viel hing nun zuerst davon ab, ob jemand Maria Sebald kurz vor ihrem Verschwinden gesehen hatte.

Als seine Kollegen gegangen waren, legte Sperber unverzüglich seinen warmen Schal um, zog seinen Mantel an und begab sich zu seinem Wagen auf dem Parkplatz.

Der Wetterbericht hatte schon am Abend zuvor Schnee angesagt, nun war es soweit. Es schneite dicke weiße Flocken. Die Gebäude um den Parkplatz wirkten, als wären sie in ein Schüttelglas gestellt worden. Wolfgang Sperber murrte: „Ausgerechnet jetzt muss es so schneien."

Er klopfte seinen Mantel ab, auf den sich schon Schneeflocken versammelt hatten, um gemeinsam zu schmelzen. Dann stieg er in den Wagen, schaltete das Licht ein und fuhr los.

Das Schneetreiben hatte inzwischen mehr und mehr

zugenommen. Die Scheibenwischer seines Wagens surrten hin und her und mühten sich, der wirbelnden Flocken Herr zu werden. Bei schlechter Sicht und noch nicht gestreuter Fahrbahn kam er nicht so schnell vorwärts, wie er sich das wünschte.

Dennoch erreichte er sein Ziel fast pünktlich. Er ließ sich vom Pförtner im Nürnberger Polizeipräsidium die Büronummer von Kriminaloberkommissar Hinzmann geben und ging schnurstracks durch einen langen Gang, dann eine Treppe hinauf in den ersten Stock. Dort klopfte er an die Bürotüre und trat ein. Drei Schreibtische und zwei graue Wandschränke füllten einen sonst recht nüchternen Raum. Hinter einem der drei Schreibtische saß ein hagerer Mann mit Glatze, der sich bei seinem Hereinkommen von seinem Stuhl erhob und ihn mit der sonoren Stimme, die Sperber schon am Telefon gehört hatte, und einem ironischen Lächeln auf den Lippen begrüßte: „Herr Hauptkommissar Sperber aus dem nachbarlichen Ansbach? Sie kommen durch Schnee und Wind zu uns nach Nürnberg. Grüß Gott!"

Dann lächelte er ein wenig von oben herab und fuhr fort, ohne Sperber zu Wort kommen zu lassen: „Ach ja, Ansbach, ein nettes Städtchen. Ein wenig sehr kleinstädtisch ist es in Ansbach im Gegensatz zu einer Großstadt wie Nürnberg, aber wer die Ruhe mag, kann sich auch in Ansbach wohlfühlen. So ein Beamtenstädtchen hat ja vielleicht auch was. Mich wundert es, dass Sie wegen eines simplen Selbstmords den Weg bei diesem scheußlichen Wetter auf sich nehmen, aber so viel wird sich in Ihrer Stadt wohl nicht tun und Sie werden froh sein, ein wenig der Eintönigkeit bei sich zu Hause zu entkommen."

Er ging ein Stück auf ihn zu und drückte ihm die Hand. Sperber musste seine Überraschung erst ein wenig verdauen. Die Stimme dieses Mannes passte nicht recht zu seiner Gestalt. Seine Haltung hatte etwas Überhebliches, so als würde der Großstädter dem einfachen Mann vom Land die Ehre erweisen, sich ein wenig mit ihm zu unterhalten.

Sperber ließ sich nichts anmerken und sagte, ohne auf die Anspielungen einzugehen: „Vielen Dank, dass Sie sich die Zeit zu einem persönlichen Gespräch nehmen konnten."

Hinzmann antwortete mit gespielter Großzügigkeit: „Na, Herr Kollege, das ist doch Ehrensache. Bitte nehmen Sie Platz, ich habe alles vorbereitet. Möchten Sie etwas trinken, ein Wasser vielleicht, oder einen Kaffee. Hier haben wir alles in bester Qualität."

Sperber lehnte dankend ab und setzte sich auf den Besucherstuhl vor dem Schreibtisch des Beamten. Hinzmann holte eine Akte und legte sie vor sich auf den Tisch. „Aaaalso", begann er gedehnt und ein wenig süffisant, während er die Akte öffnete: „Was haben wir denn da?"

Sperber ging das Getue des anderen mehr und mehr auf die Nerven, aber er hielt sich bewusst zurück.

„Nach Angaben der Gerichtsmedizin ist Ruppert Sauerwein am vergangenen Sonntag gegen vierundzwanzig Uhr an den Folgen eines Kopfschusses gestorben", las Hinzmann laut aus der Akte vor.

„Er wurde am Tag darauf, kurz nach Ihrem Anruf bei uns, von einer Polizeistreife in einem Nebenraum seines Geschäftes, den er als Büro benutzt, tot im Bürostuhl sitzend aufgefunden. Wir haben den Todesfall begutachtet und sind zu dem Schluss gekommen, dass es sich dabei einwandfrei um einen Selbstmord handelt. Fremdverschulden haben wir auf Grund unserer Erkenntnisse ausgeschlossen. Auf der Waffe fanden sich keine fremden Fingerabdrücke. Nirgendwo waren Einbruchspuren zu erkennen. Eine groß angelegte Durchsuchung von Laden und privaten Wohnräumen wurde nicht in Betracht gezogen."

„Würden Sie mir bitte die Fotos der Leiche zeigen“, bat Sperber

Der Beamte reichte ihm schweigend drei Fotos über den Tisch. Sperber betrachtete sie eine Zeitlang, dann wandte er sich seinem Gegenüber zu: „Ist Ihnen etwas auf diesen Fotos aufgefallen?“

„Was sollte mir daran aufgefallen sein? Ein ganz gewöhnlicher Selbstmord. Der Mann hat sich in den Kopf geschossen und aus! Wir haben den Fall im Grunde bereits abgeschlossen.“

„Wie würden Sie sich mit einer Pistole umbringen?“, fragte Sperber unbeeindruckt.

„Wenn es schon sein müsste, dann Waffe in den Mund und abgedrückt. Die sicherste Methode“, erklärte ihm Hinzmann und machte eine wichtige Miene dazu.

„Warum sollte sich Sauerwein dann ausgerechnet einen Schuss über der Nasenwurzel verpassen? Jeder medizinische Laie würde die Pistole doch an die Schläfe setzen und abdrücken.“

Hinzmann zuckte mit den Schultern und sagte mit zynischem Unterton: „Fragen Sie mich etwas Leichteres, ich war schließlich nicht dabei. Außerdem sind auch hierbei die Geschmäcker wohl verschieden.“

„Aber Sie haben sich doch sicher schon öfter die Ausführungen unserer Gerichtsmediziner bei Obduktionen angehört“, legte Sperber nach. „Somit wissen Sie, dass es entscheidend ist, dass bei einem solchen Schuss die wichtigen Teile des Gehirns getroffen werden müssen: Frontallappen, Parietallappen und Okzipitallappen. Wenn der Schuss nicht richtig trifft, ist statt dem Tod womöglich ein lebenslanges Siechtum die Folge. Es macht mich stutzig, dass Sauerwein dieses Risiko einging. Ich sehe außerdem, dass er auf dem Foto die Pistole noch in der Hand hält, das ist auch bei Selbstmord selten zu beobachten. Meistens fällt sie doch aus der Hand. Hatte er an dieser Hand Schmauchspuren?“ Hinzmanns Gesicht hatte sich etwas gerötet. Er suchte wortlos und hastig in den Papieren: „Ja, hier steht es: Schmauchspuren an der rechten Hand? Nein! Leider kann ich damit nicht dienen. Es wurden keine gefunden. So was gibt's“, sagte er dann mit einer Grimasse und ausgebreiteten Händen.

Davon unbeirrt, fragte Sperber weiter: „Haben Sie überprüft, ob Sauerwein wirklich Rechtshänder war?“

Wieder suchte Hinzmann nach der entsprechenden Notiz in dem Bericht. Er schüttelte den Kopf: „Nein, das haben wir nicht. Warum auch. Die Sache ist doch recht eindeutig. Oder sind Sie anderer Meinung?“

„Das kann ich noch nicht sagen. Aber es wird vielleicht jemand geben, der uns das sagen kann. Haben Sie in der Akte Name und Adresse von Angehörigen?“

Der Polizist deutete auf eine Stelle in den Papieren vor sich: „Ja, Ilse Schneider, geborene Sauerwein, Schwester. Hier stehen auch Adresse und Telefonnummer von ihr.“

„Bitte tun Sie mir den Gefallen und rufen Sie Frau Schneider an. Ich möchte wissen, ob ihr Bruder Rechts- oder Linkshänder war. Ich werde selbst mit ihr sprechen.“

„Also, wenn es unbedingt sein muss!“ Mit einem tiefen Seufzer hob Hinzmann den Telefonhörer ab und wählte mit einem vorwurfsvollen Blick zu Sperber hin die Nummer der Schwester von Sauerwein. Dann reichte er Sperber den Hörer über den Schreibtisch. Nach einigen Ruftönen meldete sich eine helle weibliche Stimme. Sperber stellte sich der Frau vor, kondolierte ihr und sagte, er bräuchte noch einige Angaben zum Tod ihres Bruders von ihr und ob er kurz vorbeikommen könne. Sie bejahte und beschrieb ihm den Weg zu ihrer Wohnung. Sperber bedankte sich und sagte ihr, dass er in etwa einer halben Stunde bei ihr ankommen würde. Er gab Hinzmann den Hörer zurück. Dann fragte er ihn: „Was hat die Blutuntersuchung ergeben?“

„Sauerwein hatte eine Mischung von Alkohol und irgendeinem betäubenden Medikament im Magen. Wahrscheinlich wollte er sich damit betäuben, um bei dem Schuss keinen Schmerz zu spüren. Er hatte übrigens eins Komma neun Promille Alkohol im Blut."

Sperber kniff die Augen zusammen: „War Sauerwein Alkoholiker?"

Hinzmann schüttelte den Kopf: „Das weiß ich nicht."

Diese Oberflächlichkeit brachte Sperbers Blut langsam in Wallung. Ärgerlich sagte er: „Sie wissen offenbar einiges nicht so genau, Herr Kollege. Ich sage Ihnen, wenn er kein Alkoholiker war, dann muss es für ihn verdammt schwierig gewesen sein, mit eins Komma neun Promille Alkohol so genau in die Mitte über seiner Nasenwurzel zu zielen. Haben Sie sich das schon überlegt?"

Nun wurde Hinzmann zum ersten Mal verlegen: „Offen gestanden, nein, das habe ich nicht so genau überlegt. Aber ich bin immer noch der Meinung, dass es sich hier um einen ganz normalen Selbstmord handelt. Seine Schwester hat uns gesagt, Sauerwein hatte Liebeskummer. Eine Freundin hat sich wohl kürzlich von ihm getrennt."

„Wer ist diese Freundin? Haben Sie Daten von ihr?"

„Eeeh ... nein. Das erschien uns nicht wichtig, denn die Sache war doch klar. Außerdem sagte uns seine Schwester, dass Sauerwein ein sehr sensibler Typ war, der immer gleich durch die Decke ging, wenn irgendetwas war."

„So, die Sache war klar? Dann muss ich aber doch noch fragen, ob die Pistole, die bei diesem angeblichen Selbstmord verwendet wurde, Sauerwein selbst gehörte?"

„Ja, er hatte einen Waffenschein. Die Waffe war auf seinen Namen eingetragen."

„Haben Sie Spuren eines möglichen Kampfes im Raum gefunden?"

„Nein, alles stand ordentlich da. Sie sehen ja, dass Sauerwein auf seinem Bürosessel saß, als er sich erschoss. Übrigens war weder Notiz- noch Adressbuch zu finden."

„Haben Sie Spuren von Gewaltanwendung an seinem Körper gefunden oder Zeichen von Abwehr?"

„Er hatte ein paar blaue Flecken an den Armen, aber die kann er sich schließlich auch beim Arbeiten geholt haben."

Sperber schüttelte den Kopf und verdrehte die Augen: „So, das vermuten Sie?"

Hinzmanns Gesicht war nun rot angelaufen. Er wirkte mit einem Mal gar nicht mehr überheblich, sondern sehr verlegen und schien hinter seinem Schreibtisch ein wenig kleiner geworden zu sein.

Sperber insistierte mit schärfer gewordener Stimme unbarmherzig weiter: „Haben Sie seine Geschäftsunterlagen geprüft? Irgendwo müsste der Eingang von zehntausend Euro für eine Reliquie vermerkt sein, die von Doktor Berger, unserem Opfer, an Sauerwein gezahlt wurden. Haben Sie diese Reliquie sichergestellt. Sie muss in einem versiegelten Metallkasten untergebracht sein. Vielleicht hat er sie in einem Tresor aufbewahrt?"

„So genau haben wir uns nicht umgesehen. Der Staatsanwalt hat weiter nichts angeordnet. Er meinte, das sei alles Sache der Erben."

„Wer sind diese Erben?"

„Na, ich denke doch seine Schwester."

„Haben Sie seinen Computer sichergestellt?"

„Nein, wozu denn dieser ganze unnötige Aufwand?" Mit Empörung in der nun erhobenen Stimme fuhr Hinzmann auf: „Also Herr Hauptkommissar Sperber, Sie tun ja gerade so, als hätten wir schlampig recherchiert. Wir haben hier für solche Nebensachen nicht so viel Zeit wie Sie in Ansbach. In Nürnberg haben wir auf Grund unserer großstädtischen Situation und unseres großen Einzugsbereiches Fälle mit anderem Kaliber zu bearbeiten. Ich verbitte mir Ihre inquisitorische Fragerei."

Sperbers Stimme klang eisig, als er nun zu seinem Resümee kam: „Herr Kollege, ich stelle fest, Sie haben nicht sauber gearbeitet. Ich muss mir nun die Arbeit machen, Ihre Versäumnisse nachzuholen. Das ist für mich eine sehr überflüssige Arbeit. Ich ärgere mich darüber! Sie werden es vielleicht nicht glauben, aber wir in Ansbach haben auch zu tun. Ich bin verärgert und werde das in meinem Bericht an Ihre Vorgesetzten auch deutlich zum Ausdruck bringen. Auf jeden Fall hören Sie wieder von mir, Herr Oberkommissar!"

Mit diesen Worten hatte sich Sperber mit einem Ruck erhoben und verließ grußlos und mit grimmigem Gesichtsausdruck den Raum. Hinzmanns Gesichtsfarbe hatte derweil von Rot zu Blass gewechselt. Er starrte auf die bereits geschlossene Türe seines Büros und sagte tonlos: „Scheiße!"

Wolfgang Sperber hatte beim Verlassen des Gebäudes den dringenden Wunsch nach einer Pause, um von seinem Ärger wieder herunterzukommen. Er steuerte ein kleines italienisches Lokal in der Nähe an und trank einen Cappuccino. Während er immer wieder an seiner Tasse Kaffee nippte, ließ er sich das Gespräch mit Hinzmann noch einmal durch den Kopf gehen. „Kein Wunder, dass in Deutschland die Dunkelziffer der Mordrate so hoch angesetzt wird." Er erinnerte sich an einen kürzlich erschienenen Zeitungsartikel, in dem der renommierte Rechtsmediziner Wolfgang Eisenmenger am Rande eines europäischen Gesundheitskongresses in München kritisierte, dass in Deutschland viel zu selten obduziert werde. Dabei hatte er auf eine Studie aus dem Jahr 1997 hingewiesen, laut der in Deutschland auf fünfhundert erkannte Tötungsdelikte eintausendzweihundert nicht erkannte Fälle kommen. Wörtlich sagte Eisenmenger: „Ich kann mir vorstellen, dass die Zahl der nicht erkannten Tötungsdelikte geringer geworden ist." Dafür spreche, dass die Zahl der Obduktionen noch weiter gesunken sei. Diese Unachtsamkeit oder war es Arbeitsvermeidung oder vielleicht einfach die Furcht davor, sich von Kollegen und Vorgesetzten den Vorwurf anzuhören, man hätte durch Übereifer unnötige Kosten verursacht und allen nur noch mehr Arbeit aufgeladen? Jedenfalls griff diese Art der Schlamperei offenbar immer mehr um sich. Vielleicht lag es daran, dass in manchen Bereichen des Polizeidienstes einfach zu wenige Planstellen vorhanden waren? Dass ihm in diesem Zusammenhang der Rückstand der Ausrüstung im technischen Bereich einfiel, war für ihn nicht verwunderlich. Allein der Gedanke daran, welche Zeit es gebraucht hatte, um endlich an einigen Orten den digitalen Funk einzurichten. Manche Kollegen benutzten nach wie vor ihr Privathandy, weil die Funksituation in ihrem Dienstgebiet immer noch so schlecht war. „Und das in Zeiten, in denen dem organisierten Verbrechen Geld im Überfluss zur Verfügung stand, um sich mit dem Modernsten auszurüsten, was auf dem Markt war. Deren Netzwerke wurden immer dichter und ihr Einfluss in allen Bereichen des Lebens nahm ständig zu. Es sah so aus, als ob sie den Kampf gegen diesen Kraken bereits verloren hatten."

An das kleinliche Gerangel um die Kompetenzen, wie zum Beispiel bei dem NSU-Fall, mochte er gerade gar nicht denken. Das würde ihm einfach zu viel Motivation kosten und seinem Verdacht der Parteilichkeit mancher Dienststellen noch mehr Nahrung geben.

Aus dieser Sicht konnte er für den nachlässigen Kollegen sogar ein klein wenig Verständnis aufbringen. Vom Beamten im niedrigsten Dienstrang bis hin zum gesamten Polizeiapparat schienen alle der Entwicklung nur noch weit abgeschlagen hinterherzuhecheln. Ein Kollege hat einmal treffend dargestellt, als er zum Bereich der IT-Verbrechensbekämpfung sagte: „Die Internet-Straftäter sitzen im Eurofighter, während die Polizei in der Postkutsche hinterherfährt. In besonders düsteren Momenten frage er sich, ob dieser permanente Rückstand nicht sogar gewollt war. Der Krake hatte seine Arme doch offenbar überall drin."

Wolfgang Sperber riss sich von diesen demotivierenden Gedanken los, zahlte und ging zu seinem Wagen. Er nahm die Wegbeschreibung von Sauerweins Schwester zur Hand und versuchte, sich eine Art inneren Stadtplan vorzustellen. Tatsächlich kam er ohne größere Umwege beim Haus von Frau Schneider an. Es lag ruhig und hübsch im schon ländlichen Außenbereich der großen Stadt. Als er zum Gartentor des Hauses ging, nahm er wahr, dass sich der Schnee inzwischen an manchen Ecken auftürmte. Ihn graute etwas vor der Rückfahrt. Seine Mutter in ihrem warmen Wohnstift würde nicht verstehen können, wenn er ihr eine Absage erteilen musste.

Er klingelte an der Türe. Eine schlanke Frau, etwa dreißig Jahre alt, öffnete. Sie hatte mittellange dunkelblonde Haare, eine hellgraue Hose und einen dazu passenden blauen Pullover an. Ihre Augen blickten ihn wachsam und lebhaft an. Hinter ihr erschien ein Mädchen im Kindergartenalter mit einer Puppe im Arm und blickte ihm scheu entgegen. „Guten Tag Frau Schneider, ich bin Hauptkommissar Sperber. Ich habe Sie angerufen und es wäre gut, wenn Sie sich ein paar Minuten Zeit für mich nehmen könnten. Nochmals herzliche Anteilnahme zum Tod Ihres Bruders." Mit diesen Worten zog Sperber seinen Dienstausweis aus der Tasche und zeigte ihn der Frau. Ilse Schneider bedankte sich mit einem Nicken.

Die Frau sah sich den Ausweis genau an und gab ihn mit verwundertem Gesicht zurück. „Ich habe der Polizei eigentlich schon alles gesagt, was ich weiß. Außerdem wurde mir von Oberkommissar Hinzmann mitgeteilt, dass die Polizei den Fall im Grunde schon abgeschlossen hat."

Sperber sagte behutsam: „Ich habe noch einige Fragen zum Tod Ihres Bruders, die wahrscheinlich im Moment nur Sie beantworten können. Damit Sie den Hintergrund meiner Fragen kennen, muss ich Ihnen vorweg sagen, dass ich in Ansbach derzeit einen Mordfall bearbeite. Das Opfer hatte geschäftlichen Kontakt mit Ihrem Bruder."

„Ach, von einem Ansbacher Kunden hat mir mein Bruder erzählt. Aber es muss ja nicht der selbe sein, der umgekommen ist. Wenn ich Ihnen behilflich sein kann, will ich das tun. Ich werde Ihnen gerne sagen, was ich weiß. Kommen Sie bitte herein."

Sie ging Sperber voraus durch den Flur. „Sie können Ihren Mantel hier an die Garderobe hängen." Sperber zog seinen Mantel aus und folgte ihr in ein gemütlich eingerichtetes Wohnzimmer. Die Wärme eines Kachelofens tat Sperber gut. Frau Schneider lud ihn mit einer Geste ein, auf einem Sessel Platz zu nehmen. Sie setzte sich ihm gegenüber. Das Kind hatte sich hinter seine Mutter gestellt und blickte ihn nun weniger scheu an. Als er ihm aber zulächelte, versteckte es sich schnell hinter dem Rücken der Mutter. Frau Schneiders Gesichtszüge wurden zum ersten Mal weicher. Sie sagte zu ihrer Tochter: „Marlies, bitte spiel ein wenig mit deinen Puppen. Wir wollen uns unterhalten."

Folgsam wandte sich das Mädchen einem großen Puppenhaus zu, legte die große Puppe auf den Fußboden und begann, sich mit ihren kleinen Püppchen zu beschäftigen.

Ilse Schneider fragte Wolfgang Sperber freundlich,

ob er etwas trinken wolle. Er lehnte dankend mit der Begründung ab, gerade etwas getrunken zu haben.

Die Frau setzte sich auf einen Sessel ihm gegenüber und sah ihn mit großen Augen erwartungsvoll an. Im Hintergrund spielte ihre kleine Tochter und plapperte dabei ungeniert und laut vor sich hin.

„Frau Schneider, wann haben Sie Ihren Bruder zum letzten Mal lebend gesehen?"

„Ich war letzte Woche in der Innenstadt beim Einkaufen, dabei habe ich ihn in seinem Geschäft besucht."

„Welchen Eindruck hat Ihr Bruder auf Sie gemacht?"

„Einen ausgesprochen guten Eindruck. Er hat mir lebhaft von einem Kunden erzählt, der ihm ein Gemälde abgekauft hatte, und von der Vermittlung einer Reliquie des heiligen Gumbertus. Sogar das Fernsehen war bei ihm im Laden und hat alles aufgenommen, hat er mir voller Begeisterung berichtet. Er war richtig aufgekratzt, deshalb ist es mir unbegreiflich, dass er sich umgebracht hat." Sie schüttelte den Kopf, ihre Stimme brach und sie hatte plötzlich Tränen in den Augen. Sie strich sich mit der Hand über die Augen, sah Sperber an und redete weiter: „Mein Bruder war ein sehr impulsiver Mensch, er konnte cholerisch reagieren, wenn ihn etwas aufregte, aber davon, dass er sich umbringen möchte, hat er nie gesprochen. Er hat gern gelebt, denke ich. Selbst die Trennung von seiner langjährigen Freundin hat er gut überstanden. Bei unserer letzten Begegnung machte er Andeutungen, dass er eine Frau kennt, die ihn fasziniert. Wenn er sich umgebracht hat, dann muss sein Entschluss dazu von einem Moment zum anderen gekommen sein. Ich kann mir nicht denken, warum er das getan hat."

Wieder verstummte sie, blickte zu Boden. Tränen liefen ihr über das Gesicht. Sie schien es nicht zu merken. Irgendwie war die Tochter von Frau Schneider auf die Traurigkeit ihrer Mutter aufmerksam geworden. Sie hatte ihr Spiel abgebrochen und war vom Boden aufgestanden. Die Kleine legte ihre Hand auf den Arm ihrer Mutter und sagte: „Mami, nicht weinen, ich bin doch bei dir." Ihre Mutter lächelte unter Tränen, nahm sie in den Arm und sagte: „Ich weiß, meine große Tochter. Du bist meine ganze Liebe! Mami ist traurig, weil Onkel Ruppert gestorben ist. Das weißt du ja."

„Der Onkel Ruppert ist jetzt im Himmel und es geht ihm gut", tröstete sie das Kind und streichelte den Arm der Mutter.

„Ich bin schon nicht mehr so traurig, du hast mich richtig getröstet. Jetzt kannst du wieder spielen. Ich will mich mit dem Herrn noch ein wenig unterhalten." Das kleine Mädchen wandte sich wieder beruhigt um, setzte sich zu seinen Puppen und spielte weiter.

Sperber fragte Ilse Schneider: „Hatte Ihr Bruder irgendwelche Suchtprobleme?"

„Nein, im Gegenteil, er war Mitglied im ‚Blauen Kreuz', einer Organisation, die sich Süchtigen im christlichen Sinn widmet. Er betreute zwei alkoholkranke Männer und er selbst trank meines Wissens sehr wenig Alkohol. Sie müssen wissen, unser Vater war alkoholsüchtig. Unsere ganze Familie hat sehr darunter gelitten, bis meine Mutter sich von ihm scheiden ließ. Mein Bruder verstand sich als Christ, das ist auch ein Grund dafür, dass ich mich darüber wundere, dass er sich umgebracht hat, das passt überhaupt nicht zu seiner Einstellung."

„Bei unseren Recherchen ist uns aufgefallen, dass Ihr Bruder einige Male wegen Betrugs angeklagt wurde. Der Betrugsvorwurf wurde jedoch vom Gericht jeweils abgewiesen. Können Sie mir dazu etwas sagen?"

„Im Beruf meines Bruders ging es oft um das Thema ‚Echt oder unecht'. Manchmal wurde natürlich auch er von Verkäufern getäuscht, die ihm Fälschungen für Originale verkauft hatten, und er hatte es nicht bemerkt. Das gehört in seinem Beruf wohl zum Berufsrisiko. Er konnte vor Gericht immer nachweisen, dass er nicht in betrügerischer Absicht gehandelt hatte."

„War Ihr Bruder Rechts- oder Linkshänder?"

„Mein Bruder war Linkshänder, wie ich. Mit der rechten Hand stellte er sich nicht so geschickt an."

„Wissen Sie, ob Ihr Bruder eine Pistole besaß?"

„Das weiß ich zufällig, weil er sie mir gezeigt hat. Er hatte in seinem Geschäft zum Teil sehr wertvolle Stücke. Er hatte Sorge, deswegen überfallen zu werden. Deshalb hat er für sich vor einigen Jahren einen Waffenschein beantragt und auch erhalten. Er hatte seine Pistole immer griffbereit in einer Schublade im Laden."

„Frau Schneider, mir sind Ihre Auskünfte sehr wichtig. Ich muss Ihnen sagen, dass mir von daher gewisse Zweifel an einem Selbstmord kommen."

Frau Schneider erbleichte und schlug sich die Hand vor Schreck an den Mund: „Sie denken, er wurde vielleicht ermordet?"

„Ganz hundertprozentig sicher bin ich mir noch nicht, aber ich möchte der Sache doch auf den Grund gehen. Was ist mit dem Geschäft Ihres Bruders jetzt? Ist es geschlossen?"

„Ja, die Polizei hat ein Siegel an der Ladentüre angebracht. Ich konnte mich noch nicht dazu überwinden hineinzugehen. Es ist alles noch so, wie es beim Tod meines Bruders war."

„Wer wird Ihren Bruder beerben?"

„Unsere Eltern sind beide bereits gestorben. Wir waren nur zwei Geschwister. Von einem Testament meines Bruders weiß ich nichts, aber ich vermute, dass ich aus verwandtschaftlichen Gründen zumindest zu dem Kreis der Erben gehöre."

„Nachdem das so ist, muss ich Sie pflichtgemäß fragen, wo sie am vergangenen Sonntag zwischen neunzehn Uhr und Mitternacht waren." Ilse Schneider war mit einem Mal noch mehr erblasst, sodass ihre zarte Haut irgendwie durchscheinend aussah. Zutiefst erschrocken fragte sie: „Um Himmels willen, wollen Sie damit sagen, dass Sie mich verdächtigen, meinen Bruder umgebracht zu haben?"

„Bitte beantworten Sie einfach meine Frage", entgegnete ihr Sperber ruhig. „Und haben Sie bitte Verständnis für diese Frage, ich muss Sie Ihnen stellen."

Frau Schneider hatte sich wieder gefasst. Sie straffte sich und sagte: „Ich war hier zu Hause und habe ferngesehen. Ich kann das aber nicht beweisen, weil ich geschieden bin und mit meiner Tochter allein im Haus lebe. Ich kann Marlies aber am Abend nicht alleine lassen. Meine Babysitterin ist seit einigen Tagen krank und kann nicht auf sie aufpassen. Im Fernsehen kam nach den Nachrichten übrigens ein Krimi von der Pfarrer-Braun-Serie. Wenn ich nachdenke, kann ich Ihnen den Ablauf des Films erzählen."

„Nein, vielen Dank, das ist im Moment nicht nötig. In den nächsten Tagen wird Sie jemand von der Polizei bitten, in die Polizeiinspektion zu kommen, und dort ein Protokoll mit Ihnen aufnehmen. Eine Frage habe ich noch: Wer könnte Ihrer Meinung nach ein Interesse am Tod Ihres Bruders haben?"

„Also ich wüsste niemanden. Er hat doch keinem etwas getan. Er war zwar impulsiv, aber auch herzensgut. Er hat Marlies viele Geschenke gemacht und mir während meiner Scheidungsphase jede denkbare Unterstützung geboten. Ohne ihn wäre für mich alles viel, viel schwerer gewesen." Sie hielt einen Moment inne, krümmte sich dann wie in einem Krampf zusammen und begann zu schluchzen.

Gleich stand ihre kleine Tochter wieder neben ihr und versuchte, sie zu trösten. Ilse Schneider nahm ihre

Kraft sichtbar zusammen und rang um Fassung. Nachdem sie sich die Tränen aus dem Gesicht gewischt hatte, schluchzte sie noch einmal auf, tätschelte die Hand ihrer Tochter und sagte: „Es ist schon wieder vorbei. Danke, dass du mich so tröstest."

Marlies nickte ernsthaft und sagte zu Sperber: „Mama ist traurig, aber ich tröste sie immer."

„Ich finde, du machst das sehr gut, Marlies!", antwortete ihr Wolfgang Sperber ernsthaft. „Aber weißt du, es tut deiner Mama sehr weh, dass ihr Bruder nicht mehr da ist. Wenn dir etwas wehtut, dann musst du auch weinen."

Das kleine Mädchen nickte sehr verständig, dann sagte sie: „Ja, Mama darf auch weinen, wenn ihr etwas wehtut."

Ilse Schneider atmete jetzt bewusst tief ein und aus. Man sah ihr an, dass sie in diesem Moment ihrer Trauer lieber freien Lauf gelassen hätte, aber mit Rücksicht auf ihre kleine Tochter nahm sie sich zusammen, so schwer ihr das auch fiel.

Wolfgang Sperber sah sie ernst an: „Ich habe in meiner Ausbildung gelernt, dass alle unsere Gefühle, also auch die Trauer, Energien sind, die fließen müssen. Wenn wir sie zu sehr unterdrücken, dann können sie in unserem Innern Schaden anrichten. Für Ihre kleine Tochter ist es natürlich belastend, wenn die Mama weint, aber für Sie ist es wichtig, den Schmerz herauszulassen. Sicher finden Sie dazu Ihre Zeit. Ich wünsche Ihnen jedenfalls, dass Sie wieder frohe Tage erleben können."

„Danke, Herr Kommissar, es tut mir gut, wenn Sie so sprechen." Ilse Schneider lächelte ihn an.

„Ich muss mich jetzt von Ihnen beiden wieder verabschieden. Alles Gute für Sie."

Sperber nahm seine Visitenkarte aus der Tasche und gab sie Frau Schneider „Wenn Ihnen noch etwas Wichtiges zum Tod Ihres Bruders einfällt, können Sie mich jederzeit anrufen."

Mutter und Tochter begleiteten ihn bis zur Haustüre. Als er sich noch einmal umdrehte, sah er, dass Marlies ihm nachwinkte. Er winkte zurück.

Bei seinem Auto angekommen, griff er zu seinem Handy und rief Staatsanwalt Doktor Sauber in Ansbach an. Sperber berichtete ihm seine Erkenntnisse in Nürnberg in allen Einzelheiten. Er bat den Juristen, auf dem Wege der Amtshilfe die Staatsanwaltschaft in der Großstadt zu bitten, den Fall Sauerwein als Mordfall zu behandeln und die entsprechenden Untersuchungen einzuleiten. Doktor Sauber war durch den Bericht von Sperber ebenfalls überzeugt, dass es sich bei dem Todesfall um keinen Selbstmord handelte. Er versprach, in dieser Sache sofort in Nürnberg vorstellig zu werden.

Bevor Sperber in sein Auto stieg, rief er seine Frau an. Julia meldete sich gleich: „Hallo, mein Liebster, bist du noch in Nürnberg?"

„Ja, liebste Julia. Ich werde hier zu Mittag essen und mich dann auf den Rückweg nach Ansbach machen. Ich schaue kurz zur Inspektion, um zu sehen, ob es etwas Neues gibt. Um fünfzehn Uhr werde ich von meiner Mutter im Wohnstift erwartet."

„Pass nur auf dich auf! Fahr vorsichtig. Denke daran, dass ich dich liebe und dass ich mit dir noch ganz viele Jahre leben möchte."

„Mach dir bitte keine Sorgen, ich werde vorsichtig fahren."

Er fuhr wieder in die Innenstadt und fand einen Platz für sein Auto auf einem größeren Parkplatz. Der Weg durch die schöne Altstadt und über den Hauptmarkt, den er für einen der schönsten Plätze in Deutschland hielt, tat ihm nach dem Gespräch gut.

Er hatte seinen Mantelkragen hochgeschlagen. Dann entdeckte er eine ansprechende Gaststätte. Auch das Essensangebot auf dem Aushang sprach ihn an. Er ging hinein und fand einen Platz, von dem aus er das Treiben auf der Straße beobachten konnte. Ein Platz ganz nach seinem Geschmack. Sperber bestellte sich das angebotene Tagesgericht, dazu ein Glas Mineralwasser. Als ihm das überraschend gute Essen serviert wurde, genoss er es in aller Ruhe.

Das lebhafte Getriebe vor dem Fenster lenkte ihn von seinen Besuchen ab. Nachdem er gegessen hatte, trank er noch einen Cappuccino und fühlte sich beim Trinken des würzigen Kaffees so wohl wie den ganzen Morgen noch nicht. Wie ein Tourist, der Zeit und Muße hat, schlenderte er schließlich zurück zu seinem Auto.

Auf der Rückfahrt dachte Sperber an seine Mutter. Was sie wohl von ihm wollte? Na ja, er würde es hören. Hermine Sperber lebte seit einigen Jahren in einem vornehmen Wohnstift. Sie stammte aus einer großbürgerlichen Kaufmannsfamilie. Als einziges Kind der Familie war sie einer sorgfältigen Bildung und Erziehung unterzogen worden, meistens durch Privatlehrerinnen, noch ganz im Stil des neunzehnten Jahrhunderts. Hermines Vater hatte sich nach dem Ersten Weltkrieg politisch engagiert. Er hatte sich gegen den aufkommenden Nationalsozialismus zur Wehr gesetzt und war dabei mehr und mehr in das Visier der Nazis geraten. Drohungen und schließlich ein misslungener Anschlag auf seine Familie hatten ihn zur Emigration ins Ausland bewogen. Er konnte so seine Ersparnisse in Sicherheit bringen und nach dem Krieg sein Geschäft mit großem Erfolg weiterführen. Seine Tochter Hermine hatte sich in den Sohn einer seiner Geschäftspartner verliebt und heiratete ihn schließlich. Beide bekamen einen Sohn, Wolfgang Sperber, den seine Mutter immer noch „Wolfi" nannte. Die Familie lebte recht gut in einer Villa in Ansbach. Wolfgang Sperber hatte nach seinem Abitur begonnen, Jura zu studieren. Nach einigen Semestern entdeckte er seine wahre Neigung. Überraschend für seine Eltern brach er eines Tages sein Studium ab und verkündete, dass er Polizist werden wollte. Seine Eltern waren von dieser Ankündigung wie vor den Kopf geschlagen. Zunächst hielten sie es für die Flause eines etwas spinösen jungen Mannes und beschlossen, ihn einfach gewähren zu lassen. Er würde schon noch selbst merken, dass das kein Beruf für ihn war. Aber Wolfgang Sperber merkte es nicht. Im Gegenteil, er sah sich durch die ihn faszinierende Arbeit bei der Polizei in seinem Entschluss, diesen Beruf zu wählen, jeden Tag bestärkt. Nach einiger Zeit versuchten ihn seine Eltern dazu zu überreden, doch wieder zu seinem Studium zurückzukehren. Er wollte aber erst seine Polizeiausbildung beenden. Nachdem das geschehen war, studierte er weiter Jura und konnte dieses Studium auch gut abschließen. Er hätte nun eine Laufbahn als Jurist einschlagen können, das erschien ihm aber nicht verlockend. Er kehrte in den Polizeidienst zurück und bewarb sich erfolgreich bei der Kriminalpolizei. Sperber stieg schnell auf der Karriereleiter hoch. Er hatte die Kollegen beobachtet, die eine noch viel höhere Funktion als er in diesem Beruf einnahmen, und kam für sich zu dem Schluss, dass er keine Lust verspürte, einen Schreibtischjob zu machen. Er liebte es, an der Front zu stehen und zu ermitteln.

Später heiratete er seine Frau Julia, eine Psychiaterin bei Gericht, die er im Rahmen einer Mordsache kennengelernt hatte. Sie stärkte ihm den Rücken, weil sie zu dem Schluss kam, dass ihr Mann genau das tat, was ihn erfüllte.

Seine Eltern gaben schließlich ihre Bemühungen auf,

ihn umzustimmen. Während sich sein Vater niemals mit seiner Berufsentscheidung abgefunden hatte, hatte sich seine Mutter nach und nach daran gewöhnt, dass ihr einziger Sohn eben keine Rechtsanwaltskanzlei führte oder bei Gericht Karriere gemacht hatte.

Hermine Sperber interessierte sich mehr und mehr für seine Arbeit und versuchte, seine Fälle auf ihre Weise, natürlich nur rein theoretisch, zu lösen. Mit ihren Lösungsvorschlägen erweckte sie oft Heiterkeit im Familienkreis. Das brachte sie aber nicht von der Meinung ab, dass sie eine ausgesprochen gute Begabung zur Kriminalistin besaß.

Einige Jahre, nachdem Wolfgang Sperbers Vater verstorben war, fasste seine Mutter den ganz eigenständigen Entschluss, in ein Wohnstift in der Nähe zu ziehen. Dort waren inzwischen einige ihrer Freundinnen und Bekannten eingezogen, mit denen sie sich bisher gut verstanden hatte. Sie fühlte sich unter ihresgleichen von Anfang an pudelwohl und hatte den Entschluss zum Umzug nie bereut. Wolfgang und Julia lebten weiter in Wolfgangs Elternhaus. Sie bekamen ihre Tochter Therese. Hermine Sperber und Therese hatten von Anfang an ein enges, vertrauensvolles Verhältnis zueinander. Therese war für Hermine so eine Art Ersatz für die Tochter, die sie sich immer gewünscht hatte. Als Therese in ihrer Ehe mit Doktor Christian Weihrauch, einem Kinderarzt, später selbst eine kleine Tochter bekam, war Hermines Freude riesengroß.

Ab und zu brach Hermine Sperber wie ein Naturereignis über Wolfgang und Julia herein und versuchte, sich zeitweise, wie sie es nannte, „in Wolfis und Julias Haushalt zu integrieren". Wolfgang und Julia taten ihr Möglichstes, um es ihr recht zu machen, aber sie lebten wohl doch in zu verschiedenen geistigen Welten, das machte es für die Jüngeren oft nicht leicht, diese Zeiten zu überstehen. Beide atmeten immer tief auf, wenn Sperbers Mutter den Eindruck hatte, nun wieder in ihren Lebensraum zurückkehren zu müssen, weil sie es nicht verantworten mochte, dass die anderen so lange auf sie verzichten mussten.

Mit mäßiger Geschwindigkeit fuhr Wolfgang Sperber nach Ansbach. Er hatte die Gelegenheit benutzt, sich auf der gerade wenig befahrenen und Gott sei Dank auch geräumten Straße die hinter ihm liegenden Gespräche noch einmal zu vergegenwärtigen.

Sperber sinnierte über den Mord an Julius Berger nach. So lange er auch darüber nachdachte, er kam immer wieder zu dem Schluss, dass hinter der Tat noch eine andere Ursache stecken musste als nur die Gewinngier von irgendeinem Menschen. Alles was mit der Reliquie zu tun hatte, erschien ihm zu konstruiert. Er überlegte, ob die Reliquie wirklich echt war. Aber bei dieser Frage kam ihm das scheinbar einmütige Urteil der Fachleute in den Sinn. Der Mord sah doch sehr nach einem Raubmord aus.

Als er auf die Uhr blickte, war ihm klar, dass er keine Zeit mehr zu einem Zwischenstopp auf der Inspektion haben würde. Er beschloss, gleich zum Wohnstift zu fahren. Dort angekommen, telefonierte er zunächst mit Staatsanwalt Doktor Sauber und bat ihn um eine Besprechung am Nachmittag zusammen mit Polizeidirektor Dotzauer.

Doktor Sauber erklärte sich damit einverstanden.

Wolfgang Sperber betrat das noble Wohnstift, dessen Eingangshalle mehr einem Vier-Sterne-Hotel glich als einem Alten- und Pflegeheim. Sperber hatte erfahren, dass das Personal von der Geschäftsführung angewiesen war, in Bezug auf das Haus niemals das Wort „Altenheim“ in den Mund zu nehmen. Vielmehr wurde so getan, als würde man ein besonderes Wohnhaus für ausgesuchte Bewohner führen. Krankheit, Verfall und Tod wurden möglichst im Verborgenen behandelt. Das Angebot der Pflege im eigenen Apartment wurde in der Werbung für die Einrichtung groß herausgestellt. So verschwanden Kranke und todgeweihte Menschen oft von einem zum anderen Tag einfach von der Bildfläche. Die Toten wurden möglichst schnell und wenn es irgend ging in den späten Abendstunden aus dem Haus geschafft, um den Schein des ach so lebendigen und fröhlichen Alterns zu wahren. Jede Zusatzleistung musste bezahlt werden. Sperber wusste, dass Bewohner wenn sie im Rollstuhl von einem Angehörigen des Personals in den Garten gefahren werden wollten, dafür fünf Euro berappen mussten. Ein Problem ergab sich dann, wenn jemand von den Bewohnern das Geld ausging. Eine Zeitlang durfte er noch im Haus bleiben, dann wurde ihm aber nahegelegt, sich doch eine andere Bleibe zu suchen. Das war meist nicht leicht für einen alten Menschen, aber Geschäft ist eben Geschäft und beim Geld hört das Verständnis auf. Manchmal wurde bei solchen bedauerlichen Vorfällen das sonst von der Geschäftsleitung so hoch gehaltene Image der Solidarität anscheinend irgendwie vergessen.

Kultur und gesellschaftliches Leben wurden in diesem Haus dagegen ständig in den Vordergrund gerückt. Wer genug Geld hatte und gesund war, konnte in diesem Gebäude wirklich einen unterhaltsamen Lebensabend verbringen.

Inzwischen war Sperber vor dem Apartment seiner Mutter angekommen. Er läutete und sie öffnete ihm kurz darauf. Ihre Begrüßung hatte denselben Sound wie fast immer: „Grüß Gott Wolfi. Dass du dir für deine alte Mutter einmal Zeit nimmst, ist schon erstaunlich. Komm herein, ich will etwas Wichtiges mit dir besprechen."

Sperber hängte seinen Mantel und seinen Hut in der

Garderobe an einen Haken und folgte seiner Mutter in ihr komfortables Wohnzimmer. Sie ließ sich in einen der Sessel fallen. Er setzte sich in einen anderen ihr gegenüber. Nun kam er dazu, sie zu betrachten. Sie war, wie fast immer, gut frisiert. Bestimmt hatte sie am Morgen den Frisörsalon des Hauses besucht und sich herrichten lassen. Ihr silbergraues Haar hatte einen leicht bläulichen Schimmer.

Hermine Sperbers Kleidung war der Haarfarbe angepasst. Sie trug ein dunkelblaues, elegant geschnittenes Kleid mit dezentem Muster. Es wurde von einer zweireihigen Perlenkette geschmückt. An den Ohren trug sie ebenfalls Perlen. Ihre Gesichtshaut bezeugte die fachlich geschickten Bemühungen einer Kosmetikerin. Wolfgang Sperber konnte sich darüber weiter keine Gedanken machen, denn seine Mutter begann sofort mit der Schilderung eines Problems, das sie beschäftigte: „Wolfi, wie du weißt, gehöre ich dem Stiftsbeirat an. Wir sind mitverantwortlich dafür, dass sich die Bewohner dieses Hauses wohlfühlen. Dazu gehört neben all den kulturellen Angeboten auch ein bestimmtes Niveau, an dem wir ständig arbeiten. In unserem Haus häufen sich leider aber derzeit schlimme Vorkommnisse. Die Ursache der Probleme liegt bei einer Frau Museol. Frau Museol passte von Anfang an nicht so ganz in unsere häusliche Gemeinschaft. Sie stammt ursprünglich aus einer Arbeiterfamilie. Irgendein entfernt lebender reicher Verwandter, von dem sie angeblich gar nichts gewusst hat, hat ihr ein kleines Vermögen vermacht. Sie hat ihre schäbige Wohnung, ja, so hat sie sie selbst bezeichnet, aufgegeben und ist auf ihre alten Tage in dieses teure Wohnstift gezogen. Sie machte nie einen Hehl aus ihren verworrenen Familiengeschichten. Jeder im Haus weiß darüber Bescheid. Alle sind irgendwie von ihr abgerückt. Ich glaube, sie ist noch niemals zu einem Kaffeekränzchen eingeladen worden. Ihre Tischnachbarn waren auch nicht begeistert, dass sie mit ihr an einem Tisch sitzen mussten. Es stimmt schon, dass sie von den meisten hier geschnitten wird. Sie ist so eine Art Underdog. Denke nur, was sie jetzt tut: Sie läuft am späten Abend durch die Gänge des Hauses und singt. Nicht etwa Abendlieder oder Lieder zum Einschlafen. Nein im Gegenteil, sie singt sogenannte Kirchweihlieder, also zum Beispiel ‚Heut ist Kärwa, morgn ist Kärwa!' oder ‚Wo ist denn des Gerchla, Georg auf Fränkisch, Gerchla des ist net daham, des ist auf der Kärwa, drundn in Erlang(en)'. Im zweiten Vers dieses Liedes heißt es ‚Wo ist denn des Gerchla, Gerchla der is net daham, der is auf der Kärwa, frisst die ganzen Bratwürscht zam'. Zwischendurch singt sie ‚Ein Prosit, ein Prosit der Gemüüütlichkeit!' oder: ‚Auf und nieder immer wieder, hom mirs erst gestern gmacht, mach mers heut a!' und alles in einem schrecklich ordinären Dialekt."

Hermine Sperber hatte den letzten Satz in einem gequälten Ton gesprochen. „Was sollen wir nur tun?"

Wolfgang hatte alle Mühe gehabt, sich das Lachen zu verbeißen, aber er wusste, seine Mutter würde ihm nicht verzeihen, wenn er nun losprusten würde. Er brauchte einige Energie, um den Lachreiz zu unterdrücken, und hustete stattdessen mit vorgehaltener Hand. Als er wieder zu Luft gekommen war, fing er sich und fragte seine Mutter ernsthaft: „Was tut denn die Hausleitung dagegen?" Seine Mutter breitete die Hände aus: „Die haben schon versucht, etwas dagegen zu unternehmen. Die Hausdame, Frau Dürrer, hat sich persönlich einige Abende lang in den Gängen auf die Lauer gelegt, aber das Haus ist groß. Es war fast gespenstisch, immer wenn Frau Dürrer irgendwo gelauert hat, ist dort nichts passiert. Meistens kamen die Notrufe der Bewohner auf das Handy der Dürrer dann vom anderen Ende des Hauses. Obwohl Frau Dürrer dann jedes Mal durch das Haus gerast ist, konnte sie Frau Museol niemals auf frischer Tat ertappen. Sie hatte sich buchstäblich in Luft aufgelöst. Ich finde das irgendwie gruselig."

Hermine Sperber schauderte es. „Wenn Frau Museol zur Rede gestellt wurde, tat sie immer so, als wüsste sie von nichts und als ginge ihr diese Sache nichts an. Bei unserer nächsten Stiftsbeiratssitzung steht dieses ungeheuerliche Treiben natürlich als erster und wichtigster Punkt auf der Tagesordnung. Wolfi, ich frage dich als Kriminalhauptkommissar: Was sollen wir dagegen tun?"

„Na, da wundert mich eigentlich nichts mehr!", rief Sperber mit einiger Empörung in der Stimme. „So ein Verhalten von euch als Mitbewohnern muss ja den sanftesten Menschen entweder auf die Barrikaden oder in eine Depression treiben. Frau Museol hat sich offenbar für die Barrikaden entschieden. Ich kann sie verstehen."

„Also Wolfi, ich glaube, du siehst das nicht richtig. Ich würde doch auch nicht in ein Altenheim ziehen, von dem ich weiß, dass dort nur ganz arme Menschen leben und tagtäglich in meinen besten Kleidern herumspazieren und denen die feine Dame vorspielen. Die würden bestimmt auch etwas gegen mich unternehmen."

„Mutter, ich muss zugeben, dass du nicht unrecht hast", erwiderte Wolfgang nachdenklich.

„Ja und nun, was sollen wir jetzt tun? Man kann sie doch nicht aus dem Haus hinausschmeißen?"

Sperber schüttelte beruhigt lächelnd den Kopf: „Aber Mutter, wo bleibt nur dein Humor? Ich kenne diese Frau Museol nicht, aber vielleicht möchte sie auf diese, zugegeben drastische, Art und Weise einfach auf sich aufmerksam machen. Vielleicht kommt sie sich ausgegrenzt vor und möchte mit ihrem Verhalten gegen eine künstliche Vornehmheit und eine geheuchelte Mitmenschlichkeit in eurem Haus protestieren. Könntest du dir das bei ihr vorstellen?"

Hermine Sperber schaute eine kleine Weile vor sich hin, dann sah sie ihn mit strahlenden Augen an: „Wolfi, jetzt wo du es sagst, muss ich zugeben, daran habe ich auch schon gedacht."

Hermine war trotz dieser Erkenntnis ratlos.

„Wie wäre es, wenn du sie einmal zu dir in dein Apartment einladen würdest, Mutter?", schlug ihr Sohn vor. „Vielleicht könntest du ganz demonstrativ mit ihr zu einer eurer Kulturereignisse erscheinen und dich neben sie setzen?"

„Also Wolfi, wie du dir das wieder einmal in deiner naiven Denkweise vorstellst!", entgegnete ihm seine Mutter entrüstet. „Womöglich bin dann auch bei den anderen unten durch!"

„Nein, das glaube ich nicht, Mutter. Denen im Stiftsbeirat kannst du dein Verhalten erklären, deinen Freundinnen auch; und wen es sonst noch aufregt. Bei deinem Selbstbewusstsein wird dir die Meinung der anderen im Grunde egal sein, vermute ich. Wenn jemand in der Lage ist, die vertrackte Situation zum Besseren zu wenden, dann bist du das!"

Hermine Sperber war wegen der Hochschätzung für sie, die aus den Worten ihres „Wolfis" klang, fast ein wenig verlegen. Sie freute sich aber in ihrem Inneren sehr darüber. „Also", sagte sie zögernd, „ich könnte das doch versuchen. Vielleicht hast du ausnahmsweise mal recht und es könnte sich auf diesem Weg wieder alles zum Guten wenden. Deine Besonnenheit zeigt mir, dass meine gute Erziehung bei dir doch nicht ganz fruchtlos geblieben ist ... obwohl ich daran manchmal schon gezweifelt habe", setzte sie mit schelmisch blitzenden Augen drauf. „Gut, Wolfi, ich will das versuchen. Und nun muss ich dich verabschieden, denn mein nächster Termin beziehungsweise die Damen des Kaffeekränzchens erwarten mich. Danach brauche ich aber eine kleine Pause vor dem Klavierkonzert heute Abend." Sie stand resolut auf, drückte Wolfi kurz an sich und sagte leise: „Danke!" Dann gab sie ihm einen Wangenkuss und sagte: „So, nun kannst du gehen und vergiss mich nicht ganz, sonst komme ich hier noch um vor Langeweile."

Sperber beeilte sich, das Apartment zu verlassen. Kopfschüttelnd und vor sich hin lachend verließ er das Haus und fuhr zur Inspektion am Karlsplatz.

Dort ging er zunächst in das Büro seiner Sekretärin Barbara Robertazzi und erkundigte sich, ob sie etwas für ihn entgegengenommen hatte. „Hallo Wolfgang, schön, dass du wieder gut aus Nürnberg da bist. Ich habe zwei Nachrichten für dich: Morgen findet um dreizehn Uhr die Beerdigung von Julius Berger auf dem Waldfriedhof in Ansbach statt. Und die zweite Nachricht: Du sollst dich sofort, wenn du eintriffst, mit Dotzauer in Verbindung setzen."

„Danke Barbara! Bitte ruf ihn an. Wenn du ihn dran hast, übernehme ich den Hörer." Die Sekretärin tippte die Nummer ein und reichte Sperber den Hörer hin. Dotzauer sagte: „Gut, dass Sie da sind. Doktor Sauber möchte uns sprechen. Wir können gleich zu ihm hinübergehen."

Als sie beide zu den Büros der Staatsanwaltschaft kamen, sagte die Sekretärin von Sauber, sie könnten schon hineingehen, der Staatsanwalt erwarte sie. Sauber saß hinter seinem Schreibtisch und machte ein ernstes Gesicht. Er wies die Polizisten an, auf den Besucherstühlen Platz zu nehmen. Als sie saßen, sagte er zu Sperber: „Als Sie mich heute von Nürnberg aus angerufen haben und von Ihrer Recherche im Fall Sauerwein berichteten, war ich Ihrer Meinung, dass Sauerwein ermordet wurde. Ich habe Ihre Argumente meinem Kollegen Doktor Werner mitgeteilt. Der war allerdings zu ganz anderen Schlüssen gekommen als Sie. Er hat sich auf die Erkenntnisse der Nürnberger Kriminalpolizei gestützt und sich strikt geweigert, den Fall als Mordsache zu behandeln. Er hat alle weiteren Untersuchungen abgelehnt und die Leiche bereits zur Beerdigung freigegeben."

Sperber glaubte, seinen Ohren nicht zu trauen: „Das ist nicht zu fassen. Die bisherigen Nachforschungen sind von den Nürnberger Kollegen sehr nachlässig betrieben worden, eigentlich überhaupt nicht." Er zählte an seinen Fingern ab: „Sauerwein war nach Aussage seiner Schwester Linkshänder. Er hielt die Pistole aber nach seinem Tod in der rechten Hand. In der Regel fällt eine Pistole dem Schützen nach einer Selbsttötung aus der Hand. In diesem Fall war sie offensichtlich so hingelegt worden, dass sie nicht herunterfallen sollte. An der rechten Hand fanden sich zudem keine Schmauchspuren, das ist ungewöhnlich. Sauerwein hatte Alkohol getrunken, vermischt mit verschiedenen Drogen. Er ist aber Mitglied im Blauen Kreuz und vermied in der Regel jeden Alkoholgenuss. Nun könnte man diese Argumente vielleicht noch widerlegen. Was mich stutzig macht, ist, dass seine Schwester fest davon überzeugt ist, dass ihr Bruder von seiner lebensbejahenden Art her niemals Selbstmord begangen hätte. Sie hat ihn erst wenige Tage vor seinem Tod gesehen, da ging es ihm sehr gut und er sprach von einer Frau, die ihn interessieren würde. Er war offensichtlich frisch verliebt, meint seine Schwester."

Sperber wollte fortfahren, aber Doktor Sauber schnitt ihm mit einer entschiedenen Geste das Wort ab. „Alle Ihre Thesen, so interessant sie sich anhören, könnte man widerlegen. Darum entscheide ich im Hier und Jetzt, dass Sie weitere Untersuchungen in der Sache Sauerwein ab sofort unterlassen. Das ist alles im Bereich der Nürnberger Kollegen geschehen. Die werden schon wissen, was sie tun. Herr Polizeidirektor, sorgen Sie dafür, dass sich Ihre Leute an meine Weisung halten."

Dotzauer nickte und sagte entschlossen: „Ja, das tue ich."

Sperber konnte das nicht so einfach hinnehmen: „Mir scheint, die Kollegen wollen ihr Gesicht nicht verlieren, indem sie zugeben, ihre Arbeit nicht ordentlich gemacht zu haben."

Sauber brauste auf: „Was erlauben Sie sich, Herr Sperber! Wie können Sie so unkollegial daherreden! Ich habe mit Oberstaatsanwalt Werner studiert. Wir kennen uns seit Jahren. Er würde nie einen Fall verschludern. Ich verbiete Ihnen, so über ihn zu sprechen. Damit ist die Sache für mich erledigt. Ich hoffe, Sie finden endlich den Mörder von Berger, das ist Ihre Aufgabe. Wenn Sie das nicht schaffen, werde ich eben jemand anderen damit beauftragen. Uns läuft die Zeit davon, außerdem kann ich nicht wieder so eine schlechte Presse gebrauchen wie im Fall dieser Gruftsache. Meine Herren, damit ist die Besprechung beendet. Ich wünsche Ihnen einen guten Tag."

Sperber und Dotzauer erhoben sich schweigend und verließen den Raum.

Auf dem Gang fuhr Dotzauer Wolfgang Sperber an: „Sehen Sie, was Sie da angerichtet haben? Wie stehen wir jetzt da! Wir haben uns auf der ganzen Linie blamiert. Der Rüffel von Doktor Sauber hat auch mir gegolten, obwohl ich mich nicht in Ihre Ermittlungen eingemischt habe."

Sperber reichte es jetzt. In ruhigem Ton, aber sehr bestimmt, antwortete er: „Ich bin mir meiner Sache sehr sicher. Sauerwein wurde ermordet. Was Sie einen Rüffel nennen, das nenne ich einen Studienfreund in Schutz nehmen."

„Sie fangen ja schon wieder an. Mensch, jetzt hören Sie doch damit auf!" Dotzauers Gesicht hatte sich schon in Saubers Büro gerötet, jetzt leuchtete es leicht bläulich.

Sperber entschloss sich, das Thema nicht weiterzuführen. Er sagte zu Dotzauer: „Wie dem auch sei, ich habe ein anderes Problem, das mich mehr drückt als die Arbeit der Nürnberger Kollegen. Morgen wird Doktor Julius Berger beerdigt. Wir haben die Befürchtung, dass der Mörder einen weiteren Anschlag auf die Angehörigen des Opfers verüben könnte, deshalb brauche ich dringend Verstärkung, um den Friedhof zu sichern."

„Das ist auch wieder so eine Idee, in die Sie sich versteigen", regte sich Dotzauer weiter auf. „Ich brauche die Leute anderswo und kann solche aufwendigen und sinnlosen Einsätze nicht befürworten. Sie können mit Ihrem Team hin und aufpassen, aber weitere Polizisten werde ich Ihnen nicht genehmigen. Das ist mein letztes Wort. Nun wünsche ich Ihnen auch einen guten Tag. Auch unsere Besprechung ist hiermit beendet." Brüsk wandte er sich ab und ging schnellen Schrittes zu seinem Büro.

Sperber stand eine Weile da und schüttelte den Kopf. Er liebte seinen Beruf sehr, aber in Momenten wie diesen wünschte er sich andere Chefs, die weniger auf Eigennutz und Machtinteressen bedacht waren.

Sperber ging langsam zu seinem Büro, stellte sich ans Fenster und sah hinaus. Das Wetter hatte sich inzwischen geändert. Die Regen- und Schneewolken hatten sich verzogen, nun strahlte eine helle Wintersonne auf den Karlsplatz. Sperber sah den Passanten zu und gewann den Eindruck, sie liefen alle ein wenig langsamer, und genossen das Licht und die glasklare Luft. Auf der einen Seite des Platzes hatte man bei dessen Umgestaltung einige Bäume gepflanzt. Das Laub dieser Bäume war zum größten Teil bereits abgefallen. Der Winter bekam, trotz des Sonnenscheins im Moment, unaufhaltsam mehr und mehr Macht über die Stadt. Wolfgang Sperber freute sich auf die Zeit nach der Lösung dieses Falles. Er würde ein oder zwei Wochen Urlaub beantragen. Gleich heute Abend würde er mit Julia besprechen, wohin sie in dieser Zeit fahren wollten. Er sehnte sich danach, noch ein wenig Wärme zu genießen. Vielleicht wären die Kanaren ein gutes Reiseziel? Er ließ seine Gedanken ein wenig wegfliegen und sah sich schon auf einem Spaziergang am Strand mit Blick über die Weite des Atlantiks. „Manchmal möchte ich mich auf Knopfdruck von allem wegbeamen", dachte er sich nicht zum ersten Mal. „Wie schade, dass das nicht funktioniert!"

Sperber riss sich von solchen Gedanken los und rief sein Team zu sich. Als Konstanze und Karlo eingetroffen waren, berichtete er ihnen vom Verlauf des Gespräches bei Sauber und die Reaktion Dotzauers auf seine Bitte um Verstärkung. Beide Kommissare reagierten wütend und entsetzt auf seine Schilderung. „Kein Wunder, dass die Dunkelziffer bei unentdeckten Mordfällen in Deutschland so hoch ist", fauchte Konstanze.

„Ich meine, wenn morgen auf dem Friedhof ein Anschlag auf die Angehörigen von Berger gemacht wird, liegt die Verantwortung eindeutig bei Dotzauer", erklärte Karlo.

Sperber nickte und sagte: „Wir müssen versuchen, das zu verhindern. Karlo, du nimmst vor der Beerdigung unauffällig einen Platz in der Nähe des Tores beim Parkplatz ein und beobachtest, wer erscheint. Nimm eine Kamera mit und fotografiere alle, die dir verdächtig erscheinen. Vielleicht machst du dich ein wenig so zurecht, dass man meint, du wärst ein Pressefritze. Wenn die Beerdigungsfeier in der Halle begonnen hat, stellst du dich bitte vor die Halle. Wenn der Sarg nach der Feier herausgefahren wird, gehst du dem Trauerzug schnell voran und sondierst die Lage am Grab. Du nimmst dann irgendwo hinter dem Grab unauffällig deinen Platz ein. Suche dir einen Ort, an dem du die Trauergesellschaft im Auge hast. Von dort kannst du uns ein Zeichen geben, wenn sich jemand verdächtig benimmt. Konstanze, wir beide gehen vor der Feier in die Halle und beobachten, wer eintritt. Du gehst bitte auf die rechte Seite. Ich gehe nach links. Nach der Feier gehe ich möglichst nah hinter den Angehörigen, du gehst am Ende des Zuges. Am Grab bleibe ich in der Nähe der Angehörigen, du sicherst weiter hinten. Unser Auto stellen wir abfahrtsbereit auf den Parkplatz. Karlo, du hast ein Auge darauf, dass wir nicht eingeparkt werden. Ich werde die Kollegen von der Funkstreife bitten, während der Bestattung in der Nähe des Friedhofes zu sein."

Er breitete die Hände aus: „Mehr können wir nicht tun. Ich hoffe nur, niemand kommt auf die Idee, auf dem Friedhof einen Angriff zu starten."

Konstanze nickte zustimmend. Sie wechselte das Thema und informierte ihre beiden Kollegen, dass Moritz Berger leider immer noch auf der Intensivstation im Koma lag.

Karlo hatte sich mit den Beamten kurzgeschlossen, die Sanaplant untersuchten. Auch von ihnen gab es keine Neuigkeiten.

„Wie ihr wisst, suchen wir leider auch nach Maria Sebald immer noch vergeblich", sagte sie mit betrübter Stimme.

Sperber überlegte kurz, dann sagte er: „Bitte versucht heute noch einmal, Frau Wallner zu sprechen. Warum hat es bisher nicht geklappt?", wollte er wissen. Karlo zog die Schultern hoch und erklärte: „Wir haben sie zu Hause den ganzen Tag nicht erreicht. Ich habe auch mehrmals versucht, sie anzurufen. Sie hat nicht abgehoben. Gemeldet hat sie sich natürlich auch noch nicht bei uns. Wir haben ihre Nachbarn gefragt, wo sie sich aufhalten könnte. Niemand wusste Bescheid."

Unwillig schüttelte Sperber den Kopf: „Ich möchte die Rolle dieser Frau in unserer Angelegenheit geklärt haben. Mir liegt ihre Geschichte im Magen. Sie hat immerhin ein Motiv. Vielleicht will sie Rache nehmen an den Menschen, deren Produkte, wenn auch indirekt, zum Tod ihrer Tochter geführt haben."

„Das denken wir uns ja auch", schaltete sich Konstanze ein. „Möchtest du, dass wir eine Fahndung nach ihr herausgeben?"

„Ich glaube, das ist eine gute Idee. Wir sollten nichts versäumen. Bitte leite alles dazu in die Wege."

„Gut, das mache ich jetzt gleich. Mehr können wir gerade einfach nicht tun. Morgen versuche ich noch einmal, bei Staatsanwalt Sauber einen Durchsuchungsbeschluss für Wallners Haus zu bekommen."

Sperber atmete tief durch: „Ich denke, für heute ist es genug. Wir haben unseren Feierabend verdient. Wir treffen uns morgen um acht Uhr zur Morgenlagebesprechung."

Die drei Beamten verabschiedeten sich voneinander.

Konstanze machte sich gleich auf den Weg zu ihrem Training. Sie wollte sich heute richtig körperlich fordern, um ein wenig von dem Mordfall Abstand zu gewinnen.

Karlo freute sich darauf, an diesem Abend mit Lissi ins Kino zu gehen und danach noch in ihrer Lieblingskneipe einen Absacker einzunehmen.

Wolfgang Sperber machte sich sehr nachdenklich und unzufrieden auf den Heimweg durch die Dunkelheit. Er war voller Sorge wegen Maria Sebald. „Ob er die nette Pfarrerin lebend wiedersehen würde?", fragte er sich bang.

Das Wetter hatte inzwischen umgeschlagen. Über ihm in den Himmelsausschnitten zwischen den Häuserfronten glitzerten die Sterne an einem völlig wolkenlosen Himmel. Es würde eiskalt werden in dieser Nacht. Er bemerkte, dass die Autos eine Raureifschicht auf ihren Dächern und Windschutzscheiben trugen. Ihre Fahrer würden vor dem Beginn ihrer Fahrt erstmals wieder kratzen müssen. Eine Einübung auf die übliche Tätigkeit mancher kommenden Wintertage. Sperber dachte daran, dass es durch den Morgentau wahrscheinlich auf den Straßen glatt werden würde.

Ihm graute schon, wenn er an den frostigen Waldfriedhof dachte, den sie morgen aufsuchen mussten. Er lenkte seine Gedanken auf bessere Ziele.

Daheim angekommen, würde er zunächst ein heißes Bad genießen, dann mit Julia eine Flasche Wein öffnen und den Tag bereden.

Harro und seine Mannschaft hatten an diesem Tag wieder stundenlang vergeblich die Stadt und das nähere Umland durchsucht. Unterstützt wurden sie dabei von einer Hundertschaft der Polizei, die sich besonders die Auenlandschaft der Rezat und die Waldgebiete im näheren Umkreis der Stadt vornahmen. Auch sie konnten kein positives Ergebnis vorweisen.

Der junge Pfarrer fiel an diesem Abend völlig erschöpft in sein Bett und schlief gleich fest ein. Mitten in der Nacht erwachte er jedoch wieder und voller Unruhe – und mit heftigen Sorgen um Maria lag er dann bis zum Morgengrauen wach.

Donnerstag acht Uhr

Nacheinander waren die Kommissare auf der Inspektion eingetroffen.

Sperber hatte schlecht geschlafen und war noch müde.

Karlo war anzusehen, dass er anscheinend eine aufreibende Nacht hinter sich hatte. Er war blass und hatte glasige Augen.

Konstanze dagegen schien wie aufgezogen und ging den beiden anderen durch ihre Munterkeit etwas auf die Nerven. „Sie wandte sich an Karlo, der irgendwie durch sie hindurchsah, als er sie anblickte: „He, du hast ja noch einen Schlafzimmerblick drauf!“, rief sie. „Was hältst du davon, wenn wir jetzt gleich anschließend versuchen, die Wallner aufzuspüren? Vielleicht kommen wir irgendwie in das Haus hinein. Nimm deinen Schlüsselbund vorsichtshalber einmal mit.“

Karlo verzog schmerzlich das Gesicht: „Wenn du unbedingt meinst. Aber nur unter der Bedingung, dass du mich danach zu einem Kaffee bei Lissi einlädst.“

Sperber mahnte zur Vorsicht: „Bitte seid so gut und lasst euch nicht bei illegalen Aktionen erwischen! Sagt mir aber Bescheid, was ihr gefunden habt, wenn es euch gelingt, in das Haus zu kommen.“

Er entließ die beiden, damit sie Kirsten Wallner noch erwischten, bevor sie wieder ihr Haus verlassen konnte.

Konstanze und Karlo fuhren auf dem schnellsten Weg zu Frau Wallners Wohnung. Als sie an ihrer Türe läuteten, öffnete ihnen die schlanke, attraktive Frau und fragte, was sie wollten. Die beiden Kommissare hätten das Haus am liebsten sofort auf den Kopf gestellt, nun mussten sie zufrieden sein, dass die Frau zu Hause war. Vielleicht brachte ein Befragung etwas zu Tage.

Konstanze zog ihren Dienstausweis heraus und sagte: „Frau Wallner, wir kommen von der Ansbacher Kriminalpolizei. Können wir Sie sprechen?“ Kirsten Wallner schien daraufhin eine Spur blasser geworden zu sein. Sie sagte: „Ich weiß nicht, was Sie zu mir führt, aber kommen Sie doch herein.“ Sie ließ die beiden ihre Jacken an der Garderobe ablegen und führte sie in ihr Wohnzimmer. „Möchten Sie etwas Warmes trinken; Kaffee oder Tee?“, fragte sie freundlich.

„Nein, danke. Wir haben schon die letzten Tage versucht, Sie zu erreichen, aber Sie waren nicht zu Hause.“

„Das tut mir leid, aber wissen Sie, ich gehe oft aus, weil ich manchmal das Gefühl habe, mir fällt sonst die Decke auf den Kopf. Das Alleinleben fällt mir oft nicht leicht. Seit meine Tochter tot ist, leide ich unter depressiven Verstimmungen“, erklärte Kirsten Wallner mit großer Selbstsicherheit. „Was kann ich denn für Sie tun? Sie müssen ja einen triftigen Grund haben, wenn Sie mich so dringend sprechen wollen.“

Beide Beamten hatten Frau Wallner aufmerksam im Blick und registrierten jede ihrer Reaktionen.

„Frau Wallner, ich will gleich zur Sache kommen“, begann Konstanze die Befragung. „Es geht um den Mord an Doktor Berger, von dem Sie bestimmt schon gehört haben.“

„Natürlich, das stand ja groß in der Zeitung. Ich muss Ihnen sagen, dass ich darüber nicht besonders traurig bin. Er ist der Inhaber der Firma gewesen, die meine Tochter getötet hat. Vor Gericht bin ich mit dieser, meiner Auffassung zwar nicht durchgekommen, aber für mich ist und bleibt das eine Tatsache.“

„Damit hätten Sie ein Motiv, um Doktor Berger Schaden zuzufügen. Vielleicht war das sogar ein Motiv, um ihn zu töten.“

Konstanzes Ton war schärfer geworden. „Ich weise

Sie darauf hin, dass Sie für uns damit als potenziell Verdächtige gelten. Ich muss Sie an dieser Stelle auch auf Ihre Rechte hinweisen. Sie brauchen nichts auszusagen, was Ihnen schaden könnte. Außerdem haben Sie das Recht, zu diesem Gespräch einen Rechtsanwalt zu rufen."

„Ja um Himmels willen, ich bin zwar eine trauernde Mutter, aber ich tue doch niemandem etwas an. Das macht meine Tochter auch nicht mehr lebendig. Stellen Sie ruhig Ihre Fragen, ich will sie gerne beantworten."

„Gut, das ist Ihre eigene Entscheidung. Ich muss Sie fragen, wo waren Sie in der Zeit von Sonntagabend dieser Woche von etwa zwanzig Uhr bis zum Montagmorgen?"

„Ich habe am Sonntagabend zuerst ferngesehen, und zwar den Tatortkrimi ‚Reiner Zufall', dabei habe ich Wein getrunken, und als ich die richtige Bettschwere hatte, bin ich schlafen gegangen."

„Können Sie uns jemand nennen, der das bezeugen kann?"

„Nein, ich musste leider alleine ins Bett gehen und habe bis etwa acht Uhr morgens geschlafen, allerdings nicht gut. Ich fühlte mich unwohl."

„Was haben Sie den Montag über gemacht und gibt es dafür Zeugen?"

„Ich fühlte mich krank und bin den ganzen Tag im Bett geblieben. Auch dafür kann ich Ihnen keinen Zeugen nennen."

Frau Wallner hatte sich bis zu diesem Zeitpunkt keinerlei Unsicherheit anmerken lassen. Konstanze legte deshalb noch eins drauf. „Frau Wallner, wären Sie mit einer Hausdurchsuchung einverstanden?"

Energisch verwahrte sich die Frau gegen dieses Ansinnen: „Auf keinen Fall. Ich möchte nicht, dass Ihre Leute hier alles auf den Kopf stellen und überall herumschnüffeln. Ich weiß, dass Sie dazu einen richterlichen

Beschluss brauchen. Ohne einen Hausdurchsuchungsbeschluss geht das bei mir nicht."

„Dann darf ich Sie bitten, mit uns auf die Inspektion zu kommen, damit Sie erkennungsdienstlich behandelt werden."

„Heißt das, ich bin verhaftet?"

„Nein, das heißt es nicht. Es ist nur eine Routinesache, damit wir Sie als Täterin ausschließen können."

„Das hat doch sicher auch bis morgen Zeit, oder nicht? Ich erwarte nachher einen lieben Freund zu Besuch. Ich habe das Treffen mit ihm schon seit langem abgemacht und möchte es nicht verschieben. Morgen bin ich gerne bereit, mich von Ihnen durchchecken zu lassen."

„Gut, dann erwarten wir Sie morgen um neun Uhr auf der Inspektion am Karlsplatz. Bitte vergessen Sie das nicht und seien Sie pünktlich."

„Ja natürlich. Kann ich sonst noch etwas für Sie tun? Ich möchte mich nämlich auf meinen Besuch vorbereiten, Sie verstehen?"

Konstanze und Karlo standen auf. Kirsten Wallner geleitete sie zur Türe und schloss hinter ihnen zu, dann lehnte sie sich erschöpft und völlig entnervt von der inneren Anstrengung an die Wand. Tränen liefen ihr über ihr Gesicht.

Die beiden Polizisten fuhren zurück zur Innenstadt. Karlo meinte: „Ich glaube nicht, dass sie es war. Sie ist so sicher gewesen, kein bisschen Unsicherheit war der anzumerken."

„Oder sie ist kalt wie eine Hundeschnauze und eine sehr gute Schauspielerin dazu", gab Konstanze zu bedenken. „Morgen sehen wir weiter. Ich hätte natürlich behaupten können, es sei Gefahr im Verzug, dann hätten wir sie verhaften können. Aber das erschien mir denn doch zu hart. Immerhin ist sie ja wirklich eine Mutter, die um ihre Tochter trauert."

Zum Glück fanden sie auf der Reitbahn hinter der markgräflichen Residenz gleich einen Parkplatz. Sie gingen durch den engen Durchgang auf den Johann-Sebastian-Bach-Platz hinaus und von da zu dem kleinen Café an der Ecke. Lissi strahlte wie ein Weihnachtsbaum, als sie die beiden erblickte, und zeigte ihnen gleich einen Tisch am Fenster, das zum Schlosstor hinausging.

Konstanze bestellte sich einen grünen Tee, Karlo wollte einen Cappuccino. Lissi verschwand kurz und erschien dann gleich wieder mit dem Gewünschten. Weil das Lokal um diese Zeit ziemlich leer war, setzte sich Karlos Freundin neugierig zu den beiden. „Erzählt mir doch etwas aus eurem aufregenden Leben", bat sie.

Karlo ließ sich das nicht zweimal sagen und erfand auf die Schnelle eine bluttriefende Geschichte mit Schusswechsel und Verfolgungsjagd. „Ich staune über deine Fantasie", lachte Lissi, „aber wenn du glaubst, du kannst mich verscheißern, dann bist du schief gewickelt. Ich durchschaue dich schon lange, du großer Kriminalist!" Dann gab Lissi Karlo einen schallenden Kuss auf die Wange und sagte resolut: „Jetzt muss ich wieder was tun. Schluss mit dem Geflunker!" Konstanze amüsierte sich über das verliebte Geplänkel der zwei und spürte ein wenig Neid auf das jugendliche Paar. Plötzlich war der Wunsch nach einem Menschen, den sie lieben konnte, in ihr erwacht. Sie versuchte, ihre Gedanken davon abzulenken, aber das Gefühl blieb und weigerte sich noch lange danach, ihr Inneres zu verlassen.

Als sie nach einiger Zeit das Café wieder verließen, hatte sich die Luft nur wenig erwärmt. Die Sonne war verschwunden. Der Himmel war wieder so grau wie die Tage vorher. Ein leichter, kalter Sprühregen hatte eingesetzt. Konstanze ließ ihren Stiefel probeweise über den Boden gleiten.

„Mensch Karlo, da ist ja Eis drauf!", stellte sie erschrocken fest. „Das hat uns gerade noch gefehlt: ein eisiger Friedhof. Scheußlicher geht es wohl nicht."

Auf der Inspektion am Karlsplatz trafen sie Sperber, der sich an diesem Morgen auf dem Waldfriedhof umgesehen hatte. Er hatte sich ein Bild von der Lage des schon ausgeschachteten Grabes von Julius Berger gemacht und überlegt, ob seine Vorbereitungen zur Sicherung der Angehörigen Sinn machten. Er wurde sich schnell klar darüber, dass der Friedhof gut abzusichern wäre, wenn er nur genügend Polizisten zur Verfügung hätte. Zu dritt mussten sie auf das Glück hoffen, dass nichts passieren würde. Er fluchte leise vor sich hin. Mit seinem Handy rief er in der Einsatzzentrale an und erklärte dem Dienst habenden Hauptkommissar seine Lage. Der versprach ihm voller Mitgefühl über die Zwickmühle, in der sich Sperber befand, zwei Funkstreifenwagen in der Nähe des Friedhofs zu halten. Außerdem würde ein Polizeihubschrauber in Einsatzbereitschaft versetzt werden. Sperber bedankte sich bei seinem Kollegen und war etwas beruhigter. Vom Friedhof aus fuhr Sperber zurück zur Inspektion und arbeitete an seinem Schreibtisch, bis seine beiden Mitarbeiter eintrudelten. Sie berichteten ihm von dem Gespräch mit Kirsten Wallner und ihrem Eindruck, den die Frau bei ihnen hinterlassen hatte. Sperbers merkwürdiges Bauchgefühl blieb, obwohl beide Kommissare beteuerten, dass Kirsten Wallner zwar sehr selbstbewusst aufgetreten war, aber das Bild einer Mörderin nicht zu ihr passte.

Sperber erinnerte noch einmal an den am Vortag besprochenen Einsatzplan auf dem Friedhof und schilderte die Lage des Grabes, das oben in der Nähe der Straße angelegt war, die in Richtung Elpersdorf und weiter nach Feuchtwangen führte. Wenn man durch Elpersdorf hindurchfährt, ist man schnell bei der A 6, gab er zu bedenken. „Ich denke, ich werde mich für alle Fälle auch mit der Autobahnpolizei kurzschließen und darum bitten, dass die einen Wagen auf der Strecke in Bereitschaft halten. Sicher ist sicher!"

Er rief gleich bei der entsprechenden Dienststelle an. Die Kollegen versicherten ihm, dass sie sich in der fraglichen Zeit in der Nähe startbereit aufhalten würden.

Sperber blickte auf seine Uhr: „Jetzt ist es kurz nach elf Uhr. Wir treffen uns um zwölf Uhr beim Wagen und fahren zum Friedhof. Bis dahin haben wir genügend Zeit, um noch etwas zu essen und uns ein wenig vor dem Einsatz zu entspannen."

Kirsten Wallner war nach dem beunruhigenden Besuch der beiden Polizisten in den Keller des Hauses hinabgestiegen. Vorsichtig öffnete sie die Türe, hinter der Maria Sebald gefangen war. Die Pfarrerin lag auf der Matratze und schlief unter der Wirkung des Schlafmittels ganz fest. Wasser und Essen standen bei ihr.

Die Entführerin war einige Zeit nach dem Gespräch mit den beiden Polizisten wieder vollkommen gefasst. Die anschließende Feststellung, dass es ihrer Gefangenen an nichts fehlte, hatte sie beruhigt. Wohin sie die Leiche der Pfarrerin bringen würde, war ihr immer noch nicht klar. Darüber und über die Art ihrer Tötung würde sie nach ihrer Aktion auf dem Friedhof eine endgültige Entscheidung fällen.

Kirsten hatte sich nach der Inspektion des Kellerraumes ihren Mantel mit seiner dunklen Farbe angezogen und einen Hut aufgesetzt. Ihre Augen wollte sie auf dem Friedhof hinter einer fast schwarzen Sonnenbrille verbergen. Dann war sie zum Waldfriedhof gefahren. In dem kleinen Blumenladen neben dem Parkplatz kaufte sie sich einen billigen Strauß Blumen, setzte ihre Brille auf und ging mit gesenktem Kopf die Straße hinauf, die vom

Eingangstor, leicht ansteigend, direkt zur Aussegnungshalle führte. Unterwegs blickte sie sich immer wieder verstohlen nach einem frischen Grab um. Vor der Halle bog sie nach links ab und ging den Hügel in Richtung der Straße hoch, die nach Elpersdorf führte. Schon von weitem sah sie auf der linken Seite den frischen Grabhügel. Davor stand ein etwas untersetzter Mann und schien nachzudenken. Bei Kirsten klingelte sofort eine Alarmglocke. Sie wandte sich einem x-beliebigen Grab zu, von dem aus sie das Grab von Julius Berger gut sehen konnte. Sie stellte sich so hin, als würde sie das Grab vor sich besuchen. Hinter Bergers Grab endete der Friedhof an einem hohen Zaun. Zwischen Straße und Zaun wuchs dichtes Gebüsch. Zwar waren viele Blätter der Büsche schon abgefallen, aber es schien, als böten die Büsche ihr immer noch genügend Schutz, um ihren Plan ausführen zu können. Als sie die Entfernung zwischen dem Grab und dem Zaun des Friedhofs in etwa abgeschätzt hatte, legte sie den Blumenstrauß auf das Grab vor sich, wandte sich ab und ging mit raschen Schritten wieder zu dem Eingangstor zurück. Sie startete ihr Auto und fuhr die schmale Straße neben dem Friedhof zur Kreisstraße hoch, dort bog sie nach rechts ab. Glücklicherweise kam gerade kein Fahrzeug und Kirsten konnte langsam an dem Gebüsch entlangfahren, das den Friedhof von der Straße abgrenzte. Als sie ungefähr auf Höhe des frischen Grabes war, stellte sie ihren Wagen am Straßenrand ab und tat so, als wollte sie sich kurz die Beine vertreten. In Wirklichkeit suchte sie eine Stelle, die für ihr Vorhaben geeignet schien. Als sie sich sicher war, diese Stelle gefunden zu haben, markierte sie den Eingang zwischen den Büschen auf dem sandigen Boden mit ihrem Stiefel. Dann arbeitete sie sich ganz vorsichtig in die Büsche hinein. Sie befand sich tatsächlich fast genau dem Grab gegenüber.

Schnell ging sie wieder zu ihrem Auto zurück, stieg ein und fuhr zügig in Richtung Elpersdorf. Bei der Durchfahrt durch den Ort und weiter auf der Straße zur Autobahn vergewisserte sie sich, dass sie bei einer Flucht mit keinerlei Hindernissen zu rechnen hatte. Danach bog sie in die Autobahnauffahrt Richtung Nürnberg ein und fuhr bei der Autobahnausfahrt Lichtenau wieder von der Schnellstraße ab. Über die Kreisstraße kam sie relativ schnell zurück nach Ansbach. Zu Hause holte sie das Gewehr aus dem Schrank und prüfte es auf seine Funktion. In den letzten Tagen hatte sie eifrig geübt und war sich jetzt sicher, problemlos mit der Waffe umgehen zu können. Sie lud das Gewehr und wickelte es sorgfältig in eine Decke ein. Wieder stieg sie in den Keller. Maria Sebald schlief immer noch. Kirsten Wallner schloss die Kellertüre mit Bedacht zu und stieg in ihre Wohnung hoch.

Dort legte sie sich im Wohnzimmer auf ihre Couch und ruhte sich aus. Im Liegen überdachte sie noch einmal ihren Plan und war damit zufrieden.

Später würde sie nach ihrer Gefangenen sehen. Jetzt aber brauchte sie erst einmal ein wenig Ruhe.

Am Morgen dieses Tages hatte sich eine ältere Frau telefonisch bei der Polizei gemeldet. Sie stellte sich als Margarete Schuster vor und sagte, sie sei Gemeindehelferin der Kirchengemeinde Sankt Gumbertus. Frau Schuster erklärte, sie habe Frau Pfarrerin Sebald am Tag ihres Verschwindens in Begleitung einer schlanken, dunkel gekleideten Frau aus ihrem Haus kommen sehen. Die Pfarrerin habe sich irgendwie seltsam verhalten. Ganz gegen ihr sonstiges freundliches Wesen habe sie auf ihren Gruß kaum reagiert.

Der Beamte am Telefon sagte zu Frau Schuster, sie solle gleich zur Inspektion kommen, um ihre Beobachtung in allen Einzelheiten mitzuteilen.

Als Sperber diese Nachricht erhielt, tippte er bei der begleitenden Frau sofort wieder auf Kirsten Wallner. Er rief bei Doktor Sauber an und bat noch einmal um einen Durchsuchungsbeschluss für deren Haus. Wieder lehnte Sauber schroff ab.

Zwischenzeitlich hatten sich Konstanze und Karlo zum Haus von Frau Wallner auf den Weg gemacht. Sie läuteten an der Haustüre, aber niemand öffnete. Vom Garten aus versuchten sie, indem sie durch die Fenster blickten, einen Hinweis auf Maria Sebald zu finden. Alles stellte sich jedoch als vergeblich heraus. So fuhren sie unverrichteter Dinge wieder in die Inspektion zurück.

Donnerstag zwölf Uhr

Die drei Kommissare machten sich auf den Weg zum Friedhof. Jeder wusste, wo er sich aufstellen musste, und nahm sofort nach der Ankunft seinen Platz ein. Karlo hatte ihren Dienstwagen so hingestellt, dass eine schnelle Abfahrt unbehindert möglich war. Er hatte sich wie ein Journalist hergerichtet und sah seinesgleichen bereits auf dem Parkplatz herumlungern. Unauffällig mischte er sich unter sie und begann, unverbindliche Gespräche mit ihnen zu führen. Überraschenderweise hatten die Angehörigen einen Sicherheitsdienst damit beauftragt, die Journalisten vom Geschehen bei der Feier fernzuhalten.

Wolfgang Sperber und Konstanze Grunwald hatten sich schnell mit ihren Dienstausweisen Zugang verschafft und waren bereits zur Aussegnungshalle hochgelaufen. Sie postierten sich rechts und links jeweils ein Stück vom Eingang entfernt und harrten der Dinge, die sich ergeben würden.

Unten beim Tor hatte sich inzwischen ein Beauftragter von Klaus Berger eingefunden und sorgte dafür, dass nur diejenigen in den Friedhof eingelassen wurden, die eine Art Eintrittskarte vorweisen konnten. Das führte zu einigen hausgemachten Problemen, denn natürlich wollten auch Ansbacher bei der großen Beerdigung dabei sein, die Julius Berger als Nachbarn oder als Gemeindeglied kennengelernt hatten. Daneben rückten auch viele Angehörige seines Betriebes an. Schon nach kurzer Zeit erwies sich das Eintrittskartensystem als ein Flop. Eine immer größer werdende Gruppe der Friedhofsbesucher protestierte lautstark oder versuchte, sich gleich an dem Wachmann vorbeizumogeln. Die Journalisten feixten und gingen inzwischen frech und ungehindert ein und aus. Karlo fotografierte, wen er vor die Linse bekam. Später konnten die Bilder ausgewertet werden. Vielleicht befand sich der Mörder unter den Trauergästen?

Oben füllte sich nach und nach die Halle. Für die Angehörigen waren Plätze reserviert. Klaus Berger hatte neben seiner Frau, einer auffälligen Blondine mit bemerkenswerten Rundungen, Platz genommen. Sie hatte sich ganz in Schwarz gekleidet. Auf dem Kopf trug sie einen breitkrempigen Hut mit schwarzem Schleier und als wäre damit der Diskretion noch nicht genug getan, eine schwarzgläserne Sonnenbrille.

Kurz nach Berger und seiner Frau traf auch Sybille Ohning ein. Sie trug nur einen schwarzen Mantel und hatte ihr Haar straff nach hinten gekämmt. Die Angehörigen waren auf ihrem Weg von Journalisten belagert und mit Fragen bedrängt worden. Klaus Berger hatte daraufhin die Leute des Sicherheitsdienstes angeblafft, sie mögen doch schauen, dass sie unbehelligt blieben, sonst würde er für ihre Entlassung sorgen. Das wirkte. Die bulligen Gestalten versuchten daraufhin, jeden wegzujagen, der eine Kamera, Notizblock oder Laptop bei sich trug. Das gelang ihnen aber nur sehr unzureichend.

Die Trauerhalle war im Inneren über und über mit Blumen und brennenden Kerzen geschmückt. Um dreizehn Uhr begann die Feier. Während das Kammerorchester sehr einfühlsam Bachs „Jesu bleibet meine Freude“ zu spielen begann, wurde der mit Blumen geschmückte Sarg in die nun überfüllte Halle gefahren. In der Sakristeitüre erschien ein Kreuzträger, der ein Kreuz vor sich hertrug. Pfarrer Harro von Weinheim folgte ihm in die Kapelle. Als er sie betrat, wirkte sein Gesicht über dem schwarzen Talar unnatürlich bleich. Er hielt seine Lippen zusammengepresst. Sein Blick irrte ein wenig durch den großen Raum, in der vagen Hoffnung, Maria unter den Trauernden zu sehen. Aber sie war natürlich nicht da. Der Kreuzträger hatte sich vor den Sarg gestellt. Harro von Weinheim stellte sich neben ihn und senkte den Kopf. Als die Musik geendet hatte, setzte sich der Kreuzträger auf seinen Platz. Harro wandte sich vom Sarg ab und begrüßte die Angehörigen, indem er ihnen die Hand reichte. Dann schritt er zum Lesepult und begrüßte die anderen Anwesenden. Nach einem Gebet für den Verstorbenen hielt er eine bewegende, ganz persönlich gehaltene Ansprache, der man anmerkte, dass der Pfarrer selbst zu den Leidtragenden gehörte. Nach der Ansprache erklang wieder Musik von Johann Sebastian Bach. Es folgten ein Fürbittengebet und ein Segenswunsch auf dem Weg zum Grab. Zum Abschluss spielte das Ansbacher Kammerorchester das letzte Stück. Kaum war die Musik verklungen, öffnete sich eine Seitentüre der Halle. Die Friedhofsangestellten kamen herein, stellten sich neben dem Sarg auf und warteten, bis Kreuzträger und Pfarrer langsam dem Ausgang zuschritten, dann folgten sie mit dem Sarg. Hinter dem Sarg gingen die Angehörigen, dahinter reihten sich die vielen Mittrauernden in den sehr langen Zug ein. Als sie die Aussegnungshalle verlassen hatten, wurde ihr Zug bis zu ihrer Ankunft beim Grab von den schönen Klängen einer Trompete begleitet.

Wolfgang Sperber hatte, wie vorgesehen, direkt hinter den Angehörigen seinen Platz gefunden. Konstanze schritt hinter den Personen her, die den Trauerzug beschlossen.

Langsam und schweigend gingen die vielen Menschen dahin und gaben Julius Berger das letzte Geleit. Sperber war ein wenig erleichtert. Bisher war es zu keinem Zwischenfall gekommen. Seine Anspannung wuchs jedoch wieder, je näher sie dem Grab kamen. Hier im Freien boten die Angehörigen das beste Ziel eines möglichen Angriffes. Seine Augen schweiften hin und her, während der Pfarrer das Ritual am Grab ausführte. Konstanze versuchte, die Szene von der anderen Seite her im Auge zu behalten. Karlo war ebenfalls in Beobachtungs- und Lauerstellung. So angespannt die drei auch waren, wussten sie doch gleichzeitig, dass sie einem gut versteckten Schützen nicht wirklich etwas entgegenzusetzen hatten.

Inzwischen hatte der Pfarrer seine Handlung mit einem Segensspruch für alle Anwesenden beendet.

Nach ihm traten Vertreter von Bergers Betrieb und Sprecher der verschiedenen Organisationen vor, denen Julius Berger angehört hatte, sprachen ihre Nachrufe und legten danach an seinem Grab Kränze nieder.

Harro stellte sich nach den Reden etwas an die Seite des Grabes, sodass er immer neben dem jeweiligen Angehörigen stand, der an das Grab trat, um von dem Verstorbenen Abschied zu nehmen.

Als Erster trat Klaus Berger an das Grab seines Bruders. Fast gleichzeitig bemerkte Harro aus den Augenwinkeln eine Bewegung im gegenüberliegenden Gebüsch. Er sah alarmiert schnell genauer hin und erkannte den Lauf eines Gewehrs, der sich aus den Ästen herausschob. Dahinter meinte er eine dunkle Gestalt wahrzunehmen, die Klaus Berger anvisierte. Er drehte sich ihm schnell seitlich zu, packte ihn am Arm und schrie laut: „Auf den Boden!" Als Harro noch versuchte, Berger aus Leibeskräften auf den Boden hinabzuziehen, krachte ein Schuss. Es riss Berger herum. Er drehte sich seitlich weg und sackte nach vorne. Harro war es nicht gelungen, ihn festzuhalten. Mit einem Schrei stürzte Klaus Berger in das offene Grab hinab. Es krachte dumpf, als er auf den Sarg seines Bruders in der Grube aufschlug. Harro kam bei seinem Versuch, den schweren Mann festzuhalten, selbst ins Schwanken und hatte alle Mühe, seinen Körper auszubalancieren, um nicht auch noch ins Grab zu stürzen.

Als die Kriminaler von Weinheims Reaktion wahrnahmen, hatten Sperber und Karlo sofort ihre Dienstwaffen gezogen und feuerten fast gleichzeitig in Richtung des Schützen. Kirsten Wallner hatte sich jedoch sofort nach dem Schuss zu Boden geworfen. Sie hörte über sich die Kugeln pfeifen, rollte sich zur Seite, so weit das im Gebüsch möglich war, sprang geduckt auf und rannte um ihr Leben. Unverletzt legte sie die kurze Strecke zu ihrem Auto zurück, schmiss das Gewehr in den Wagen und warf sich selbst auf den Fahrersitz. Vorsorglich hatte sie ihren Autoschlüssel stecken lassen und konnte sofort starten. Mit quietschenden Reifen und aufheulendem Motor raste sie los, den Berg hinauf, Richtung Elpersdorf und A 6.

Auf dem Friedhof war nach den Schüssen eine große Panik ausgebrochen. Die Menschen rannten schreiend in Todesangst nach allen Seiten auseinander. Sie versteckten sich hinter Grabsteinen und Bäumen, fielen über Grabeinfassungen und Blumenschalen. Manche suchten in der Aussegnungshalle Schutz. Karlo, der dem Zaun am nächsten gestanden hatte, sprintete, nachdem er mehrere Schüsse abgegeben hatte, zu einer lichten Stelle im Gebüsch und sah gerade noch, wie das Auto des Täters davonjagte. Der Blick hatte dem Autofreak jedoch genügt, um Farbe und Marke des Typs zu erkennen. Er riss sein Handy heraus, wählte die Nummer der Leitstelle, nannte seinen Namen und Dienstgrad und teilte seine Beobachtung mit: „Ein dunkler Audi; älteres Modell. Ein schneller Wagen. Der Täter fährt in Richtung Elpersdorf. Er kann dort in den Ort fahren oder durch den Ort hindurch zur A 6. Möglich ist auch eine Weiterfahrt Richtung Feuchtwangen. Wir brauchen wegen der relativ vielen Möglichkeiten dringend einen Hubschrauber. Die Autobahnpolizei soll die Strecke von der Ausfahrt Aurach zur Ausfahrt Lichtenau sofort überprüfen. Die Ansbacher Kollegen sollen zur Ausfahrt Lichtenau fahren. Vielleicht gelingt es, das Fluchtfahrzeug in die Zange zu nehmen. Der Ort Elpersdorf soll durchsucht werden. Kollegen aus dem Landkreis sollen die Straße von Feuchtwangen her absuchen."

Er teilte mit, dass auf dem Friedhof eine für ihn im Augenblick nicht übersehbare Anzahl von Menschen unter anderem durch Stürze verletzt sein könnte. Auf einen Mann ist geschossen worden. Er ist in das offene Grab gestürzt: „Wir brauchen mindestens einen oder besser mehrere Notärzte und mehrere Krankentransportwagen. Außerdem soll die Feuerwehr alarmiert werden, die den Mann mit Rettungsgerät aus dem Grab holt. Die Kollegen vom Erkennungsdienst sollen die Stelle absuchen, von der aus der Schuss abgegeben wurde."

Karlo ließ sich seine Anweisungen wiederholen, dann beendete er das Gespräch und suchte seine Kollegen.

Im Grunde sah die Situation auf dem Friedhof auf den ersten Blick viel schlimmer aus, als es in Wirklichkeit war. Es gab natürlich Schrammen und Beulen und jede Menge geschockter Menschen. Manche weinten, aber niemand war anscheinend wirklich ernsthaft verletzt. Konstanze hatte sich, nachdem sie geschossen hatte, sofort um Sybille Ohning und die Frau von Klaus Berger gekümmert. Sie hatte beide nach dem ersten Schuss hinter einen großen Grabstein in Sicherheit gebracht. So schnell es ging, drängte sie die beiden Frauen dann zur Aussegnungshalle. Dort wurden die Frauen von ihr bewacht und getröstet.

Wolfgang Sperber hatte sich nach der Schießerei zunächst schnell umgesehen, ob noch jemand von dem Schuss getroffen worden war. Dann sah er in das Grab hinunter. Klaus Berger lag reglos auf dem Sargdeckel. Er war offensichtlich ohne Bewusstsein. Sperber rief ihn bei seinem Namen, aber Klaus Berger rührte sich nicht.

Karlo war nach seiner Beobachtung zu Sperber gerannt und hatte ihm mitgeteilt, dass er die Automarke bereits an die Dienststelle gemeldet hatte. Außerdem hatte er die nötigen Anweisungen gegeben.

„Danke Karlo, das war wirklich sehr umsichtig von dir", lobte ihn Sperber. Karlo fragte Sperber, ob Berger noch lebte, doch der zuckte nur mit den Schultern: „Das kann man von hier oben schlecht beurteilen. Karlo, bitte bleib hier beim Grab. Ich versuche, mir über die Situation der Menschen auf dem Friedhof ein Bild zu machen."

Inzwischen waren mehrere Martinshörner zu hören. Zwei Polizeifahrzeuge fuhren mit Blaulicht zum Tor des Friedhofs herein. Einer von den Wagen fuhr weiter zur Halle, der andere stellte sich in das Tor und sperrte es ab. Mehrere Polizeiautos waren schon am Friedhof vorbei in Richtung Elpersdorf gefahren. Nach und nach wurde es wieder ruhiger auf dem Gottesacker.

Harro von Weinheim hatte sich inzwischen natürlich längst wieder hochgerappelt und blickte seinerseits in das Grab hinab. Unten lag Klaus Berger immer noch regungslos auf dem Sarg. Jetzt waren weitere Martinshörner zu hören. Nicht lange, dann gaben die Polizisten das Tor frei für die Rettungsdienste. Gleich darauf traf auch ein Rüstfahrzeug der Feuerwehr ein, dem von Polizisten der Weg durch die schmalen Gangreihen zwischen den Gräbern gewiesen wurde. Die Feuerwehrleute ließen eine Leiter ins Grab hinab. Zwei von ihnen kletterten auf ihr hinunter. Sie stellten fest, dass Klaus Berger noch lebte. Der Täter hatte ihn wohl in den Bereich der linken Schulter getroffen. Die Kugel hatte anscheinend ein größeres Blutgefäß aufgerissen. Berger hatte viel Blut verloren. Der hohe Blutverlust oder der Sturz hatte die Bewusstlosigkeit ausgelöst. Schnell ließen die Feuerwehrleute eine Trage zu ihren Kollegen ins Grab hinab. Berger wurde unten vorsichtig darauf gelegt und mit vereinten Kräften hochgezogen. Oben angekommen nahmen ihn sofort Sanitäter und Notarzt in Empfang.

Donnerstag vierzehn Uhr fünfundvierzig

Kirsten Wallner war mit ihrem Auto schnell und ungehindert durch Elpersdorf auf die A 6 gekommen. Sie war sehr froh, dass sie den PS-starken Wagen nach dem Tod ihres Mannes behalten hatte. So schnell würde sie kein anderes Fahrzeug einholen können. Sie drückte das Gaspedal, wann immer es ging, tief durch und der Wagen kam dann sehr schnell auf eine hohe Geschwindigkeit. Trotzdem kam sie nicht so gut voran, wie sie es sich gewünscht hatte. Auf der stark befahrenen Autobahn bewegte sich eine nicht enden wollende Schlange von Lastkraftwagen dahin. Sie boten den PKWs kaum eine Lücke zum Einscheren.

Immer wieder musste Kirsten ihre Geschwindigkeit reduzieren, weil sie durch ein langsameres Fahrzeug auf der linken Fahrspur zum Bremsen gezwungen wurde. Ab und zu sah sie in den Rückspiegel und prüfte, ob sie verfolgt wurde. Dabei entdeckte sie plötzlich in einer gewissen Entfernung ein Polizeiauto, das sich ihr rasch näherte. Mit Blaulicht und Martinshorn konnte es sich natürlich den Weg schneller frei machen, als es ihr selbst möglich war. Nun hörte sie irgendwo über sich das Geknatter eines Hubschraubers und musste sich eingestehen, dass sie in das Visier der Polizei geraten war. Glücklicherweise war es nicht mehr weit bis zur Autobahnausfahrt Lichtenau. Einige hundert Meter noch, dann raste sie mit hohem Tempo in die Ausfahrt. Unten war die Straße Richtung Ansbach frei. Bereits nach etwa fünfzig Metern erkannte sie ihren Fehler. Sie hätte vielleicht eine Chance gehabt, wenn sie nach rechts, Richtung Windsbach, abgebogen wäre. Von Ansbach her kamen zwei Funkstreifen mit Blaulicht auf sie zu. Sie drückte das Gaspedal ihres Wagens durch und erreichte die Abzweigung nach Immeldorf/Malmersdorf vor den Streifenwagen.

Vor der Einfahrt in die Ortsverbindung brauchte sie eine Hundertstelsekunde zu lange, um sich zu entschließen, ob sie nach links oder nach rechts abbiegen sollte. Sie entschloss sich, nach links, Richtung Immeldorf, abzubiegen. Aber sie hatte die Geschwindigkeit ihres Wagens während ihres Nachdenkens kaum reduziert. Zudem war die Straße immer noch glatt durch den Frost der vergangenen Nacht. Der schwere Wagen brach in Höhe des Steinkreuzes aus und rutschte mit zwei Rädern von der Straße ab und in den Straßengraben. Er überschlug sich daraufhin zwei Mal und blieb schließlich auf dem Dach liegen.

Aus den inzwischen herangepreschten Polizeiautos sprangen mehrere Beamte heraus und liefen zu dem Unfallfahrzeug. Auch der Hubschrauber setzte zur Landung an.

Die Polizisten fanden Kirsten Wallner kopfüber bewusstlos in ihrem Auto in ihrem Sicherheitsgurt hängend vor. Sofort riefen sie ihre Dienststelle an und baten um einen Notarzt. Die Beamten wagten sich zunächst nicht daran, die Frau aus ihrer problematischen Schwebestellung zu befreien, weil ihnen die Gefahr, sie zu verletzen, zu groß erschien. Lieber warteten sie bei dem schrottreifen Auto auf Notarzt und Sanitäter.

Wolfgang Sperber gab zu diesem Zeitpunkt Beamten einer Streifenwagenbesatzung den Auftrag, Sybille Ohning und Klaus Bergers Frau in Julius Bergers Haus „Am oberen Weinberg“ zu fahren und sie dort zu bewachen.

Die polizeiliche Aufsicht auf dem Friedhof gab er an einen Kollegen ab. Vorher rief er per Handy Doktor Sauber und Dotzauer an und berichtete ihnen den Vorfall. Beide gaben sich betroffen. Sperber überlegte nach den Gesprächen, ob die Betroffenheit aus Schuldgefühlen entstanden war oder aus Angst vor einer schlechten Presse.

Kaum hatte Sperber das Gespräch beendet, läutete sein Handy. Ein Kollege teilte ihm mit, dass die mutmaßliche Täterin aufgefunden wurde. Sie hatte einen Unfall mit ihrem Wagen. Sperber sollte möglichst schnell zum Unfallort kommen. Erstaunt erfuhr er, wo sich die Unfallstelle befand. „Das gibt es doch nicht?“, murmelte er kopfschüttelnd und winkte Konstanze und Karlo zu sich.

Karlo stellte das Blaulicht auf ihren neutralen Dienstwagen und raste in die angegebene Richtung. Seinen Kollegen war es bei dieser Geschwindigkeit nicht geheuer, aber Karlo war begeistert in seinem Element.

Es dauerte nicht lange, dann hatten Sperber und sein Team die Unfallstelle erreicht. Notarzt und Krankenwagen waren ebenfalls bereits eingetroffen. Gerade wurde die immer noch ohnmächtige Frau von Sanitätern auf eine Trage gelegt und über die Wiese zu einem Krankenwagen geschoben.

Konstanze und Karlo blickten sich an und schüttelten ungläubig ihre Köpfe: Also war die Mörderin doch Frau Wallner. Sie konnten es immer noch nicht ganz glauben. Erst als einer der Polizisten das Gewehr aus dem Wagen zog, war auch für sie endgültig klar, dass dies die Person war, die sie gesucht hatten.

Karlos Blick irrte ein wenig herum. Sein Blick fiel auf das Steinkreuz. Er stutzte einen Moment, dann zitierte er langsam, pathetisch und mit lauter Stimme Johann Wolfgang von Goethes Worte:

„Über des Erschlagenen Stätte schweben rächende Geister und lauern auf den wiederkehrenden Mörder.“

Konstanze lachte und sagte: „Karlo, ich glaube, deine Nerven sind etwas überreizt. Fängst du plötzlich an zu dichten?“

„Das ist nicht von mir, sondern von Johann Wolfgang von Goethe!“

„Das sagen sie alle!“, amüsierte sich Konstanze. „Für

den Anfang aber ganz gut und so treffend. Alle Achtung, lieber Karlo!"

Sperber hatte das kleine Zwischenspiel nicht mitbekommen, denn er war eifrig am Telefonieren. Der Notarzt hatte Frau Wallner kurz untersucht. Er vermutete einige Brüche. Offenbar hatte sie sich auch den Kopf heftig angestoßen, aber ihre Verletzungen waren nicht lebensgefährlich. Er würde sie ins Ansbacher Krankenhaus bringen. Sperber sorgte für eine Polizeieskorte und rief bei seiner Dienststelle an, damit von dort rund um die Uhr ein Wachdienst vor dem Krankenzimmer von Frau Wallner eingerichtet wurde. Die Beamten bekamen den Auftrag, sofort Meldung zu erstatten, wenn Frau Wallner aufwachte.

Weitere Anrufe galten Doktor Sauber und Dotzauer. Er berichtete ihnen von dem Ausgang der Verfolgungsjagd. Die beiden waren erleichtert und wollten über die Pressestelle der Polizei eine Mitteilung an die Medien herausgeben. Sauber verkündete, er werde gleich einen Haftbefehl gegen die Täterin erlassen. „Ihr Haus wird auch sofort gründlich durchsucht", sagte er sehr energisch.

Sperber ließ das Gelände um den Unfallwagen weiträumig absperren, weil sich bereits kleine Grüppchen von Schaulustigen versammelt hatten, die sich das kaputte Auto aus der Nähe ansehen wollten.

Der Erkennungsdienst würde sich um den Wagen kümmern.

„Kommt, lasst uns gleich zu Frau Wallners Haus fahren. Vielleicht finden wir dort Maria Sebald!", rief Sperber seinen Kollegen zu. Beide nickten und stiegen in den Wagen. Auf ihrer Fahrt Richtung Ansbach verschaffte ihnen das Blaulicht freie Fahrt. Unterwegs beorderte Sperber vorsichtshalber den Notarzt und einen Krankenwagen zu ihrem Zielpunkt.

Vor dem Haus von Kirsten Wallner standen bereits zwei Streifenwagen. Die Polizisten waren eben dabei, die Haustüre zu öffnen. Sperber wies die Beamten an, den Keller und alle Stockwerke bis zum Dachboden nach Maria Sebald zu durchsuchen. Als die Polizisten im Keller die verschlossene Türe öffneten, fanden sie die Gefangene im Dämmerschlaf auf ihrer Matratze liegend. Sperber meinte, den riesengroßen Stein von seinem Herzen zu Boden fallen zu hören, als er sie so auf den ersten Blick ziemlich wohlbehalten vor sich sah. In dem Kellerraum war die Luft extrem schlecht. Es war kalt, aber der Gefangenen hatte es anscheinend an nichts gefehlt. Sie war warm zugedeckt. Neben ihrer Matratze entdeckte er Essen, Medikamente und ein Getränk.

Inzwischen waren auch ein Notarzt und drei Sanitäter eingetroffen. Nach einer oberflächlichen Untersuchung wurde Maria Sebald mit dem Sanitätsauto ins Krankenhaus gefahren.

Donnerstag sechzehn Uhr

Harro von Weinheim war vom Friedhof aus direkt zu seiner Wohnung gefahren.

Als er in den Johann-Sebastian-Bach-Platz einfuhr, bemerkte er vor der Sankt-Gumbertus-Kirche einen Menschenauflauf.

Harro stellte seinen Wagen ab und lief hin, um zu sehen, ob das Geschehen etwas mit der Kirche zu tun hatte.

Mit einigem Entsetzen bemerkte er, dass der Auflauf einer kleinen Gruppe galt, die sich mit großen Plakaten vor der Kirche aufgebaut hatte. Auf den Plakaten stand: „Keine katholischen Reliquien in unserer Kirche!“ Und: „Gott spricht: Du sollst keine Götter haben neben mir!“ Und: „Wir wollen keinen alten Knochen!“ Kirchenvorsteher Hans Meier stand natürlich mit seinem roten Kopf ganz vorne.

Zwischen Zuschauern und Demonstranten hatte sich bereits ein heftiger Wortwechsel entwickelt. Laute Schmährufe flogen zwischen ihnen hin und her.

„Auch das noch!“, stöhnte Harro erschöpft. „Die treiben diese Sache wirklich auf die Spitze. Jetzt wird es wieder einmal zu einem heftigen Gefecht der Leserbriefschreiber in der Zeitung kommen. Als hätten wir nicht schon genug um die Ohren!“

Plötzlich stürmten einige Personen aus den Umstehenden heraus nach vorne und versuchten, den Demonstranten unter lautem Schreien die Plakate zu entreißen. Entsetzt erkannte Harro die Kirchenvorsteher Nothnagel, Bieber und in ihrem Gefolge, laut kreischend, Eveline Schwalbe und Annemarie Stahlheimer, die sich jeweils an eine Plakatstange klammerten und versuchten, sie ihrem Träger zu entwinden.

Hans Meier hatte den Angriff wohl vorausgesehen. Er verwendete sein Schild als Verteidigungswaffe und schlug zuerst Nothnagel und dann Bieber damit kräftig auf die Köpfe. Beide fielen nacheinander aufs Pflaster und fingen an, heftig zu bluten.

Harro stürzte sich ins Getümmel, riss die Arme hoch und brüllte aus Leibeskräften: „Aufhören! Sofort aufhören! Seit ihr denn alle wahnsinnig geworden?! Ihr führt euch auf wie die Vandalen. Seid ihr Kirchenvorsteher oder Asoziale?!"

Ganz plötzlich hatten die Kontrahenten nach Harros Eingreifen ihre Kämpfe beendet. Die Gescholtenen standen nun wie Schulkinder herum, die der Herr Lehrer bei einer Missetat ertappt hatte.

Hans Meier reagierte anders. Er hatte etwas von einem angestochenen Stier, als er sich mit rot unterlaufenen Augen vor ihn hinstellte und schrie: „Die hom überhaupt kann Glaubm! Und wie können Sie su a Heidnzeuch befürwodn?!"

Harro entgegnete ihm ruhig, aber mit erhobener Stimme: „Herr Meier, überlegen Sie sich lieber Ihre eigene Glaubenshaltung! Auf andere einzuschlagen ist doch sehr fragwürdig, meinen Sie nicht auch?!"

Meier schnaubte und schüttelte empört den Kopf: „Sie sindmer ä Pfarrer! Na, na, na!"

Die Umstehenden lachten und diskutierten miteinander. Einige riefen den Streithanseln abfällige Kommentare zu. Harro hatte Meier einfach stehen lassen, sich umgedreht und zu Nothnagel und Bieber hinabgebeugt, die benommen auf dem Straßenpflaster hockten und sich die Köpfe hielten.

Aus den Platzwunden lief ihnen das Blut noch immer über die Gesichter. Sie sahen schrecklich verletzt aus, aber Harro vermutete, dass die Wunden in Wirklichkeit mit ein paar Stichen zu nähen waren. „Geschieht ihnen recht!", dachte er grimmig. „Was müssen die sich auch auf offener Straße prügeln!"

Irgendjemand hatte wohl schon die Polizei gerufen, denn in diesem Moment fuhr ein Streifenwagen die Straße herauf. Kurz darauf hörte man schon von weitem das Martinshorn eines Rettungswagens, der auch gleich mit Blaulicht heranbrauste.

Die Sanitäter kümmerten sich um Nothnagel und Bieber. Beide wurden in das Sanitätsauto verfrachtet, um zur Behandlung ihrer Wunden ins Klinikum gebracht zu werden. Während der Rettungswagen mit den beiden Verletzten wegfuhr, sorgten Polizisten für Ruhe und nahmen die Personalien der Beteiligten auf.

Weil die Demonstration gegen die Reliquie nicht angemeldet war, kam zu der Anzeige wegen Körperverletzung auch noch eine solche wegen eines Verstoßes gegen das Versammlungsgesetz hinzu.

Harro war, nachdem die beiden Verletzten weggebracht waren, einfach in seine Wohnung gegangen. Er fühlte sich wie erschlagen.

„Eine heiße Dusche wird mich hoffentlich wieder etwas auf den Boden zurückbringen", hoffte er.

Während er durch die Wohnung in sein Badezimmer ging und dabei wieder voller Sorge an Maria dachte, läutete sein Telefon.

Sperber war am Apparat und teilte ihm mit, dass seine Freundin im Haus von Frau Wallner aufgefunden worden war. Als Harro hörte, dass Maria ins Krankenhaus gebracht worden war, bedankte er sich mit großer Erleichterung bei dem Kommissar. Seine Erschöpfung schien plötzlich wie weggeblasen. Er stürmte aus der Wohnung die Treppe hinunter, rannte zu seinem Roller und fuhr los. Schnell hatte er das Krankenhaus erreicht. In der Notaufnahme teilte man ihm mit, dass man die Patientin nach einer ersten gründlichen Untersuchung auf eine Station verlegt hatte. Harro ließ sich Station und

Zimmernummer sagen, dann eilte er durch das Haus. Auf der Station traf er zunächst eine Schwester, stellte sich ihr vor und fragte nach Marias Befinden.

Die Schwester gab ihm Bescheid, dass es Maria relativ gut ginge. Sie sei zwar sehr schwach und stehe noch unter dem Einfluss von irgendwelchen Schlaf- oder Beruhigungsmitteln, aber sonst sei sie gut beisammen. Bestimmt könne sie bald wieder nach Hause, meinte die Schwester.

Harro betrat das Krankenzimmer. Maria lag friedlich schlummernd im Bett. Harro gab ihr einen zärtlichen Kuss auf die Wange, dann setzte er sich auf einen Stuhl neben sie, nahm ihre Hand und betrachtete die geliebte Frau. Dabei liefen ihm in einer Gefühlsmischung von Dankbarkeit und Erschöpfung Tränen über die Wangen.

Donnerstag siebzehn Uhr dreißig

Der Erkennungsdienst hatte Sperber per Telefon mitgeteilt, dass sich im Auto von Frau Wallner eine große Tasche befunden hätte, in der ein scharfes Messer und eine geladene Pistole gefunden worden waren. Außerdem befanden sich Einmalhandschuhe darin und Lappen, die zum Abwischen von Spuren gedient haben könnten. An den Innenwänden der Tasche fanden sich dunkle Flecken, von denen man annahm, es könnte sich um Blutflecke handeln. In der Wohnung der Verdächtigen wurden unter anderem Textilproben genommen. Die Kleider und die Schuhe von Frau Wallner waren alle ins Labor verbracht worden. Auch das Gewehr war inzwischen einer ballistischen Untersuchung unterzogen worden. Dabei hatte man einwandfrei festgestellt, dass es sich um die Waffe handelte, mit der auf Klaus Berger geschossen worden war.

Obwohl eine DNA-Untersuchung noch einige Zeit brauchen würde, war die Beweislast gegen Kirsten Wallner schon jetzt erdrückend.

Kurz nach siebzehn Uhr dreißig läutete Sperbers Telefon wieder. Ein Arzt des Krankenhauses teilte ihm mit, dass Frau Wallner aus der Ohnmacht erwacht war. Der Arzt meinte, Sperber könne nun mit ihr sprechen, aber nicht lang, weil sie immer noch sehr schwach war.

Daraufhin brachen Wolfgang Sperber und Konstanze sofort in das Krankenhaus auf. Frau Wallner lag in ihrem Bett und hatte Verbände am Kopf und an ihren Armen. Sie war an verschiedene piepsende und blinkende Apparate angeschlossen, die ihren Zustand ständig anzeigten und überwachten. Über eine Kanüle wurde ihr Flüssigkeit aus einem Behälter eingegeben, der an einem Gestell neben dem Bett hing.

Die Frau sah den Polizisten mit geweiteten Augen

entgegen. Sie war hellwach. Als sie sich begrüßt hatten, sagte sie mit belegter Stimme: „Ich habe Sie schon erwartet. Um die Sache nicht unnötig in die Länge zu ziehen, werde ich alles gestehen, was ich getan habe."

Konstanze wies sie auf ihre Rechte als Beschuldigte hin, aber sie winkte nur mit einer müden Handbewegung ab. Die Kommissarin sagte, indem sie einen Rekorder aus ihrer Tasche zog: „Ich werde Ihre Aussage aufzeichnen."

Kirsten Wallner war mit der Aufzeichnung einverstanden. In sachlichem Tonfall schilderte sie ihre Taten dann in allen Einzelheiten. Die Kommissare hatten den Eindruck, dass sie alles möglichst schnell hinter sich bringen wollte. Als sie zum Schluss ihrer Erklärung kam, fragte sie mit leiser Stimme: „Habe ich Moritz und Klaus Berger getötet?"

„Nein", antwortete ihr Sperber, „aber Sie haben beide schwer verletzt."

Mit schwacher Stimme, aber brennenden Augen sagte Kirsten Wallner: „Nun, es ist noch nicht aller Tage Abend!"

Die beiden Polizisten wechselten entsetzte Blicke.

Während sie weiterredete, wurde die Stimme der Täterin nach und nach immer schwächer. Schließlich sagte sie: „Ich habe Ihnen alles gesagt und bin bereit, ein entsprechendes Geständnisprotokoll zu unterschreiben, aber bitte gehen Sie jetzt wieder. Ich bin mit meiner Kraft am Ende."

In dem Moment kamen auch schon ein Arzt und eine Schwester ins Zimmer und gaben den Beamten zu verstehen, dass ihre Vernehmungszeit, im Interesse der Gesundheit ihrer Patientin, zu Ende war.

Weil sie schon einmal im Krankenhaus waren, gingen Wolfgang und Konstanze zur Intensivstation, um sich nach dem Befinden von Moritz und Klaus Berger zu erkundigen.

Ein Arzt erklärte ihnen, dass Klaus Berger die Operation seiner Schulter und die Versorgung mehrerer Brüche gut überstanden hatte. „Er braucht aber noch Ruhe", mahnte er. „Wenn es nicht unbedingt nötig ist, sollten Sie mit einer Befragung noch ein paar Tage warten. Klaus Berger ist durch den hohen Blutverlust noch sehr geschwächt. Außerdem hat er eine schwere Gehirnerschütterung. Moritz Berger wird von uns nach und nach aus dem Koma zurückgeholt. Er ist in körperlich guter Verfassung und wird die Folgen des Anschlags bestens überstehen. Morgen oder übermorgen können Sie bestimmt mit ihm sprechen."

Zuletzt besuchten sie noch Maria Sebald. Sie fanden beide, Maria und Harro, zwar erschöpft und noch tief von ihren Erlebnissen erschüttert, aber doch auch sehr glücklich in dem Krankenzimmer vor. Schnell verabschiedeten sie sich wieder.

Danach waren beide Kommissare der Meinung, dass ihre Aufgaben im Krankenhaus erledigt waren. Sie fuhren in die Inspektion zurück. Während Konstanze dort den Rekorder mit dem Geständnis zu Barbara brachte, damit sie es in eine schriftliche Form bringen konnte, hatte sich Sperber mit Sauber und Dotzauer in Verbindung gesetzt, um sie über die Entwicklung zu informieren.

Staatsanwalt Doktor Sauber reagierte missmutig auf Sperbers Nachricht, dass Kirsten Wallner den Mord an dem Antiquitätenhändler Sauerwein zugegeben hatte: „Dann haben Sie leider doch recht behalten", sagte er grantig. „Das wird den Kollegen in Nürnberg aber gar nicht gefallen."

Sperber konnte auf diese Reaktion hin nicht mehr an sich halten. Er musste einfach eine Spitze loswerden. Mit hörbarer Schadenfreude in der Stimme sagte er: „Irgendwann kommt eben die Wahrheit ans Licht, dann hilft es nicht mehr, die Augen zu schließen und so zu tun, als sei nichts geschehen."

Sauber knurrte: „Behalten Sie Ihre Überheblichkeit für sich!"

Diplomatisch geschickt erwiderte ihm der Polizist: „Das war nicht überheblich gemeint. Mein Anliegen war es ja, den Nürnberger Kollegen bei ihrer Arbeit Unterstützung zu leisten. Nun haben sie eine gute Basis, um eine Anklage wegen Mordes aufzubauen."

Polizeidirektor Dotzauers Reaktion auf Sperbers Bericht war dagegen sehr positiv. Er gratulierte dem Hauptkommissar und seinem Team zu dem Erfolg und freute sich darauf, die entsprechende Meldung an die Medien weiterzugeben.

Für die drei Kommissare würde die nächsten Tage, neben weiteren Befragungen und dem Dokumentieren von Untersuchungsberichten nach und nach ein etwas weniger aufregender Zeitabschnitt anbrechen – so hofften sie zumindest.

Wolfgang Sperbers letzte Amtshandlung an diesem Tag bestand darin, Barbara Robertazzi seinen Urlaubsantrag zu bringen, den sie an Dotzauer weitergeben sollte.

Freitagnachmittag

Maria und Harro hatten es sich gerade in Harros großer Wohnung im Pfarrhaus gemütlich gemacht. Ihnen war bewusst, dass sie nun Zeit brauchten, um wieder zu sich zu kommen. Sie hatten sich gerade Kaffee zubereitet und wollten anfangen, ihn zu und dabei ein Stück von der köstlichen Torte zu verspeisen, die ihnen die Kirchenvorsteherin Frau Stahlheimer mit allen Anzeichen der Verlegenheit über ihre Teilnahme an der Schlägerei vor der Kirche gebracht hatte, da läutete es an der Wohnungstüre.

Als Harro ein wenig unwillig öffnete, stand Bernhard Nöthlein vor ihm. Schüchtern trat der Gelehrte von einem Fuß auf den anderen und sagte verlegen: „Kann ich Sie sprechen, Herr Pfarrer. Ich habe Ihnen in Bezug auf Ihre Reliquie etwas Wichtiges mitzuteilen."

Harro bat ihn herein und führte ihn in das Esszimmer. Maria, die noch am Tisch saß, begrüßte ihn freundlich und lud ihn ein, mit ihnen an der Kaffeetafel teilzunehmen. Schnell stellte sie noch ein Gedeck für ihn hin.

Als alle am Tisch saßen, breitete Nöthlein seine Hände aus und nuschelte mit vor Aufregung und Verlegenheit gerötetem Gesicht: „Herzlichen Dank für Ihre freundliche Einladung. Mein Anlass zu kommen ist leider ein höchst unangenehmer. Was ich Ihnen beiden jetzt mitteilen muss, tut mir selbst von Herzen leid."

Dann straffte er seine Gestalt und berichtete mit festerer Stimme: „Wie Sie wissen, habe ich an den Untersuchungen der Schädelreliquie in Nürnberg teilgenommen, neben anderen, namhaften Kollegen von mir, versteht sich. Der Zustand des Schädelknochens, die beigelegten Expertisen und vor allem die überzeugende Geschichte, die uns der Verkäufer erzählte, brachten uns Wissenschaftler einmütig zu der Meinung, dass es sich dabei um einen Teil des Schädels von Sankt Gumbertus handelte. Vorsichtshalber habe ich jedoch auf eigene Kosten noch eine Spezialuntersuchung in einem besonderen Labor durchführen lassen. Heute habe ich das Ergebnis der Untersuchung mitgeteilt bekommen. Leider, leider lautet es nicht so, wie wir uns das gewünscht haben. Der Knochen stammt danach nicht aus dem frühen Mittelalter, sondern ungefähr aus den dreißiger Jahren des letzten Jahrhunderts. Die Expertisen sind demnach Fälschungen, auf die wir alle hereingefallen sind. Es tut mir sehr leid, dass wir Ihnen falsche Hoffnungen gemacht haben. Mir als Katholiken tut es natürlich besonders leid, dass wir damit weiterhin einen wichtigen Ort in dieser Stadt vermissen müssen, an dem unser Glaube zu innerer Stille und Andacht gefunden hätte."

Er verzog sein Gesicht zu einer schmerzlichen Grimasse.

Harro hatte in diesem Moment große Mühe, ein breites Grinsen und einen lauten Jubelschrei zu unterdrücken. Eben war ihm ein riesiger Stein vom Herzen gerollt.

Maria, die merkte, wie nahe ihr Freund am Ausflippen war, gab ihm vorsichtshalber unter dem Tisch einen kräftigen Stoß mit ihrem Fuß. Harros Miene verzog sich daraufhin ebenfalls schlagartig zu einer schmerzlichen Grimasse. Er jaulte ohne jegliche Schauspielerei auf: „Aua! Das tut weh!"

„Ja, ja, mir tut es ganz genauso weh wie Ihnen", beteuerte Nöthlein. „Es kommt manchmal im Leben eben anders, als man denkt."

„Ich meine, wir sollten trotzdem das Beste aus jeder Situation machen", schloss Maria Sebald mit unschuldigem Lächeln.

ENDE

Nachwort und Dank

Diese Geschichte ist frei erfunden. Jede Ähnlichkeit, die meine Leserinnen und Leser vielleicht zur Realität entdecken, geht auf mein Bemühen zurück, eine authentisch wirkende Geschichte zu gestalten, und ist nicht als persönliche Anspielung zu sehen. Viele Zusammenhänge zwischen real existierenden Personen und Dingen gibt es nur in der Geschichte.

Bei der Beschreibung von tatsächlich existierenden Orten habe ich mir dichterische Freiheiten erlaubt, wo es mir nötig erschien. Alle Abweichungen von der Wirklichkeit oder Fehler beruhen allein auf meinem Willen oder Unwissen.

Mein Dank gilt Herrn Lambert Herrmann, dem Chef des „Fahner Verlages", für die kreative und liebenswürdige Begleitung des Buchprojektes, sowie Herrn Hartmut Wörnlein, der mir als Lektor sehr freundlich und fachlich kompetent beratend zur Seite gestanden hat.

Dank an meine Tochter Judith und an Reinhard Baran für ihre literarische Beratung sowie an Herrn Hauptkommissar Falk von der Kriminalpolizei Ansbach für manches informative Gespräch.

Besonderer Dank gilt meiner Frau für ihre Geduld, mit der sie meine Arbeit unterstützt hat.

aus dem Fahner Verlag

Ines Schäfer, 1. Teil
ISBN 3-924158-40-1
€ 9,90

Ines Schäfer, 2. Teil
ISBN 3-924158-60-6
€ 9,90

Ines Schäfer, 3. Teil
ISBN 3-924158-74-6
€ 9,90

Ines Schäfer, 4. Teil
ISBN 3-924158-88-6
€ 11,80

Ines Schäfer, 5. Teil
ISBN 978-3-924158-96-5
€ 11,80

Ilse-Maria Dries, 1. Teil
ISBN 978-3-942251-02-0
€ 12,80

Ise-Maria Dries, 2. Teil
ISBN 978-3-942251-06-8
€ 12,80

Bob Meyer
ISBN 978-3-942251-05-1
€ 12,80

Bob Meyer
ISBN 978-3-942251-10-5
€ 12,80

Von Heinrich Veh schon erschienen:

ISBN 978-3-942251-08-2 **€ 12,80**

Was verbirgt sich in der Gruft von Sankt Gumbertus in Ansbach? Nach einer Gewalttat in der Grablege muss sich Hauptkommissar Sperber mit seinem Team dieser Frage stellen.

Seine Nachforschungen werden ihm nicht leicht gemacht, denn im Hintergrund seiner Ermittlungen laufen Machtkämpfe, die seine Arbeit beeinträchtigen. Kirchliche Mitarbeiter geraten ins Zwielicht. Stehen sie mit dem Verbrechen in Verbindung? Eine Spur führt in die Vergangenheit dieser alten Stadt.

Als sich die Ereignisse überstürzen, werden zwei junge Geistliche in den Wirbel um Macht und um ein großes Vermögen hineingerissen.